群像短篇名作選
2000〜2014

gunzō henshūbu
群像編集部 編

講談社文芸文庫

JN166336

目次

群像短篇名作選　2000〜2014

父、断章

辻原　登

そろそろ父親のことを正確に書かなければならない、と彼は考えている。ひとつに、彼は父親の死んだ五十四歳という年齢をこえたということがある。彼は、これまで小説というものを書いてきて、その中に、父親をずたずたに切り刻み、そのかけらを作品のあちこちに、鍋の具のひとつであるかのようにほうりこんできた。むろん、父親そのもののかけらであるはずもなく、彼の父親に関する記憶、父親像を切り刻んだわけだが、このこと自体が矮小化であり、冒瀆である。記憶は、記憶する人間の専有物だろうか?

しかし、小説家になった息子を持ったかぎり、この父親の非運は避けられないようだ。そもそも息子は父親を縮小するために、あるいは矮小化しつつ小説を書きはじめる。小説の衝動にはそんなふうなものがある。

父の矮小化の裏側で、じつは小説家みずからの矮小化が進行していたのだが、そのことに彼は思い到らなかった。父の年齢をこえて、ようやくそのことに気づく。

その手つきはこみいっているが、単純なものは、外見、つまり体躯と職業である。彼の父は、ほんとうは一メートル七十六センチの背丈があった。それを小肥りでちんちくりん、と書いた。時に土建屋であり株屋、町議落選中、はては破産者だったりした。フィクションなのだから、でっちあげだとすましていればいいのだが、事はそう単純ではない。彼の背丈は父親よりかなり低い。つまり彼のほうが小さいのである。父の年齢をこえてもまだ小さいのである。もうひとつの不公正がある。父親は辻原登という息子の名前を知らない。父親が死んで、十年もたってつけたペンネームだからである。しかも、この辻原という姓は、父の最大のライバルだった政治家のものである。

私はいま、彼を、つまり息子のほうを矮小化しようとしている。彼を矮小化すれば、彼の父親が等身大の姿を取りもどせるというかのように。

この稿で、私は、彼の父について三つのことを語りたい、というより、三つのことにとどめる。

あやまる父と欺される父と怒る父の姿である。やっぱり矮小化か……、いや、そんなことにはならないはずだ。

簡単に生涯《バイオグラフィ》を。父の名は村上六三《ろくぞう》。大正五年十一月十八日、和歌山県日高郡切目村に農家の六人兄姉の末子に生まれる。だから六三。

切目は、紀伊半島の南西部にある海ぞいの小さな村で、岬のふところに熊野九十九王子のひとつ、切目王子がある。かつて京の都からの三熊野詣の街道に九十九の王子社があった。切目王子は中でも大きな社のひとつで、立派な宿泊所になっていた。平清盛は熊野参詣の途次、切目王子で宿泊中、藤原信頼、源義朝らが後白河上皇を幽閉して起こした平治の乱の知らせを受け、京に取って返した。

熊野は幽界である。切目は切れめ、結界、ここからが熊野である。切目には村上姓が多い。いつの頃か、村上水軍の残党がこの小さな入江の土地に住みついた。

父は日高中学から和歌山師範に進み、卒業すると上海で教職についた。師範の二年先輩で友人の妹と結婚した。敗戦の前年に帰国して、日高郡内の小学校で教えた。戦後、すぐ校長に抜擢された。二十八歳で、県内で一番若い校長だった。社会党に入党した。当時は組合活動と校長職は両立した。昭和二十六年、和歌山県教職員組合の専従の書記長になった。昭和三十年、県会議員選挙に社会党から出て、当選した。一期は四年である。四期目の半ばの昭和四十三年の参議院選挙に出馬して、郵政官僚出身の現職の自民党議員に破れた。全県一区、定員一人という選挙区、しかも圧倒的な保守地盤である和歌山県で、勝てるはずもなかった。しかし、このとき、社会党候補としては過去最大の票を獲得した。父はそれを慰めとした。思想的には社会党の中でも最左派に属し、穂積七郎氏ら安保同志会のメンバーだった。

同じ和歌山県教職員組合出身で、やはり和歌山師範の同窓で、衆議院議員だった辻原弘市氏は社会党中間派の勝間田派の論客だった。衆議院予算委員会で、不明朗な相撲茶屋経営など相撲協会の在り方を追及して、それを苦にした元横綱常ノ花の出羽海理事長が割腹自殺を図るということがあった。文教族の有力議員だった。

その辻原氏は切目川村出身である。海岸から切目川を二キロほど溯った山間の村だった。辻原氏が中間派だったから父は最左派を選んだ、あるいはラジカルな父に辟易して、辻原氏が穏健な中間派になった、といったりしたら茶化したことになる。とにかくふたりはほとんど同じ境遇から同じコースを選び、同じ社会党で左右に分れた。

父は、辻原氏に相当なライバル意識を持っていた、と思う。辻原氏は、和教組の書記長から一挙に日教組本部の書記長に抜擢された。一方父は、有名な勤評闘争――特に和歌山県は激しかった、そのときの書記長で、それがすんだあと地方政治家の道を選んだ。辻原氏はほぼ同じ頃、和歌山二区から、教組や国労、山林組合などの組織票をバックに当選して、社会党の代議士となった。このときの選挙事務長は父である。

この辻原氏に関することで、私はすでに父の生前中に、彼の面目を失くさせるような行ないをひとつしている。

私は高校二年のとき、家出をして、東京で一週間ほどぶらぶらしたのち、無一文になって、世田谷区下馬の辻原氏宅に転がりこんで、一週間過ごした。いたれりつくせりのもてなしを受けた。恥知らずである。

辻原氏から電話で連絡を受けた父の心中を思いやると、あれから四十年近くたっても冷汗が出る。父はさすがに自ら出向くことなく、部下を迎えによこした。

参議院選挙に落選後、父は日中友好運動と山岸会の活動に専念した。日中友好協会は、日本共産党の路線対立のあおりで、ふたつに分裂していた。日共左派、毛沢東主義者、親中国派が日中友好協会（正統）本部というのを新しくつくった。父はその組織づくりの中心メンバーだった。

山岸会は、山岸巳代蔵という京都の無政府主義思想家のアイデアを実践しようとする団体で、三重県伊賀上野近くの丘陵地帯に養鶏と農業を結びつけた独特の生活共同体をつくり、特に関西地域の農村にその思想を普及させようとしていた。

昭和三十四年頃、会員同士のトラブルで死者が出た。警察は不法監禁、恐喝事件として山岸会本部を家宅捜索し、七人が逮捕された。このことがあって、山岸会は一時衰退の危機に陥ったが、農業と農民を基本においた社会改革という安藤昌益ふうの実践は、都会の左翼インテリたちの心をとらえた。全学連活動家が警察に追われて逃げてきてかくまわれたり、活動をやめて山岸会に参画して、伊賀の山中のカマボコ型の宿舎に住んだ。東京工業大学助教授だった鶴見俊輔氏が、安保条約に反対して、国家公務員でいることをいさぎよしとせず、辞して、同志社大学に迎えられ、研究室に「家の会」という研究会をつくり、積極的に山岸会にコミットすると、京都や大阪の学生たちはこぞって山岸会に注目し、参画していった。

父は、毛沢東と山岸会の思想にいかにも田舎政治家ふうに接近し、心酔したとまではいえないが、傾倒した。昭和三十六、七年ごろより、請われて、山岸会本部の総務という役に就いていた。総務というのは最高責任者である。

昭和四十五年十一月、ある夜、私は父の右頸部が異様にふくらんでいるのを発見した。リンパ腫だった。和歌山県立医大で剔出手術を受けた。いったん退院して、中日友好協会の招きで一週間北京に滞在した。帰国して、背中に激しい痛みを訴えた。和歌山日赤病院に救急車で運ばれ、入院した。癌が膵臓に転移していた。昭和四十六年三月三十一日、病院で息を引き取った。五十四歳だった。

昭和三十二年のことである。日本から北朝鮮へ使節団が派遣されることになった。日本赤十字と北朝鮮赤十字が行なっている在日朝鮮人の北朝鮮帰還問題とは別に、日本と北朝鮮の友好を進めようという超党派による政治家、財界人、文化人らの訪朝団である。父は十五名のメンバーの一人に、唯一人の地方政治家として加わった。

とにかく郡内ではじめての県会議員の訪朝、訪中である。羽田からBOAC機で香港に飛び、列車で国境をこえて中国に入り、やはり鉄道で北京、平壌という行程になる。たぶん、香港九龍駅から羅湖まで九龍鉄道、羅湖でおりて歩いて国境の鉄橋を渡り、深圳へ、深圳から広州、広州から京広線で北京へ、という旅だったろう。四十時間はかかったはずだ。

北京では毛沢東、周恩来と、平壌では金日成と会談する。渡航費用は自前なので、県内の主に労働組合からのカンパが頼りである。大金になった。あちこちで歓送会が開かれた。

出発は五月下旬だった、……たぶん。団員は数日前に東京に集合して、外務省、朝鮮総連、日朝協会などとの打ち合わせを行なう。

このとき、父は家族へのすばらしいプレゼントを思いついた。集合日よりかなり早目に上京する。家族に東京を見せてやろうというのである。

出発当日、ちっぽけな紀勢西線切目駅は村民総出の見送りで、駅前広場、駅舎の中、プラットフォームに人があふれた。駅前広場の壮行会では村長が演説し、役場の女性から喇叭ユリの花束が贈られた。

汽車が入ってきた。われわれは乗りこんだ。四人それぞれが手に何十本ものテープを持たされ、発車すると、赤、青、白、黄、緑の帯がサラサラ鳴りながら伸びてゆく。バンザイ、バンザイの声が、蒸気機関車から吐き出される煙といっしょにちぎれとんでゆく。

各駅停車だった。東和歌山駅まで二十の駅がある。途中の御坊駅でも大勢の見送り、花束とテープがあった。

いったん和歌山で降り、父は、知事主催の県庁ホールでの歓送会に出て、その夜は和歌山で一泊した。ここで、最近、秘書のような役目を務めている太田さんが合流した。痩せて、銀縁の眼鏡をかけた小柄な三十代半ばの人物だった。父は三十九か四十である。

翌朝早く大阪に出て、特急つばめで夕方ようやく東京にたどり着いた。

東京に着けばもう自由である。まず学校を休んでいるといううしろめたさから解放された。われわれは辻原氏の赤坂の議員宿舎に入った。その頃、辻原氏はまだ下馬に自宅を置いていなかった。単身、議員宿舎住まいで、家族は田辺市にいた。

翌日からわれわれは太田さんの案内に身をまかせ、タクシーで気楽に東京見物である。父はいない。赤坂から溜池におりる坂道で、横に並んだ外車をふとのぞくと、映画や「明星」、「平凡」でなじみの有名な女優がすわっている。

「野添ひとみや」

と弟がいった。

浅草の国際劇場で、美空ひばりの公演と彼女が主演の映画をみた。彼女が十九歳の少女に塩酸をかけられたのはこの年の一月、同じ国際劇場の舞台だった。

その翌日は、太田さんに大相撲に連れて行ってもらった。蔵前国技館の二階席だが、息を呑むばかりの土俵と力士の美しさだった。木のひびき、呼び出しの呼び上げ、行司の名乗り、力士同士のぶつかりあう音、うめき、それらが観衆のどよめきの中心に真珠のようにある。

「兄ちゃん、これ、夢ちゃうか？」

と二つ下の弟は何度も兄の頬をつねりにくる。

「あほ、自分のをつねれ！」

相撲がはねたあと、どこかわからないが、黒板塀のつづく界隈の料亭に連れられていった。小さな座敷だった。坪庭があった。母はおどおどしていた。芸者が二人現われた。料理が運ばれてくる。と、いきなり襖が開いて、巨大な関取が入ってきた。われわれはとびあがった。大起《おおだち》である。きっての巨漢力士で、前頭の下のほうで余り強くなかったが、とにかく大きいので人気があった。鏡里、千代の山、吉葉山、朝潮の時代である。

大起はやさしい人で、われわれを膝にのせたり、腕相撲をしてたのしませてくれ、二十分ばかりで去っていった。興奮はいつまでもさめなかった。太田さんは大したもんだ、と母はいっていた。

明日はもう和歌山に帰らなければならない。しかも、三人で。あまりに大きすぎる落差だった。帰りたくない、などと駄々をこねる気力も失せるほどの落差だった。考えないことにした。

翌朝、品川駅から大阪行き急行に乗った。なぜ品川駅だったのか。たぶん、あの頃、品川発の大阪行きがあったのだろう。

太田さんの姿はなかった。父が切符を買って、一緒に乗り、横浜駅まで送ってくれる。

横浜駅に着いた。私は突然、駄々をこねだした。窓の外を焼売《シューマイ》売りが通りすぎてゆく。あの焼売をどうしても食べたい、といいつのった。私は、いやしい子、とよくいわれた。口がいやしい、食い意地が張っているという意味である。町へ行くと――町といえば田辺か御坊のことだが、食堂のショーケースの前にじっと立って動かなくなるのである。特にお気に入りは、田辺駅前通りにある――いまもある、急行食堂で、そのショーケースは私の幼少年期で最も豪勢な光を放つ特別の空間だった。チキンライス、オムライス、種々のうどん（ラーメンはまだわが地方にはなかった）、ハヤシライス、トンカツ、親子丼……。

食いものに関して一度言い出したらきかない。いつもの父なら怒って突きとばされたかもしれない。しかし、このときは帰ってゆくわれわれを少し不憫に思ったのだろう、

「よっしゃ、買うてきてやる。そやから泣くな」

といって、とび出して行った。むろん、彼はここでおりなければならないのだが。

発車のベルが鳴っている。プラットフォームは雑踏している。父はもどってこない。とうとう電車が動き出した。われわれはパニックにおちいった。大声を上げて泣きだし、母はおろおろする。切符はまだ父が持ったままなのだ。

まわりの乗客たちも何ごとかと心配して、背凭れごしにのぞきこんだり、問いかけたりするが、母は、切符が、切符が、というばかりで、何が起きたか説明することができない。子供たちの胸に、これで父親とは永久にはなればなれになった、もう二度と会えないのだ、という思いがこみあげた。何か強引な、目にみえない非情な力で引き離されたというようだった。

発車して十分ほどたったころ、車掌の放送があった。

「和歌山のムラカミさん、お父さんからの伝言です。お伝えしますからよく聞いてください。心配するな、次の停車駅の大船でおりて、待っていなさい。お父さんはすぐ次の電車に乗って、追いつくから、とのことです。大船でおりるんですよ、次の停車ですよ」

われわれはぴたりと泣きやんだ。

「兄ちゃん、聞いたか。いまの車掌さんの声、お父ちゃんとそっくりやったで。ひょっとしたら、あれ、お父ちゃんと違うやろか?」

「あほか！」

われわれは大船駅でおりた。父はまもなく横須賀線電車で現われた。待合室で父の姿をみたとたん、われわれはまたワッと泣きだした。母がいくらなだめても泣きやまない。

二つの理由《わけ》があった。父と再会できたのはうれしい。死んだと思ったのが、生き返ったほどうれしい。うれしくて泣く。しかし、同時に、会ったとたんに別れなければならないのだ。

父は察してくれた。

「泣くな。もういっぺん東京へ一緒にもどろう。だから泣くな」

彼は、二人の息子をぎゅっと腰のあたりに抱き寄せた。

こうしてわれわれは再び東京にもどり、今度は辻原氏の議員宿舎でなく、五反田の関東逓信病院の近くの和歌山県職員宿泊所に旅装を解いた。このよろこびは格別だった。死んだと思った父がかくじつにそばにいて、もう二度と来ることはかなわないとおもっていた東京にふたたびいるのだから。翌日、父はわれわれを箱根に連れて行った。私は芦ノ湖からはじめて富士をみた。

その翌日、やはり父に見送られ、品川駅から大阪行き急行に乗った。父とはここで別れるのだが、われわれはもう泣かなかった。父はプラットフォームにいて、窓からのぞきこみ、何か冗談をとばした。切符は母の手にしっかり握りしめられている。

三日前から急に太田さんの姿が自分たちのまわりにみえなくなっていることなど気にもとめなかった。

われわれが和歌山の自宅に帰った夜、父から、欺された、と母に電話があった。私はそばできいていて、太田さんに七十万円を持ち逃げされた、ということだけがわかった。

父はどうしたか？　その後のことは、わが家ではタブーのようなものになり、事のあらましすらここで記すことはできない。

出発は迫っていた。おそらく父は、東京で辻原代議士に相談したのではないか。とにかく彼は予定どおり北京と平壌訪問を果たし、毛沢東や周恩来や金日成と握手している写真を大きく引き伸ばして、書斎に飾ったし、それが県紙に掲載され、選挙のポスターに使われたりした。

当時の七十万円といえば大金である。太田さんとはいったい何者だったのか?

県会議員にはもちろん公設秘書などつかないし、私設秘書を雇っている議員などごくまれだ。父は社会党だし、私設秘書をおく金などなかったはずだ。太田さんがいつごろから父の身辺に現われ、どのようにして父の信頼を勝ち得て秘書を名乗るようになったのかわからない。彼はわれわれの家に一度も来たことがなかった。和歌山市に住んでいたらしいが、和歌山県人ではなかった。

父はどうやら彼を訴えなかったようである。太田さんは白馬童子か怪傑黒頭巾のように現われ、われわれにさんざんたのしい思いをさせてくれて、疾風《はやて》のように去っていった。それきりである。

いつか太田さんについて父にきいてみたいと思いながら、ついに聞きそびれてしまった。父は東京で借金したようである。母がふと、その返済についてこぼすのを聞いたような、おぼろげな記憶がある。

そもそもわれわれの東京旅行は、太田さんによって企まれたものではなかっただろうか?

話はとぶ。一九九五年の春、私はひょんなことから、戦前、上海日本人学校時代の父の教え子たちの同窓会に招かれる破目になった。私がその頃、東京新聞に書いた上海探訪記がきっかけだが、それを読んだ教え子のひとりが、あなたはひょっとして村上先生のご子息ではないか、と手紙を寄こした。私はその文章の中で、とうとう両親が新婚生活を送った虹口《ホンキュー》の敏徳坊の住居をさがしあてた、と書いたのだ。

原宿の中華料理店で開かれたその同窓会で、私は上海時代の若い父にまつわる色々な思い出話をきかされた。それを話すのは、すでに亡くなったときの父の歳より十年ほども多く年を重ねた人たちである。

なごやかでたのしい歓談と、野菜と魚が主体の旨い上海料理だった。会のリーダー格の、ある一部上場会社の専務取締役をしているという男性が、村上先生の思い出は数多いが、なんといっても……、と私に披露してくれたのは、この同窓会が戦後はじめて、昭和三十二年の夏に開かれたとき、父も和歌山からかけつけて、教え子である彼らに、いきなり畳に土下座してわびた、というエピソードだった。十五名ほどの出席者はみなうなずき、中には涙ぐむ女性もいた。

私がいぶかしげなようすで黙っていると、説明してくれた。父は上海時代、彼らに軍国主義教育を施した、日本の侵略戦争の片棒をかついで、青少年を戦場に駆り立ててしまった、そのことについてあやまったのだ。

私は急に、とても居心地の悪い思いにつかまった。教師が若いころ施した教育について、教え子たちにわびる。土下座して。そのこと自体、当時の風潮と、父が社会主義者で日教組の活動家であったことを考えあわせるなら、別段ふしぎではない。

教え子たちは、その土下座の姿に感動したと口々にいっている。すでに政治家ふうのけれん味もまじっていて、息子としてはあまり愉快ではないが、だからといって、そのとき私が感じた居心地の悪さとは直結しないように思われる。

私はぴんときたのだ。昭和三十二年といえば……。

「その同窓会の日付は覚えておられますか？」

と私はたずねていた。

「いえ、日付までは……。みなさん、どうですか？」

だれも正確な日付は覚えていなかった。ただ五月の下旬ごろであったことはわかった。ひとりが、帰って古い日記をみればわかりますが、といったが、私はそこまでしていただかなくてもけっこうですと答えた。私もまた、あの豪勢な家族旅行が、昭和三十二年、私が小学校四年か五年生の五、六月頃だったことを覚えているだけで、正確な日付は完全に忘れてしまっている。

父が土下座したのと、われわれの旅行が同じ時期、つまり太田さんに案内されて、美空ひばりのショーをみたり、大相撲を観戦して、大起に遊んでもらったりしていた頃、あるいは、太田さんにカンパの金を持ち逃げされて、渡航費用を工面している最中のことなのか、いずれにせよ東京滞在中のできごとなのだとすると……、と考えて私はとても落ち着かない気分になったのだ。この気分を分析することなどできない。説明することもできない。私はいままた、これを書きながら同じ居心地の悪さ、落ち着かなさをおぼえている。

父と通信ができるなら、せめて教えてもらいたいことがある。土下座したのは、私と弟が大船駅で彼の腰にすがりついて泣きじゃくった、あの時より以前なのか、以降なのか?

どっちゃでもええやないか、という父の声が聞こえてきそうだ。そりゃそうだ、知ったからとてどうということはない。ただ、父が一度消え、再び神さまのように現われた、あの時が、一枚の扉がくるっと半回転して、私の幼年時代が裏返しになったような気がずっとしていたのだが……。


さて、怒る父についてである。私は父に殴られたことはない。しかし、殺されかけたことがある。この場面を、私は二度描いている。ひとつは完全なフィクションの中で。もうひとつは、父の本棚にまつわる思い出、というテーマを与えられて書いたエッセイの中で。

包丁を振り上げて息子を殺そうとするほどの怒りに父をかりたてたのは、二十四にもなって働こうともせず、東京遊学を一時的に切り上げ、——今にして思えば、あの東京遊学は、かつての東京旅行の延長線上にあった——、帰郷し、自堕落な生活を続けている私が、ある日、家じゅうの戸という戸に内から錠をおろして、家にひとりで閉じこもり、夕方、思いがけない早い時間に帰宅した父に、戸を開けようとしなかったからだ。

父親が、彼の脛をかじってぬくぬくと生きている息子に、理不尽に自分の家から閉め出しをくう。それから二時間もたって、外がすっかり暗くなり、どこかに出かけていた母がもどってくるまで、父は外にいた。

しかし、なぜ私はあのとき、家じゅうの戸という戸に内から錠をおろしたのか、については、小説にもエッセイにも書いていない。小説では、その場面はこんなふうだった。

ハルオは、例によって眠ってはさめ眠ってはさめして、一度起きあがると、誰にもこの懶惰をじゃまされたくなかったから下におり、家中の戸口や縁側の錠をおろして、またあがってフトンにもぐりこんだ。閉《た》てた雨戸にぴんと張った弦のような日ざしが幾筋も走っている。外はきっとかんかん照りで、キアゲハがヒマワリを嫌って、迂回して飛んでいる。かすかなうしろめたさを感じる。それがまた顔のそばからなかなか離れないタバコの煙のように快い。すっかりこの世からいなくなったつもりで、小さい頃のことをひとつひとつ細かく思いだしながら、日がなうとうとしつづけた。

（「十三月」）

エッセイではこうなっている。

私は、一度、父を本気で怒らせたことがある。二十四歳のときで、父は包丁を持って二階の私の部屋にかけあがってきて、胸ぐらをつかみ、包丁をつきつけたのである。

私は、殺されてもいいかな、とそのときふと思ったりした。父親には息子を殺す権利がある、とそんなふうにも考えた。

　しかし、まあ幸い殺されずにすんだ。その代りといってはなんだが、翌年、父は死んでしまった。

（「熱い読書冷たい読書」）

　私の部屋は二階にあった。北と東にある窓は雨戸を閉め切り、日も中天にあるというのに、私はふとんの中でじっと目をこらしていた。私はうとうとなどしていなかった。テレビにかじりついていた。一階の居間のテレビはカラーだったが、私のテレビはまだ白黒だった。画面には、くり返し三島由紀夫が石のバルコニーで演説する姿が映し出されている。

　その前夜も、私はいつものように遅くまで漫然と本を読み、テレビをながめ、ラジオの深夜番組に聞き入り、明けがた近く眠りにつき、昼前に目をさまし、テレビをつけた。

　一時間ばかり釘付けになったあと、階下におりて、トーストパンとハムエッグ、キャベツとキュウリとトマトのサラダで食事をすませると、再び二階にもどってテレビをみつめる。

　しばらくして、また階下におりて、家の戸口という戸口に内から錠をおろして回った。バリケードでも築くつもりだったのか……。

　勝手口の戸は、母が鍵をかけて出かけていたが、それも中から枢《くるる》を落とす。くるるは、戸の桟から、敷居または上框にさしこんでとめる木片の装置のことで、私の地方ではぐるりといった。勝手口はくるる戸だった。これをぐるり戸といった。

私は二階に取って返した。さあ、これでもうだれもおれの部屋に入ってこれないぞ、とつぶやいて、ふとんにもぐりこむ。

玄関で呼びリンの音がした。

私は、テレビの音を消して、ただ暗闇の中で画面ばかりをながめていた。

呼びリンはいつまでもしつこく鳴らされる。私は出ない。すると、私の名を大声で呼ぶ父の声がした。父は家の鍵を持って出たことはない。彼はどうやらひとりではなく、だれか客を連れてきたようすだ。

父は、私が家にいることを確実に知っていた。

その間、私はいったい何を考えていたのだろう。全く何も覚えていない。たとえ覚えていたところで、あるいは思い出すことができたところで、さして重要なことだったとは到底思えない。私は物を考えるというのを最も苦手とする青年だった。

父は玄関をあきらめ、勝手口に回って戸をたたく。客にしきりにわびている。しばらく声が途絶えたかと思うと、突然耳もとすれすれにささやきかけられるような声がした。裏の丘にのぼって、繁った羊歯の中からこちらの二階の窓に向かって呼びかけているのだ。

私は、全身を引き絞った弦のように緊張させて、テレビの画像に無意味な視線を向けていた。

それからまどろんだ。

私は襟首をつかまれ、引き起こされた。包丁を持った父がいた。

「殺《ころ》いたる！」

と彼はいった。テレビはまだついていた。私は、殺されてもいいかな、とおもった。

突然、ある考えがわきおこった。

父親には息子を殺す権利がある。

私はこれを、いい文章だ、とうっとりとなった。それは、いま思い返せば、私がはじめて本気で物を考えた瞬間だった。

意気地なしの男が、殺されてもいいかな、と思うことができたのは、おそらく愛読してきた三島由紀夫の死がすぐそばにあったからにすぎないかもしれない。それはそうだが、しかし、父親には息子を殺す権利がある、というのは、私がはじめて、自分の頭を焼き切れるほど使ってつかんだ思考、文章だった。

父はほんとうに殺すつもりで階段を駆けあがってきたのだとおもう。私は幸い殺されずにすんだ。

こうも考える。父親には息子を殺す権利がある。この思考のひらめきが私の目に躍った、そのきらめきが、父の行為をくいとめたのかもしれない、と。

あるいは、これはまず父の頭に浮かんだ考えだったといえないだろうか？　そして、彼はその考えを息子に継承させ、それを息子の目の中にみた。穿ちすぎるだろうか。

父は震えていた。私は、彼の頸部の異様なふくれぐあいに気づいた。

最初の手術、再度の入院から死ぬまで、私は母と共にいつも父のそばにいた。彼はひどく苦しんだ。最後まで、癌であることを知らせなかった。ある夜、看病を母と交代するとき、彼女に、父が癌ではないかと疑ってきかない、違うと説明してあげてほしい、と頼まれた。父とふたりきりになったとき、私は三十分以上、病気は癌でないことをあの手この手で必死に証明し、説得しようとした。

「もうええ、わかった。おれは癌やない。さすが小説家の卵や」

といった。

信じたのか、それとも私をからかったのか、あるいは、この息子、情ないやつだ、と思ったのか、それはわからない。

彼は死んだ。

父は何か屈託を抱えていたのではないか。私にも屈託があった。しかし、はっきりしているのは、彼のものに較べ、私のそれは軽い。比較にならないほど軽い。あの夜、二階で、その屈託同士がぶつかった。

彼が死んでも、その屈託はあきらかにならなかった。普通は、死ぬと、色々なことが明るみに出るものなのだが。

もう三十年近くたった。その間に、私は、一度だけ、死んだ父にたすけを求めて、泣きながら祈ったことがある。そして、その祈りは聞きとどけられた。

（「群像」二〇〇一年七月号）

丸の内

黒井千次

木枯し一号が吹いた、と新聞で知ったのは十一月二日の夜にはいってからだった。午前中は日差しが強かったが、コートも羽織らずにポストまで歩いた時、正面から吹きつける風の冷たさに驚いた。昼を過ぎた頃から次第に風は収まり、空は重い雲に覆われて寒い午後が訪れた。そんな一日だったので、まさかあの風が木枯し一号であったとは考えてもいなかった。痛苦を予想して身を強ばらせていた太い注射針が、さほどの痛みもなく肌から肉へとはいった気分だった。これではまだとても木は枯れはしないぞ、と侮るところもあった。

仕返しに遭ったかの如く、次の日はからりと晴れたが空気は一気に冷え込んだ。弱々しい木枯しが意外にしっかりと深い足跡を残していった感じだった。そこには、冬が来たことを悟らせずにはおかぬ強い意志が現れていた。

もうコートがいりますよ。

洋服箪笥の前でジャケットを選んでいると妻が忠告した。

お日様は出ているし、帰りは遅くならないからいいだろう。

今日は立派な冬ですよ。風邪を引いたらどうするの。

昨日の優男めいた木枯しの本心を代弁するかの口調で妻が言い返した。

まだ十一月にはいったばかりだぞ。厚手のジャケットを着れば大丈夫だ。

カレンダーのことを言っているんじゃありません。寒さの話よ。

これならいいだろう。下にウールのオープンシャツを着ていけば。

洋服簞笥の奥から、ツイードのジャケットを取り出して妻に示した。黒っぽく沈んだ杉綾の間から赤く細い格子の微かに浮かぶ柔らかな織りの服だった。

物はいいけど、それほど厚手ではありませんよ。

言われてみれば思っていたほど地は厚くなかったが、繊細な毛の感触と奥行きのある色調が好ましく、ここ数年大切に着てきたジャケットだった。それを手に入れたのが長い勤めを終えた節目の頃であり、紺やブルー系のスーツから解放される記念のつもりで値段への躊躇を押し切って買ったという事情も裏に絡んでいたのかもしれない。輸入品のブランドものであることが愛着に一層の拍車をかけもした。

急に寒くなったからな。

ジャケットを弁護するつもりで呟いたが、それを洋服簞笥に戻す気にはなれない。妻はそれきり何も言わなかった。

外出の目的は前から世話になっている都心の眼鏡店へ出かけて検眼を受け、必要なら度の合ったレンズに交換してもらうことに過ぎなかったのだから、とりわけ服装に気を遣う理由などない。むしろレンズ代がいくらかかるかを心配すべきなのに、好天に誘われるようにして、気に入りのジャケットに久々に袖を通す気分ばかりが先走った。

臙脂のオープンシャツの上に着てみると少し袖付けのあたりに窮屈な感じがあったが妻には洩らさない。脇のポケットに手を入れて防虫剤の小さな空の袋を摘み出した。

前の冬はあまり着なかったから、ランドリーには出さなかったのよね。

思い出した口調で妻が言った。もうコートや服の布地の厚さを問題にするのは諦めた響きが聞き取れた。

なんといっても、久し振りの外出だった。一時間近くも電車に揺られて都心まで足を伸ばしたのが、この前いつであったか思い出せない。昨日木枯しが吹いたのだから冬にはいったとみてもいいだろう。新鮮な季節を着込んだ気分が駅の階段を昇る足を軽くした。脇の下にあった微かな圧迫感もいつか身体に馴染んでほとんど気にならない。朝の冷え込みが嘘のようなプラットホームの日差しの中に立って上り電車を待つ。分厚い名刺入れも重い手帖もないジャケットを労るように上から撫でてみる。その手がなにげなく両脇のポケットにはいる。防虫剤の空袋を出した右側にはハンカチーフと紫色の百円ライター、左側には小さな櫛が指に触れるだけだ。裏側に廻った手が煙草の固い箱を確かめ、最後に襟の横の胸ポケットに差し込まれる。線路の柵越しに拡がる駐輪場にずらりと並んだ自転車のハンドルが一斉に午後の陽を撥ね返して光っている。以前はその奥に一本の丈高い樹が立っていた。すらりと伸びて程よく拡がった枝先に、春には葉に先だって白い花の盛り上げられたように咲き出すのがプラットホームからも遠目に認められた。おそらく辛夷の花であったに違いない。葉が茂ったり落葉したりすると目立たないのに、花の季節にだけ存在を主張するかのように突然背景から浮き上ってくるのが面白かった。駐輪場が拡大したのかバス通りの幅が広くなったのか、いつの間にかその樹の姿は消えていた。気がついたのは、だからやはり春だったのだろう。

樹のあった辺りの青い空をぼんやり眺めながら胸ポケットを探っていた指先に何かが触った。指の長さぎりぎりの底に控えめな紙片の感触があった。なぜかそのポケットが意外に深かったことを思い出した。買物や診察券のカードなどうっかり入れると底に潜ってしまい、上から捜しても容易にわからず慌てた記憶が蘇った。

オレンジ色の車体を揺らしプラットホームに滑り込んで来る電車に急かされるようにして、爪の先にひっかかる紙片を摘み出した。店先で渡されるレジのレシートに似た小さな紙切れだった。掌にそれを包んだまま午後の空いた電車に乗り込んだ。隅のシートに腰を落ち着けて車内を見廻した。学校帰りの小学生の一団が、半ズボンの制服姿でなにやら唱えながら素早く手を動かす遊びに興じている。向いのシートに坐った若い女と男が、夫々手の中で携帯電話を忙しく操っている。他人同士らしいのに、妙に似た指先の動作がおかしかった。窓から陽光の差す車内はシートの暖房と相俟ってほとんど暑いほどだ。コートなど着ていたら汗をかくだろう。

背凭れに上体を預け、ウール地の黒いズボンの足をおもむろに組んでから掌の紙片に目を落した。丸めて捨てる前に、それが何であるかを一応確かめてみるほどの軽い気持ちだった。二つ折りにされた細長い紙片は、レシートなどより良質のメモ用紙に近かった。開くと折り目を跨ぐようにしてボールペン書きの字が現れた。四桁の数字が二つ、ハイフンで繋がれている。走り書きというよりしっかりと書き留められた数字の並びが自分の筆跡であるのは間違いなかった。電話番号だろうとすぐに察しはついたが、数字の他に文字がないので相手先がわからない。何かの折にメモしたまま忘れて過ぎた番号であるらしい。それでとりわけ不都合が起った記憶はないのだから、最早不要な数字と考えていいだろう。都区内ならどこにでもありそうな局番の四桁数字を眺めながらその紙を二つに折り、四つに重ね、八つに畳み、十六に潰し、固い塊にして掌に弾ませた。

床に捨てるわけにもいかず、それを上着の脇ポケットの中に落そうとした時だった。ジャケットの表の柔らかな手触りがふと指の動きを押し止めた。番号を書き記したのが、他ならぬこの服を着ていた時であったろうことに気づいたからだった。

だからどうということはない。しかし気に入りのジャケットを着用していた以上、どこか今日に似た弾む気分に包まれていた際のメモだったのではあるまいか――。

何か手懸りはないかと頭の奥を探ろうとするのだが、午後の陽光に溢れた車内の明るさに妨げられて記憶の暗がりまで針先は届かない。思案に暮れてぼんやり眺めていた向いのシートの若い女の顔が急に変った。瞼も口唇も腫れぼったい鈍重な顔が、手にした携帯電話の文字板に現れたらしい言葉を覗き込んで光を放った。そこにあるのは笑いだったが、外に出すのを惜しむように頬をふくらませた表情が少し前とは別人のような生気に充ちた影を浮かべている。どんな言葉に出会ったのかとあれこれ憶測するうちに、ポケットの中で揉み潰していた小さな紙の塊を取り出し、両手の間で一心に皺をのばしていた。

この番号に電話をかけてみればいいのだ、と思いつくと身体の底に日が差した。相手が誰かわからぬ以上、多少間の抜けたやり取りになるのは避けられまいが、困ったらすぐ切ってしまえばいい。公衆電話を使えば、かけた側は無名の声だけの通話者に過ぎない。もしも先方が電機器具の安売店や喫茶店やマッサージの治療院などであったとしても、それが確かめられただけで目的は達せられたことになる。あたりに少しずつ乗客の増してくるシートの上で揺られるにつれ、その思いつきは芽を伸ばし枝を拡げ葉を繁らせて車内で一本の樹木に育っていた。

東京駅で電車を降り、長いエスカレーターを下ると通路の壁際に灰色の公衆電話が幾つかひっそり並んでいた。遊び心と不安と微かな恐れとの入り混った気分に包まれたまま、紙入れから取り出したテレホンカードを差し込んで皺だらけの紙片の番号を押す。短い間をおいて、呼び出し音が受話器に響いた。

息を殺してその音を五回まで数えた時、もしもし、とくぐもった女の声が電話の向うに現れた。静かな場所であるらしく、一切の背景のない声はそれだけ応えて沈黙した。せめて名前を応えてくれないか、との期待は裏切られ硬い沈黙のみを押しつけてくる。しかもすぐ電話を切ろうとする気配が先方にないことに慌てずにいられない。

もしもし、あのう……。

今どこですか。やっとかける気になったのね。

東京駅で電車を降りたとこですが。

予想もしない対応に動顚して、とにかく答えられることだけが口に出た。まるでこの電話をかけるために出かけて来たような錯覚に一瞬襲われた。

新しい丸ビルが出来たでしょ。そこに出かけるところなの。

人違いされている、との危惧が身を押し包んだ。聞き憶えのない声だった。

あの、こちらは……。

わかっているわ。これからどうするの。

だから、八重洲口を出て、眼鏡屋で検眼して――。

ちょうどいい。三十分もしないで丸ビルに行けますよ。

丸ビルに行く予定はありませんが。

間違えないでよ。新丸ビルではなくて、旧丸ビルが今度建て直された三十何階かの新しい丸ビルよ。

それが建ったのは知っているけれど、そこに行くつもりは……。

四階だったか、いえ、五階だったかな、東京駅に向いた側に、外に出られるようになったテラスがありますの。少し寒いかもしれないけど気持ちがいいですよ。

何のために、私はそこに行くんですか。

一方的に自分の都合を押しつけて来る相手に反撥を覚えて思わず強い口調となった。受話器からすっと声が消えた。初めは黙り込んだのかと思ったが、もしもしと幾度呼びかけても返事がないので、相手が電話を離れてしまったか、と焦った。これで話が跡絶えたのでは何もわからぬ後味の悪さばかりが残ってしまう。先方が電話を切らぬなら、こちらも意地になって根気比べをするしかない。

友人の葬儀の帰りに渡された包みに小さな塩の袋とともにはいっていたテレホンカードの残り度数が音もなく変った。これがゼロになるまで待つのだろうか、と足を踏みかえた時だった。声ではなく風に似た気配が耳を掠めた。その中から押しつけがましさの消えた沈んだ声が鼓膜に届いた。トーンの低くなった分だけ、相手が遠ざかった感じだった。

何のために、電話をなさったの。

それは、と応じかけて答えに窮した。誰であるかもわからぬ相手に説明のしようがない。

ただの遊び、気紛れ……。

こちらの奥を覗き込んだ声が静かに流れた。

そんなことはありません。迷った末に電話したのだから。

眼鏡屋さんに行く前の暇つぶし……それとも、最後の御挨拶のつもりだったかしら。

どちらも違う。ただ電話をかけたかっただけだから。

この答えに嘘はない、と縋るように考えた。少しでも似た声の憶えはないかとあらためて身体の底を懸命に探り続けるが全く手懸りはない。それでいて、なにか動かしようもなく重いものが胸の内に生れてしまっているのは確かだった。

ではお好きになさったら――。

投げ出す口調でそう言ってから、一息の間を置いて電話は切れた。人の往き来するエスカレーター下の通路にいきなり突き飛ばされて裸で立たされた感じだった。重そうな車の音をたてて大型のスーツケースを押してくる男がいる。書類袋を手にしたビジネスマンふうの二人が小声で話しながら足速に通り過ぎる。白い毛糸の帽子を被った幼い女の子の後を初老の女が小走りに追う。赤いコートの襟を立てて背筋を伸ばした女がブーツの靴音を残して中央通路の方へ歩み去る。そんな光景が、物置きの隅からでも出て来たような場違いな目に眩しく映った。

暫くそこに立ち尽したが、結局は眼鏡屋へ向うより他にない。歩き出す前に時計を確かめた。まだしかと眺めたことのない新しい丸ビルの姿を一目見ておきたい気持ちが動いたが、丸の内側の改札口を出なければその高い建物に触れられないのは明らかだ。諦めて反対方向の八重洲口へと通路を辿った。後を切られた感じで今は時間の方が気にかかった。

用意して来たメンバーズカードを出すまでもなく、幾年かおきに通ううちに顔見知りになった今は初老の店員がショウケースの向うから立ってにこやかに出迎えた。初めてここで老眼鏡を作った五十代前半のように度は進まなかったが、検眼の結果、やや調整の必要があることを告げられた。乱視の方に問題があるともつけ加えられ、レンズを作り直すようにすすめられた。

これでもう、終りまで保つかな。

応接の快さにようやく公衆電話をかけた時の動揺が紛れ、軽口が洩れた。

それは御無理でしょう。どうぞ幾度でもお越し下さいませ。

愛想よく応じた相手は小さな計算機のボタンを叩いてレンズ代を知らせ、クレジットカードの前払いの伝票にサインする間黙って待った。

良いジャケットをお召しですね。

顔を上げると、笑いを浮かべた相手が自分の服の襟を両手で引張ってみせてから伝票を受け取った。

そうかしら。気に入ってはいるんだけど。一張羅だからね。

お似合いですよ。着こなしていらっしゃる。

あなた、眼鏡は大丈夫かな。

フレームレスの品のいい眼鏡をかけた相手の顔を覗き込んでやる。お世辞とわかっていても悪い気分ではなかった。

当店の品に間違いはございません。

折角褒めていただいたから、午後のデートにでも廻ってみるか。

応えながらなにげなく脇のポケットに両手を入れた。紙切れがなかった。右手にはハンカチーフと使い捨てのライターが触れ、左指の先には小型の櫛の歯先が当った。しかし皺を伸ばして二つ折りにし直した筈の小さな紙片はどのポケットにも探り当てられない。

何かお捜しで。

心配げな表情で相手が訊ねた。

いや、大したものではないから。

首を振って答えながら、電話をかけた際のことを思い出そうと努める。番号のボタンを押した時にあのメモは受話器を握る手に一緒に持っていたのか、それとも電話機の上に拡げて置いたのか。それもはっきりはしないのだが、電話を切られた後の記憶が全く脱け落ちている。通路に突き飛ばされたと感じてからは、まるで両手を失いでもしたかのように手が何をしたかを覚えていない。

店にはいられてからは何も落されたりなさらなかったと思いますが……。

ここの支払いが一番大事なので、それがすめば後はどうということはありませんよ。

まだ憂い顔の相手に軽く会釈して店を出た。足は自然に東京駅へと向っている。歩きながらポケットの中身を一つ一つ掌に取り出して調べてみる。上着からズボンへと下り、尻のポケットまで巡った手が最後にジャケットの胸の深い底まで探ったがやはりみつからない。それなのに、あの時使ったテレホンカードは紙入れの中になに食わぬ顔で納っている。

細い糸のぷつんと断ち切られた頼り無さが胸の奥で揺れた。もう一度電話をかけることが有るか無いかの問題ではなかった。その番号の手許から失われたこと自体が、胸のどこかを毟り取られた沁みるような不安を生み出していた。

八重洲口まで来た時、また腕の時計を確かめた。眼鏡屋への往復に既に三十五分が費された。東京駅の構内へ踏み込んだ足は、何を考えるゆとりもなく新しい丸ビルのある反対側の丸の内口へと脱ける通路を辿った。電話番号の書かれた紙片をなくしたからそこに急いでいるのではなかった。もしそれがポケットのどこかにあったとしても、やはり指示された場所に向ったに違いない。あの紙切れがなくなったのは、ただそこに赴くための最後の仕上げみたいなものに過ぎぬのがわかっていた。何者であるにせよ、指定の場所で誰かに会ってしまえば最早電話番号など不要となることも充分に考えられた。むしろ心配なのは、誰にも会えずに中途半端なままビルのどこかに投げ出されてしまうことの方だった。

駅舎の庇を出ると、目の前に巨大なものが聳り立っていた。午後の光を背に受けた逆光のため、それは覆い被さるかの如く視界を圧倒した。かつての丸ビルは八階建て程度の四方に拡がる平たい建造物であった印象が残っているが、今はその上の空を押し退けたような高いばかりの構築が目に迫る。

それでいてさほど不安定な感じがしないのは、四、五階あたりまでが幅の広いがっしりした方形であり、その中心部に太い柱に似た直方体が伸び上っているせいだろう。まるで平たい積木の中央にもう一つの細長い積木を建てたようなものだ。そして目を凝らすと、二つの積木の接点あたり、つまり台となる建物の上面附近に一部、窓のない空間の穿たれているらしい様が遠く小さく眺められた。あれが告げられたテラスであるとしたらそこまで昇っていかねばならない。あたかも浜辺から岬の先端でも望むような気分に襲われた。

信号の変るのを待って何車線かの流れを横切りようやく建物の入口に到着する迄は、どうしたら直立する巨大な岩石の根元に取りつけるかと懸命に手足を動かすことのみに集中し、テラスに昇った後の事態にまで気を廻す余裕はなかった。

一歩足を入れた建物の内部は、予想に反して妙に天井の高いがらんとした場所であり、人は多いもののどこかにまだ建築中とでもいったよそよそしさの残る固い空気が漂っている。誰もが途方に暮れ、どちらに進めばよいのかに戸惑っている気配がある。その先に明るい陽の光に溢れた空間がある様子だが、どうやらそこは上階まで吹き抜けになった空気の遊び場であるらしい。

澱んだ人の流れが結局吸い上げられていくのは右手のエスカレーターであるのを知ると、その動きに押されてステップに足をのせた。有無をいわさぬ力で押し上げられていくにつれ、小綺麗に飾られた衣服やバッグやアクセサリー、インテリア商品や化粧品などのきらびやかに並ぶ光景が、目の高さに現れては足許に消えていく。デパートの生活臭はなく、商店街の密度とも異質の不思議に抽象的で透明な雰囲気がフロアを充たしている。その息苦しさが、頭上からテラスの迫ってくる緊張感を幾分か紛らせてくれるようだった。

階数の指示が曖昧だったのでとりあえず四階でエスカレーターを離れフロアを一巡りした。中が見えるプラスチックか強化ガラスかの太い筒の中を機械部分まで曝して昇り降りするエレベーターの動きに目を引かれたり、一階からの吹き抜けがこの階にも達していることに驚きはしたが、若い人達の右往左往するブティックや靴やCDの店の間を廻ってみても、どこにもテラスへの出口らしきものはみつからない。

大きく息を吸って更に上階へと続くステップに足をかけた。何が待っているにせよ最早そこに行くしかないのだ、と腹を据えるにつれて諦めに似た平穏な気分が訪れた。取って喰われることもあるまいよ、と冷やかに笑う声に下から押し上げられているようだった。レストランの連なる五階にはそれまでと一変した空気が立ち籠めていた。買物をするのとは別の、身の内に食べ物を取り入れようとする中年客の露わな表情が通路に溢れ、その間から聞き慣れぬ外国語の呼び込みの声が流れてくる。食事時でもないのにどうしてこんなに混み合っているのか、と訝りつつエスカレーターの弾みのついた足をフロアに踏み出した時、前方の高いガラス張りの向うに外気の踊るのが見えた。縁の手摺に寄って下を眺めるらしい人々の後姿が横一列に隙間もなく立ち並んでいる。

これがテラスなのだ、と意外に深い奥行きを確認する間もなく自動扉を脱けて板張りの床に出ていた。忘れていた冷気が肌を刺した。コートを着てくればよかったことに初めて思いが及んだ。寒さだけではなく、それが他の何かからも身を護ってくれそうな気がした。

わざと後姿の人影から目を逸らして広大な澄んだ空に向き合った。このまま空に挨拶して帰ってしまう方がいいような怯みが身の底を掠めた。

こちらから捜すことは出来ないのだから相手が気がついてくれるのを待つしかない、と考えながら板張りの床を円く抉った中からすっと立ち上る若木の下で腕を組んだ折だった。後姿の列から老夫婦らしい男女が振り向いてゆっくり手摺を離れた。一瞬身構えたこちらの脇をつまらなそうな乾いた顔の二人が通り過ぎていく。左右から少し狭まった肩の間に吸い寄せられるように近づいて身を入れた。

下に透明なプラスチック板を張られた胸の高さの金属の手摺に凭れると、正面から陽を浴びた煉瓦造りの東京駅が横に長々と浮かび上り、その前の点々と黄や赤を散らした植込みの間をぐるぐると廻るタクシーの流れが小さく目に映った。駅舎の黒ずんだ屋根の向うに大丸デパートの白い上部がのぞいている。左手に赤白に塗られたクレーンの長いアームが立っているのは元国鉄ビルがあったあたりだろうか。三十何階かの高みまで昇ればおそらく東京湾が見晴せるに違いない。

眼前の光景に目を奪われ、小波のように吹きつける冷たい風に顔を晒したまましばし手摺に身を預けた。右から肩を押され、びくりとして振り向いた。白い羽根をリボンに挿したチロリアンハットを被った小太りの男が半コートのポケットから何かを取り出そうとしたらしかった。低い笑い声が風にのって反対の側から届いた。長く艶やかな黒い毛を襟につけた黒いコートの女が隣に立っている。

昔の丸ビルだって八階の高さはあったのだから、これに似た景色は見られた筈なのに。呟きとも囁きともつかぬ言葉が風に揺れる襟の毛の間から洩れた。

テラスはなかったけれど。

穏やかな声音に誘われてつい応える言葉が零れていた。あまりに近過ぎて横顔をしかとは捉えられないが、白髪の多い髪と落ち着いた身のこなしからこちらと近い年配であることは感じ取れた。

一階もあんなにがらんとはしていなかった。

骨董屋めいた陶器店が道からはいった角にあったでしょう。

ガラスの中に飾られた小皿や湯呑みのくすんだ朱が急に眼の奥に蘇った。向いが本屋さん、冨山房だったでしょう。

本社ビルが近くにあったので会議などに工場から呼び出される行き帰りによく丸ビルの中を通ったけれど一階の陶器店くらいしか憶えていない。それでも昔を偲ぶ相手の言葉にのって調子を合わせるのは不快ではなかった。隣に立つのが果して先刻の電話の相手であるのか否か判断はつかない。やや嗄れ気味の低い声は似ているようでありながら断定は難しい。全く行きずりの二人がこんなふうに自然に語り合うことがあるのだろうか。今はしかしそれを確かめない方がいい、と自分に頷いた時、一段と低い声で相手が囁いた。肩がほんの少し近寄っている。

電話に出たのが、もし女でなくても、やはりここまで来ましたか。

突然の問いかけに返事が出ない。訊ねておきながら、そんなことは忘れたように女の首は建築中のビルに立つクレーンの赤白に染められたアームの方に伸びている。襟もとの黒い毛が風に揺れた。

あなたでなかったら、来なかったかもしれない……。

どうして。

そんな気がしただけ。

電話をかけてからのことはうまく説明がつかない。電話をするまでのことはもっとわけがわからない。にもかかわらず、ここにこうして女と並んで立っているのが何かの間違いであるとは思えない。

ずっと昔は、海の底だったのでしょうね。

ゆっくり首を戻した女が水面を見渡すように小さく顔を振る。ちらと見えた面長の顔はやはり見知らぬ人のものだ。

少し昔は丈高い草の生えた荒寥たる原だったという話ですね。

狐や狸がいたかしら。

蛇や野鼠がいたかもしれない。

みんな忘れてしまえばいいのね。

正面をきっと睨む気配で女が語気鋭く言い放った。

それでいいのかどうか……。

咎められた気分で慌てて言葉を濁した。

さ、行きましょうか。

女が早口に呼びかけたのはこちらに向けてではなく、反対側に立っていた枯葉色のコートを着たもう一人の女に対してだった。連れがいるなどとは思ってもいなかっただけに呆気に取られた。手摺を離れて大股に歩き去ろうとする女にすぐ追いついた裾長のコートのもう一人の女がちらと振り返った。似た歳頃のようだったが、それも見知らぬ顔だった。ほんの微かに頭を下げたように見えた。話していた女の代りに挨拶したとも、後をついて来るなと脇から告げたとも取れる微妙な仕種だった。板張りの床から生えた二本の若木の間を抜けて扉をはいった二人の姿は、たちまちフロアの人混みの中に紛れて消えた。身体の中からいきなり温もりを持ち去られたかのようなどしんとした寒気に襲われた。柔らかなウールのジャケットは肌を護ってはくれなかった。前より強くなった風が正面からテラスに吹きつけていた。建物の中へと戻る人の影が重なり合って視界を遮った。手摺の外を振り向くと、遥かな植込みから吹き上げられた黄葉が陽の光を浴びて小さく舞う様が目に映った。

帰りは一階より更にエスカレーターで下って広い地下道を東京駅へと急いだ。テラスの二人連れから逃げたい気持ちの方が強かった。何ひとつ思い当らぬことばかりだったが、その底には疑いや憶測や当惑や恐れのすべてをひっくるめて、深々と頷く他にない大きな波のゆったりうねっているのが感じられた。足を運ぶ身体までが右に左にと揺れるようだった。始発電車の温かなシートに腰をおろすと続け様に嚔が出て止まらなかった。

新しい丸ビルが出来たのね。

夜の食事の後、妻が夕刊をめくりながらさして興味もなさそうに呟いた。

幾月か前の話だろう。

元の丸ビルの建つもっと前は、狐や狸のいる見渡す限りの草原だったらしいわ。

狸もいたのかね。

新名所を紹介する記事でも出ているのかと妻の拡げる新聞を覗き込んだがそれらしい写真も見当らない。

狐がいたら狸もいるんじゃないの。

狸は里山みたいな所に棲むんだろ。

知らないけど……。

つまらなそうに妻が呟いた。

また続けて嚔が出た。顔を上げた妻が口を開きそうにして、結局は黙ったまま夕刊に目を戻した。

隣の部屋の壁にかけたまま洋服簞笥にまだしまっていないジャケットをふと振り返った。胸のポケットに何かはいっていそうな気がした。


（「群像」二〇〇三年一月号）

鯉浄土

村田喜代子

山手の町を登って行くと、家並みの間にあっちにもフワリ、こっちにもフワリと薄桃色の雲がたなびいている。自分の住む町に桜の木がこんなに多かったなんて、この季節になって初めて驚く。二、三百メートルに一塊りくらいの割合で桜の雲に出会う。

ただこの桜雲は低くて、人の頭の上にかぶってくる。あたかもこの時期は人間世界へ極楽が出張ってきた感じ。民家の洗濯物を干した庭にも、つぎはぎだらけのトタン囲いの廃材置き場にも、不似合いな極楽が引っ掛かっている。

工事現場から運んだ泥まみれのスラブやブロックや、ついでに破れたゴム長靴や古バケツ、カップラーメンのカラなどがうずたかく積もったゴミの山に、おごそかな桜の微光がしんしんと降り注いでいる。

こういう景色を眺めていると寂光浄土なんて言葉を思い出してしまう。寂光浄土というのはつまり極楽と似たような所なのだが、こんなうらさびしいうつくしさには極楽よりもすこし地味目な寂光浄土のほうが似合っている。

車の窓からそんなことを思いながら外を見ていると、

「ア痛、行き過ぎた」

と運転席でダンナが言った。大谷山のダムへ行くには廃材置き場を右に曲がるのだ。ダンナは車をバックさせてトタン塀の角を折れた。

山道に入ると人間界の桜雲は消えて、周囲の林のまだ五分咲きくらいの山桜が目に入ってくる。町と違ってこのあたりは二、三度気温が低い。花見客の車がまばらに走っている。

私は車の後ろの座席に鍋を一個載せていた。帰りはその鍋に魚の包みが入る。これから鯉を買いにダムへ行くのだ。骨の荒い魚なのでビニール袋に刺さって血が洩れる。それを入れるにはタッパーでは臭いがつくので、鍋を持参するのが一番いいのだった。湖の畔に川魚料理の店があってそこで鯉をわけてもらう。

魚を買いに山へ上がって行くのは、ちょっと変な気分だ。近くの町に漁港があってヒラメなどを買いによく出かけるが、そのときは海をめざして下って行く。私の住む町は山から海へ続くゆるい傾斜地にあって、どこへ降りてもしぜんに海へ出てしまうのだ。海抜ゼロメートルの防波堤の先は広い広い真一文字の水平線だった。

山道は幾つもヘアピンカーブを越えて奥へ入って行く。林の中の道が陰って暗くなる。窓に谷川の水音が高く聞こえてきた。鯉はこういう所に棲息するのだ。

ダンナは黙って運転している。せっかち人間だから、頭の中にはこれから手に入れる鯉がもう早々と泳いでいるのだろう。黒い太った影が水底に身をくねらせている。

やがて行く手に青い湖が見えてきた。

大谷ダムの水の色だ。春陽を浴びて銭湯のお湯みたいに温かそうに照っている。湖畔沿いに点々と川魚料理の看板が現れた。何度か夏に涼みがてらドライブにきたことがあるが、今までは興味がなくて気にとめて眺めたことはない。

鯉をわけてくれるという店は駐車場に藤棚があるらしい。店の名がわからないからそれが目印なのである。川魚料理の店は魚屋ではないので、どの店でもオカネさえ出せばなまの鯉を売ってくれるというわけではなかった。

ダムの上流に藤棚の駐車場を見つけた。

古ぼけた木造の二階屋に『川魚料理　鯉作』の看板が出ている。駐車場に車を停めてダンナが降りて行く。私も鍋を入れた紙袋を取って後を追った。陽気がいいので店の戸は開け放してあった。中を覗くと客が何組も卓を囲んで賑わっている。大皿の上に盛られたものは鯉の洗いらしい。ヤマメの塩焼きや山菜の煮物も出ている。

「いらっしゃいませ」

と紺のデニムのサロンエプロンをつけた若い女が出てきた。色白でふっくらした頬が赤い。三、四歳くらいの男の子と女の子が彼女のエプロンの端を右と左から掴んでいる。この店の若嫁という趣きである。

「こちらで鯉をわけていただけると聞いてきたんですが」

と私は言った。

「ああ。それならちょっとお待ちください」

若嫁は小走りに店へ入ると厨房へ聞きに行く。彼女の子供たちも追って行く。奥の厨房はカウンター越しに上半分だけまるみえだ。そこに和服に白い割烹着の女が働いていた。束ねた髪に白いものが見えて六十代にはなっているようだが、長い首がスッと立って気合いが入っている。この店のおかみらしい。若嫁が彼女の所に鯉の注文を報せに行った。

「あら。困ったわねえ」

とおかみがカウンターの潜り戸から出てきた。

「今うちの人が出てましてね」

と気の毒そうに私たちを見て言った。釣りに出かけて、あと二時間もしなければ帰ってこないだろうという。

「ご主人がいらっしゃらないとダメですか?」

鯉を売るのに家のあるじの許しがいるのかと思ったが、おかみは私とダンナの顔を観察するように見て、

「お客さん、鯉を生きたまま持って帰って、頭落として、調理できますか。それならお分けしますけど」

と尋ねた。とんでもない。私は首を横に振った。

「鯉コク用に切り身にしてほしいんです」

私の声は哀願調になっていた。

鯉を買って帰ったら一刻も早く煮なければならない。三時間煮てやっとコクが出始める。五時間煮てようやく小骨が食べられる。大きな骨が柔らかくなるまでには十時間はかかる。とにかく少しでも早く鯉を買って帰りたいところだ。

「あの、奥さんは、鯉、捌けないですか?」

と今度は私がおかみに聞いてみた。

「それが今、水槽に残っているのは二キロクラスの大物ばかりなんですよ。鯉は一・五キロを越えると骨が固くなるんです。うちは釣り魚だから、養殖鯉よりもっと固いんです」

「どうしてもと言われればアタシにも捌けないことはないですけど、ごらんのように店もたて込んでるし、気が急いて包丁持つと怪我しますからね」

とおかみは言った。

彼女の顔が職人の顔になっていた。


鯉コクを食べたらと人にすすめられた。

滋養強壮の薬になるという。女性の授乳期や、腎臓、肝臓の病気にも良く、また手術を控えた者には増血作用が著しい。スッポンや八目鰻も昔から言われているが、やはり何といっても鯉のほうが格から見てもワンランク上だという。

すすめた人物はダンナの取引先の会社の経営者だ。何といっても大病を乗り越えた人物の話は説得力があって、ダンナはすぐにもやってみたくなった。

「でも鯉コクなんてどうやって作るのかしら」

「なあに味噌汁に鯉を投げ込んだようなものだろう」

と味噌汁も作れないくせにダンナは簡単そうに言って、会社の鞄から一枚の紙切れを出した。鯉コクのレシピを書いてもらったのである。いかにも機械畑らしい人物の小さな精密な字が並んでいる。循環器をやられそうな几帳面で融通のきかなそうな字だ。とりあえず材料のところを読むと、

鯉一匹　約一キログラム
ゴボウ　鯉と同量　一キログラム
豆味噌　百五十グラム
麦味噌　百五十グラム
茶殻　一カップ
刻みネギ　生姜絞り汁　ゴマ油　各少々

とある。鯉一キロに同量のゴボウというと凄い嵩になる。一キロのゴボウなら刀の脇差しくらいの太いのが六、七本はあるだろう。鯉の身は煮くずれるから、こうなると見た目はおそるべきゴボウ汁ができあがる。味噌汁の池に材木を放り込んだような光景が目に映る。

とはいえ最初の問題は何といっても鯉の調達である。スーパーや商店街の魚屋では鯉を売っているのを見たことがない。

「そんなら魚市場かな」

「あそこは鯛やヒラメやカレイでしょう」

海の方角へ行くとどんどん鯉から遠ざかってしまうのではないか。料理好きの女友達に電話すると、鯉料理の店は知っているが、食材の鯉を売る店は知らなかった。ただ淡水魚の専門店があるはずだから職業別のタウンページで探してみたらどうかと言う。そうか、鯉は淡水魚なのだったと私は納得した。

さっそく調べると鮮魚店の頁に川魚商という項目があって、『嶋田川魚店』という名がぽつんと載っていた。人口百万の市にたった一軒だ。店に電話をかけると地味な男の声がした。

「あの。お宅に鯉はありますか」

「あります」

声の具合から四十前後の感じである。井戸端か水道のそばにいるような湿った密やかな響がする。

「後で一匹買いに行きますから、よろしく」

「はい」

水の中のような少しぶれた声で男は答えた。商売なのに愛想がない。一軒だけで商売敵がいないせいか。もっとも愛想をふりまけば鯉がよく売れるということもない。

先週の日曜の朝のことである。

『嶋田川魚店』は郊外にできた新興住宅街のマーケットの中にあった。私たちは車で出かけることにした。

風のない暖かい日だった。途中に通りがかった道筋の大型園芸店では、今日もまだ午前中だというのに駐車場が満杯になっていた。スミレやチューリップ、フリージアなどの花鉢を抱えた若い女性。花の種や土の袋を持った中年夫婦。桃の枝を担いだ老人。みんなぞろぞろ集まっている。

私は以前、あの人たちはなぜ花や木を植えるのだろうと思っていた。でも今はそれがわかる。人間は死ぬからだ。

『嶋田川魚店』はマーケットの裏口近くにあった。店に人はいなくて、カランとした床に水が打ってある。私は電話に出た男のひんやりした声を思い出した。売り台の上には魚の甘露煮のような物がパックに入って置いてあるくらいで、ガランとして淋しい。

奥から白衣に前掛けをつけた痩せた男がでてきた。

「いらっしゃい。何にしますか」

その声で電話の男とわかった。

「鯉を一匹。さっき電話した者ですけど」

「ああ。鯉コク用ですね」

と男が言った。ヒゲの剃り跡が染めたように青い。

「一匹、一キロで二千円です。切ると少し減りますが」

「それでお願いします」

と私が言うと、ダンナが横でうなずいている。鯛やヒラメよりは安いと思う。男は注文を受けると奥へ引っ込んだ。そのままパッタリ出てこない。向こうの部屋に生け簀があって、そこで鯉を出して捌いているようだ。どうりで店頭の売り台が殺風景なはずだった。商品の魚はみな奥の生け簀で元気に泳いでいるというわけだ。

男がずっしりとしたビニール袋を片手に出てきた。

「苦が玉だけ取って、頭もはらわたも全部入れてます」

「苦が玉?」

「鯉の胆嚢です。これがちょっとでも入ると苦くて食えません。あとは骨まで食えますよ。ウロコも付けときました」

「ウロコも食べるんですか」

私がうへっという顔をすると、

「ウロコはゼラチンがあるんです。お宅、薬食いですか?」

ふと男が気になるふうに聞いた。何と答えたらよいものか。私はダンナと顔を見合わせた。

「肝臓ですか」

と男がダンナに目を移す。生気のない顔付きが彼にも見て取れるのだろうか。

「はあ」

とダンナは曖昧に答えた。

「うちの爺さんの話では、肝臓病には鯉の頭と小豆を一緒に煮て食うと言っています」

鯉の頭一つに小豆二合の割合だという。

こういう店には鯉の好きな食通の客と、食養生でおそるおそる買いにくる客と二通りいるのだろう。顔を見ればどっちの部類かピンとくるのだ。

鯉をもらって店を出ると、男もスッと奥へ消えた。

店番はいらない。客がきたら出る。そんな商売らしい。

さて家に戻ると私は服を着替えてエプロンをつけた。一キロのゴボウの束も八百屋から買って帰った。いよいよ調理である。鯉の血が洩れてべたべたしたビニール袋を流し台に置いて口を開けた。ずっしり重い鯉の切り身が滑り出したとたん、ギラッと光ったものがある。真っ黒い大目玉が流しに現われた。大目玉、大目玉、大目玉……。それがびっしりと連なっている。

ギャッ、と叫んで私は後ろへ飛び下がった。

目玉ではない。それは切り身についた鯉のウロコだった。

ダンナが私の声に何事かと覗きにきた。

「見て」

と私は鳥肌立って指さした。大目玉と見えた鯉のウロコは、親指の先から第一関節ほどの大きさがある。それがびっしりと鯉の肉に食い込むように生えて、ぎざぎざに逆立っている。目玉が一斉に飛び掛かってくるように見える。

「ほう。これは凄い。池なんかで泳いでいるのを見るのとはぜんぜん違うな」

これに較べると鯛やヒラメなんてずいぶん優しい魚だと思う。私は流しの前で変なことに感心した。

「私、触れないわ。あなた、鍋に入れて」

私は手を引っ込めた。ダンナは言われるままに、袋の中の鯉の頭と胴体の切り身と内臓のすべてを大鍋へ移し入れた。

私はそれを少し離れて見ていた。人はこんな烈しい食物を食べねば体が養われないのだろうか……。鍋を見るうちに胸が冷えていく。


ツクシのお浸し。ワラビと油揚げのきんぴら。鮒の甘露煮。それにピース御飯がついて、『鯉作』で買った弁当はなかなか美味しかった。

湖に向いたベンチに腰掛けて食べた。

桜は日当たりの良い場所では五分咲きだが、そうでない所ではようやく三分ほど開いている。弁当を広げる花見客はまだなくて、湖畔の桜並木を散策する人影だけがちらほらある。

「鮒の甘露煮、もう一匹あげましょうか」

「もういい……」

幽霊とつき合っているようにダンナの反応は頼りない。

弁当を食べ終えると自販機のウーロン茶を飲んだ。以前ならここで二人とも食後の一服をやるところだが、煙草をやめてもう半年になる。吸いたいとは思わないけれど煙草を挟んでいた手の指が所在ない。

先にダンナがふっつりと煙草をやめたので、私もつき合った。夫婦愛なんてきれいごとではいえない。一つ家の中で禁煙中の人間がいて、そのそばで自分だけプカプカ喫い続けることは難しい。目立たないように喫っていたが、この際とばかり私も煙草を投げ捨てた。

ダンナの声が掠れはじめて耳鼻咽喉科に行ったのは半年前だった。しかし喉の異変とばかり思ったものは、循環器内科にまわされて、五・五センチに成長した胸部大動脈瘤と判明した。心臓のすぐそばで、いつ破裂してもおかしくない。

「水道の栓をひねると勢いよく水が飛び出るでしょう?」

とダンナよりずっと年下の医者が説明した。

「それは水を流すために圧力をかけているからです。血管も血液を送るために高い圧力がかかっています。それが血圧だということはご存知ですね」

動脈の圧力はおよそ百二十ミリメートル水銀柱だ。

「水銀の比重を水に換算すると、約一・五メートルの高さまで噴き上げることになります」

私の目に血の噴水が浮かんだ。

ダンナは黙って聞いていた。

「この勢いですから、破裂すれば出血のショックで十秒くらいで意識を失います。三十秒で体じゅうの血液の半分が出てしまう。一分でカラになる。救急車も間に合いません」

いつか映画の人斬りシーンで首から血が噴き上がるのを見た。あんな勢いで、血が体内に放出してしまうのだろうか。医者とダンナは向かい合っていた。私はダンナが倒れるのではないかと思ったが、ダンナはぐっと背を立てていて、倒れなかった。現代の医療は包み隠しがない。病人は強靱な精神力を持っていなければ務まらないのだった。

「手術をしなければ死にますよ」

とはっきり言われた。

湖は青いお皿のようだった。

そのお皿の周囲を薄桃色の桜がぼんやりと縁取っている。音のない、静かな、優しい景色だが、見つめていると青い湖面が泡立つような赤色に変わっていく。薄桃色の桜もみるみる真紅になっていった。池の真ん中に赤い噴水が噴き上がる。湖が血の池に塗り変えられていくのである。

ダンナが腕時計を見て立ち上がった。私たちは車に戻った。後ろの座席には鯉を入れる鍋の横に、大きなA3サイズの紙が透明ファイルに挟んで置いてあった。運転中、緊急時の用意だ。ダンナがワープロで文章を打って拡大コピーにかけたものだ。

『小生は胸部大動脈瘤の持病があります。異変の時は下記の病院へ救急車にて搬送してください』

病院名と診察番号も大きく書き込んだ。救急車が間に合わないといっても、とにかく運んでもらうしかないのだった。

そろそろ『鯉作』に行ってみることにして、ダンナは車を発進させた。

穏やかに運転しよう。血圧を上げてはいけない。

常に体を安静に保つこと。感情をたかぶらせないこと。癇癪を起こさない。熱い風呂は厳禁。熱い飲み物も、冷たい飲み物も破裂を誘発する。寒さはとくに注意して、大きな声を出すことも、クシャミもいけない。車の運転もやめること。

入浴と飲食の注意以外は、無理難題ばかりである。生活するな、ということだ。

ダンナがクシャミをすると私は思わず目をつぶる。男のクシャミは何だってこんなに馬鹿でかいのだ。自分でクシャミをして、その後でダンナ自身も血の気が引いた顔をしている。

一ヵ月、二ヵ月と、仕事にかこつけて手術の承諾を逃げてきたが、そうしているうちにも心臓ポンプの圧力で瘤は確実に膨らんでいく。やっと手術台に乗る決心がついた。

ダンナはゆっくりと車を走らせる。向こうに『鯉作』の藤棚が見えてきた。


昼が過ぎて『鯉作』の店内はがらんとしていた。若嫁が汚れた皿小鉢を座敷から洗い場に運んでいる。子供たちがその後を子犬のようについて歩く。

「まだ帰らないんですよ」

厨房で野菜を洗っていたおかみが私たちを見て、手を動かしながら言った。

「もうじきだと思うんですけどねえ」

それなら外で待っていることにして店を出ると、気の毒そうに若嫁が追ってきた。

「鯉、見ますか」

と言ってくれた。藤棚の裏手に板で屋根囲いがしてあり、その中にコンクリートの水槽があった。

水面が揺れ騒いでいる。そばに寄って覗き込むと、なるほど大きな鯉だ。三十センチ以上はあるようだ。ぜんぶで十匹もいるだろうか。水底を進む魚雷みたいに分厚い黒い影が動いている。数匹が水面に口を開けた。人間の唇のような口をした顔が二つ、三つ、四つ。パクリ、パクリと大きな唇が開いて中の舌が見えた。人間みたいだ。こんな顔どこかで見た。

「オジイサンのコイ」

と上の子供が指さす。

「お祖父さんの鯉なの？」

私が笑って子供に聞き直すと、嫁が答えた。

「ええ。うちの主人は会社勤めで、川魚は舅だけでやってるんです」

でもお祖父さん、帰ってこないね。困ったね、と彼女は子供たちに呟きながら通りの道を眺めた。

魚の命を断つことを、漁港の魚屋は、攻める、と言う。私がそれを知ったのは港の小さな魚屋の店先だった。

路地の奥で看板も上げていなかったが、電話帳には『日昇丸』という店名が載っていた。生きの良い魚が付近のどの店より安い。主人は漁師上がりの男で六十歳前後か。その妻は私にはだいぶ若く見えた。四十幾つくらいだろうか。髪を赤く染めて少し肥えた肉感的な女だ。夫婦とも口数は少ない。あるじが港へ行っている留守は、妻が一人で客の注文を聞いて魚を捌いている。ある日、私は生け簀の魚をおろしてくれるように彼女に頼んだ。ちょうどそこへあるじの男が戻ってきた。彼は自分の妻が生け簀から魚を出しているそばへ行くと、

「おいが攻めてやろうか？」

と声をかけた。そして彼は妻の手からビチビチ飛沫を上げる魚を受け取ると、店の土間の物蔭にしゃがみ込んだ。そこで魚の鼻面に包丁の一撃が加えられる。男が立ち上がったときは、魚は彼の掌の上でもう死んでいた。生き物の命を殺めるときはこんなふうにやるのである。生き物を攻める役は男の仕事ということか……。男の妻は一人でじゅうぶん魚屋をやっていけそうな、ときには赤毛の前髪の下の目がふてぶてしく見えるような女だった。魚くらい何匹攻めてもへっちゃらみたいな顔をしている。しかしそれでも男が店にいるときは、魚を攻めるのは自分の役目だと彼は思っているのだろう。

まだ帰ってこない『鯉作』のあるじとはどんな男なのだろうか。『日昇丸』の男の顔と並んで、『鯉作』のあるじの目鼻のない顔が浮かんだ。

ダンナと私は土間の椅子に腰かけて、テレビを見ながら待っていた。『鯉作』のあるじはなかなか戻らなかった。

「よく釣れると帰ってこないし、釣れなくてもやっぱり帰らないですからね。仕方ないわねえ」

おかみは割烹着の袖口を二の腕まで引き上げ、厨房から出てきた。そして何を思ったのか、つかつかと外へ出て藤棚の裏へ歩いて行く。若嫁がその後を追ったので、私たちもついて出た。

おかみは鯉の泳ぐ水槽の前に立った。かたわらにすくい網が立てかけてある。おかみはその網を水槽に沈めると、跳ねる鯉を水の中で一匹すくい入れた。水を飛び散らせた網がぐうーんと上がる。暴れる鯉を若嫁が駈け寄って網の上から両手で押さえた。

「お義父さんなら、素手で摑んで、この場でゴンッとやるんですけどね」

若嫁が口惜しそうに言う。鯉を最初から気絶させて運んだほうがらくであるが、おかみの力では敵わない。おかみと若嫁と二人がかりで網ごと鯉を厨房に運ぶと、大きなまな板の上に載せた。ビシッ、ビシッと鞭のような音を立てて鯉の尾が板を打つ。おかみの片手が濡れ布巾を取って鯉の顔にかけた。

魚の目隠しだ。まるで人間の処刑シーンのようである。濡れ布巾の下で鯉は何を考えているのか、痙攣するような動きが静まっていった。

「こうすると鯉がおとなしくなるんです」

と若嫁が私たちに言った。

「よく肥えてますね」

「まるっこいのでメスでしょう。オスは少し細くて長いんです」

私たちは厨房の外のカウンター越しに見ていた。いつのまにか子供たちの姿はなくて外で遊ぶ声がした。若嫁が行かせたのだろう。

おかみは摑んだ包丁の刃をひっくり返すと、その背で鯉の鼻先をガツンと一撃した。ビクリと震えて、鯉は動かなくなった。

鯉は気を失っていた。そして……、まな板の上からするすると糸がほどけるように水の中へ滑り込んでいく。魚も夢を見るのだろうか。見るとしたら川へ帰る夢だろうか。川の淵のほの暗い水底を鯉は昏い魂のようにゆらゆらと泳いでいく。水は川苔や水草の湿った日陰の匂いがして、空色の鏡のような水面から陽射しが波に崩れて沈んでくる。

鯉は夢を見ている。とても短い夢だ。一瞬後、目隠しの布が取り払われたとたん、目の前が真っ赤になる。ガッシ！　と包丁の刃が頭に打ち下ろされた。骨が断ち切られる音がした。

そのとき、鯉がキュッ、キュッと二度小さな声で鳴いた。それからあおりを食って反りくり返った。太い首だから一度では落ちない。ガツン、ガツン！　と容赦ない刃が食い割って、鯉は自分の血の色で目玉まで染め抜かれる。

おかみは二の腕で額の汗を拭いた。

鯉の肩口から背のほうへ包丁を入れて切り込むと、大量の内臓が現れる。その真ん中あたりをおかみの指がさぐり青い球のようなものを取り出した。

「これが苦が玉よ。鯉の胆嚢です」

と言う。

「さっき、鯉、鳴きませんでしたか」

と私は聞いた。

「魚が鳴くはずはないですよね……」

「いいえ、鯉は死ぬとき、鳴きますよ」

とおかみは出刃包丁をふるいながら答えた。

「五、六匹に一匹くらいは、頭を落とすときに鳴きます。ネズミの子みたいに本当に小さい声ですけどね」

そうだ。ネズミみたいだったと私は思った。

二キログラムの鯉がぶつ切りになって出来上がった頃、店の表に軽トラが停まった。

「ジイジイのクルマ！」

「ジイジイ、カエッタ！」

と子供二人がはしゃいで出て行った。

私は鯉の代金を若嫁に払った。『嶋田川魚店』は一キログラムで二千円だったが、こっちは釣り物で、倍の大きさで三千円だ。礼を言っていると釣り具を持った老人が入ってきた。猪首のがっしりした体軀で頭の白髪がギラギラと鋭い。『日昇丸』のあるじより年は取っているが、精悍な鷲のような印象だ。

「ジイジイ。サカナ、トッタ？」

「おお。捕れた、捕れた。鯉がようけ捕れたわい」

老人がダンナと私を見た。私は鯉の入った鍋を抱えて店の入口に立っていた。

「お客さんが、待っていられたんですよ」

と嫁が言った。

「お義父さん帰らないので、とうとうお義母さんが鯉を攻めたんですよ。お義母さん、一発でやったんです」

「ほう」

と老人が頬をくずした。

「それはえらかったのう」

とねぎらうように、おかみに声をかけた。えらかったというのは、このあたりの方言で骨を折ったというような意味である。おかみは老人から弁当箱を受け取ると、何も言わず微笑みながら厨房に入った。

家に帰り着くと道に夕陽が射していた。

ダンナは台所の流しに鯉の入った鍋を置いた。

私は帰りに買ってきたいつものゴボウの大束を投げ出す。

「あなた」

とダンナを呼んだ。この頃、ダンナは呼べばすぐにやってくる。以前はこうはいかなかった。呼んでもこない。呼ぶのは彼のほうで、呼ばれるのはいつも私だった。だから私も煙草片手に声だけ「なあに」と返事したものだ。

今はダンナは私を呼ばない。掠れ声になったので、呼んでも声が届かないからだ。それで呼ぶのを諦めるか、自分が私のほうにやってくる。

ダンナがやってきた。

「鯉の身を洗うので、鍋から出してください」

ダンナは水道で手を洗い、鍋の蓋を取って、中のビニール袋から血の滴る鯉を出した。私は離れた所から見ていた。『嶋田川魚店』の鯉の比ではない。あそこの倍もある、真っ黒い濡れ濡れとした大目玉のウロコをつけたぶつ切り肉が、ダンナの手元からぞろぞろ出てきた。断ち割られて二つになった大頭には、あの人間の唇に似た大きな口があんぐりと開いていた。何百個ものウロコの目玉が睨んでいる。今夜は何と烈しい料理になるだろう。

ダンナが腕まくりして鯉の身を洗った。

私はゴボウを洗う。これを皮つきのまま煮崩れないよう太いささがきに切って、鍋にゴマ油で炒りつける。香ばしい香りが立ってくる。そこへダンナが鯉を投じた。水を差しガーゼにくるんだ茶殻を入れて、これから約十時間の煮込みである。鯉は煮込むほど旨味と滋養のエキスが出るらしい。

鯉コクを作りながら、ガス台の隣りの火で夕食のおかずを作る。湯豆腐にヒジキの煮物。トマトとワカメの吸い物。優しい料理の横で、鯉の地獄が泡を吹いている。夕ご飯ができたので二人で食べた。換気扇をまわし続けても鯉の臭いが充満して、湯豆腐もヒジキも吸い物も鯉を食べているようだ。

「ねえ。こんなこと、誰がやってくれると思う？　母親だってやらないわよね」

と私は恩に着せた。ダンナは黙って食べている。

夕食の後は、酒もやめているダンナはぽつねんとテレビを見る。それからぬるい風呂を沸かして入る。その間も私は鍋の番をしていた。

手術の前には自分の血液を貯める。粗食を続けているわりにダンナは貧血にはなっていない。やはり鯉が効いているのだろうか。人工心肺を使う開心術で、午前九時に始まってすべて終わるのは午後八時くらいになるだろうと医者は言っていた。十時間以上にわたる長丁場だ。それまでダンナを保たせねばならない。風呂場で彼の大きなクシャミが響いて、私は飛び上がりそうになる。浴室のドアを叩くと、中からも叩き返した。生きている。

十時になるとダンナが寝室へ行った。

鍋はまだこれからだ。ダンナが寝ると元気になってくる。ガス台の前に椅子を置いて今日の新聞を読む。町の桜は今週で終わるようだ。

鍋はかれこれ五時間経過した。蓋を取ると鯉の小骨を出して指の爪で潰してみる。よく煮えている。ウロコはとろりとなっていた。けれど大きな骨はまだまだ固い。鍋の音を聞いていると、何だか嫌な話を思い出した。

継子いじめの昔話に「手無し娘」というのがあった。継母が美しい先妻の娘を憎んで下男に山で殺させる。しかし下男は娘の両腕を切り落として、命だけは助けてやる。倒れた手無し娘の腕の付け根から血の束が噴き出た。娘は痛みをこらえて呪文を唱える。

手はなくとも　血はめぐるな
手はなくとも　血はめぐるな

娘の血は止まり、この話の終わりは新しい腕が生えて、彼女は幸せな結婚をするのである。夜が更けるとおかしなことを思い出すものだ。今夜は十二時まで頑張って、その続きは明日のことにする。

鍋はぐつぐつ噴いている。まるで鯉がしゃべっているようだ。そういえばこの鯉はメスだとか言っていた。濡れ布巾の目隠しをされて、ヒクッとしずまった鯉のいたいけな姿が目に浮かぶ。

じっと耳を傾けていると、鯉は死んだのでなくて、まだ生きて鍋の中で何か言っているようだ。

いのち。いのち。ワタシのいのち……。私はひき込まれるように聴き入った。

（「群像」二〇〇五年六月号）

ロック母

角田光代

窓からは夕日に染まる海と島々が見える。私は窓に額をつけてそれを眺める。成長するにつれ、憎むくらい嫌いになった光景だが、そうして見ていると、幼いころにつけた名前が自然と思い出された。亀吉。ワンコ。帽子ヘビ。もじゃりんこ。湖のように凪いだ海に、無数に点在する島々に、私は名前をつけていた。たいていちゃんとした名前を持たない、当然地図にものっていない無人の島々で、呼び名通り、亀に似ていたり伏せをした犬に似ていたりする。

高速艇はスピードをゆるめず上島《かみじま》の垂水に到着する。港とはとても呼べないちいさな船着き場。係りの老人が、立ち上がって船を止めるロープを手にし、船員にそれを投げる。いちばん前の座席に座っていたおばさんが、両手に紙袋を抱えて船を下りていく。船着き場で、係りの老人と話しこむ。あっという間に船は船着き場を離れる。

どきどきしてくる。隣の座席に置いた鞄から、携帯電話を取り出して履歴を見るが、だれからもかかってきていない。私は携帯を握りしめたまま、ふたたび窓に額をつける。金粉をまとったような山が近づいてくる。鼓動がさらに激しくなる。自分の生まれ育ったこの島には、私は名前をつけなかった。島、と言えば私にとってこの島だった。

船着き場が近づく。堀田のおばちゃんがロープの係りかなと思ったが、違った。立っているのは、見知らぬ若い女の子だった。船着き場の奥、島に一軒だけあるカラオケスナック・ハワイの前に、見慣れた軽トラックが停まっているのが見える。

高速艇が船着き場に着くと、数少ない乗客——老人ひとり、スーツ姿の中年女性ひとり、中年男性ひとり、は立ち上がり、出口へ向かう。私もおたおたと立ち上がり、突き出た腹を押さえるようにして、出口へと向かう。出口で待っている船員は、私の腹がぽこりと出っぱっているのを見るや、手を差しだしてくる。その手に切符の半券を渡し、ぐらぐら揺れる鉄筋の足場に降り立つ。

十年前とまったく何も変わっていないことに、驚くというよりは恐怖を覚える。船着き場のわきにある古びた待合い室、その隣の洋品店。めったにこない観光客用の、さびたレンタル自転車の列。積み上げられたみかんのケースに、橙色の郵便ポスト。十年前の正月と、今、そのあいだには本当にいろんなことがあったのに、この場所だけは、その十年間をのりしろでぴたりと貼りあわせてしまったみたいだ。

軽トラに近づくと、運転席に父が座っていた。私を見ずに、窓から吸いさしの煙草を投げ捨てて、エンジンをかける。私は助手席のドアを開けて乗りこむ。父はなんにも言わずに軽トラを発車させる。ちら、と私のおなかに目をやる。私が父の目線を追っていることに気づくとあわてて目を逸らし、けれどまた、ちら、と盗み見る。

「じき臨月」照れ隠しのためにそう言って笑った。馬鹿笑いになった。

父はそれについては何も言わず、ただ、はん、と聞こえる息を漏らした。

「おかあさんがくるのかと思ってた」

父がなんにも言わないのが気詰まりで、私は笑顔で言ってみる。父は開け放した窓から顔だけ突き出して唾を吐き、

「ああ、いや」

まるで会話にならないうなり声を押し出した。

軽トラは海沿いを走る。海と島々を照らす金色は、さっきより濃くなっている。靄がたちこめ、島はそれぞれ浮かんでいるように見える。

「かわらないねえ、本当に」私は言った。

「オレンジホテルがつぶれて、乙女座が新しゅうなった」父はぼそぼそと言った。島にも変化はある、と言いたいらしかった。

「乙女座で映画をかけるわけ？」

「観光客用じゃ。映画なんかかけん」

「まあ、そうだよね」

父が煙草に火をつけたので、私は助手席側の窓を開けた。父の向こうで、橙色の島はゆっくりと青みを帯びはじめる。父がおなかのことをなんにも言わないせいで、胸の鼓動がおさまり

そこねている。私はゆっくりと深呼吸をした。

「腹減っとるか」あいかわらず私を見ずに、父が訊く。

「減ってるけど」

「スパゲッティでも、食うか」

父が発音すると、スパゲッチー、と聞こえた。「スパゲティ屋なんて、あるの」と訊くと、

「去年、みはらし旅館の向かいにできた」父は怒っているように答える。

「スパゲティでもいいけどさ、おかあさんは？」

父はそれには答えず、また火のついた吸い殻を窓から投げ捨て、唾を吐いた。

「おかあさん、何か言ってた？」おそるおそる、私は訊く。

「何かって、なんだ」

「その、この、おなかのこと」

スイカほども突き出た腹を私はさする。

「なんも言っとらん」父は吐き捨てるように言い、それから、「なんも言っとらん、ちゅうか、ちっとおかしゅうなっとる」と、うめくようにつけ加えた。

「え、何、おかしくなるってどういうこと？」驚いて私は訊いた。島が近づいてきたときに感じたどきどきが、いやなざわめきに変わる。母親には、少なくともあとひと月かふた月、平静でいてもらわないとならない。そうじゃないと、覚悟を決めて帰ってきた意味がない。「惚けた、とか？」おそるおそる訊くと、父は声をあげて笑った。笑うと喉の奥で、痰のからむ嫌な

音がした。けーっ、ぺっ、と、成長するにつれやはり憎むように嫌っていた例の音を出して、父は窓の外に勢いよく痰を飛ばした。

「いや、なんちゅうか、ひきこもりっていうじゃろう、あんな感じじゃ」と、面倒そうに首をふって言った。

父の言うことはまったく要領を得なかった。どういうこと？ と重ねて訊いても、説明することも面倒になったのか、父はもうなんにも答えず、貧乏揺すりをしながらハンドルを握るだけだった。お椀ちゃんと名づけた無人島が、父の肩越しに見え、みるみるうちに遠ざかり、前方に野坂トンネルが見えてくるころ、おなかの子どもが寝返りを打つように、ぽこりと私の腹を蹴った。

母はべつだん、変わったところなどないように見えた。

ただいまあ、と玄関の戸を勢いよく引いても、迎えに出てこなかったが、それはめずらしいことでもない。

「トップスのチョコレートケーキ食べたかったんでしょー、買ってきたよう」言いながら靴を脱ぎ捨て家に上がり、台所とつながった食堂をのぞくが母はいない。「それから、買ってきてって言われた本は、見つからなかったー」廊下を挟んだ向かいの居間をのぞくが、そこにもいない。「おかあさーん」階段の下から声をあげると、ややあって、母が顔だけのぞかせた。

「なーによ、小学生じゃあるみゃあし、おかあさんおかあさんって」眉間に皺を寄せて言い、はっとしたように私を見る。じろじろと、無遠慮に、私の腹を見ている。

「こんなよ」私は笑って見せた。

「んまあ」母は眉間に皺を寄せたまま、言った。べつに、いつも通りの母だった。

唯一違うことがあるとすれば、夕食を用意せず、また用意するつもりもないところくらいだった。夕食は、父の言っていた、みはらし旅館の向かいにできたスパゲティ屋になった。父は「海のめぐみスペシャル」を、母は「秋のめぐみスペシャル」を頼み、私は気恥ずかしさを感じながら「大地のめぐみスペシャル」と、つぶやいた。店の名前は「めぐみ」で、それが注文を取りにきた若作りしたおばさんの名前らしかった。

父と母は、私の突き出たおなかに対して、呆れるくらい不自然に振る舞った。まったくなんの質問もせず、妊娠にまつわる言葉をまったく口にしないかと思うと、ちらちらと、見てはいけないものを見るように私の腹を盗み見ている。

「籍はさあ、ほら、来年入れるから。今年ね、彼のおじいちゃんが亡くなったから、だから一年は待とうってことになってさあ。それでさあ、彼もくるはずだったんだけど、ほら、仕事あるでしょ、ここは日帰りじゃこられないし、台風なんかきたら、船はすぐ欠航だし、だから私がいいって言ったんだよね、赤ん坊生まれたらでいいって」

だから私はべらべらとしゃべらなければならなかった。永遠に注文した品物は出てこないのではないか、と不安になるくらい待ったあとで、それぞれのめぐみスペシャルが運ばれてきた。父と母は、うどんをたべるような盛大な音をたてて、スパゲティを食べた。実際、うどんのようなスパゲティだった。私たちが無言で麺をすするなか、さっき船で見たスーツ姿の男が、作業着姿の男に連れられて入ってきた。この島の狭さをあらためて思い出す。スパゲティを三分の二ほど食べたところで、ケチャップで口のまわりを赤くした母が顔を上げ、

「で、あんた、どこで産むつもりなん」

迷惑そうな表情で、ようやくそう訊いた。

父が、母について何を言っていたのかは、明くる朝にわかった。とはいえ、ひきこもりとはまるで異なる。

どかん、と家を揺するような爆音に目を開けた。実家に戻っていることをすっかり忘れるくらいの深い眠りで、一瞬、自分がどこにいるのかまるでわからず、どかん、から続く爆音の正体がわからず、私は布団から飛びだして勢いよく襖を開け、木目の浮き上がった廊下を見て、ああ家だ、とようやく思い出し、どかん、ずずずずすん、と続く爆音が聞き覚えのある音楽だと、廊下をうろうろと歩きまわっているうちに気がついた。

耳をふさぎながら階段の下を見おろす。音は居間から聞こえてくるようである。きっと野良猫があがりこんでいたずらをしているんだろう。ずっと昔そういうことがあった。図々しくあがりこんできた野良猫が、何かの拍子にステレオセットの音量つまみを最大にして逃げていったことが。

とにかくこの爆音を消さないと。私は腹を抱え、よっちらよっちらと階段を下りる。勢いよ

く居間の戸を開くと、猫ではなく母が、居間の真ん中にちょこんと座っていた。正座して、何かを縫っている。ステレオセットの表示のなかで針がレッドゾーンを指している。

「あー、何やってんのっ」

どすどすと母を押しのけるようにしてステレオセットまでいき、音量つまみをぐっと下げた。床にレコードジャケットやCDケースが散らばっている。すべて、私が高校生のころに聴いていたものだった。

「なーにやってんのよ、朝っぱらから大音量で。しかも私のCD」

「あんたのかもしれんけど、あんたは置いてったんじゃないの。置いてったものどうしようが、うちの勝手でしょう」

母は怒鳴るように言うと、ステレオの前に立つ私の足を押しのけるようにして、音量つまみをまたあげた。爆音が響く。あわてて私はそれを元に戻す。

「こんな音じゃ、近所に迷惑だよ」

いったい何がどうなっているのかわからないまま母に注意すると、はっ、と母は息を吐き出して笑い、

「近所ってどこだ」と言う。「隣の梅原さんちまでどのくらいあると思っとる。聞こえるもんか」また手を伸ばして音量を上げる。今度は、さっきよりはちいさかった。とはいえ、ライブハウスでかけてちょうどいいくらいの大きさである。しかも、母がかけているのは、ニルヴァーナなのだった。私が音量を下げないのを確認すると、母は背を丸め、作業の続きを開始す

る。母の周囲を見まわし、それから母の手元に目を移し、母が何をしているのかを理解する。古い和服をほどいて、人形に着せるようなちいさな和服を縫っているのだった。しかし、そうとわかったところで、なぜ母がニルヴァーナを大音量で聴きながら人形の服を縫っているのかは、わからなかった。

「おかあさん、なんでこんなものを聴いているの？」

ニルヴァーナを聴く母と何をどう会話していいのかわからず、そんなことを訊いた。母は何も答えず、――驚いたことに、曲に合わせてちいさく歌い出した。デナイ、デナイ、デナイ、デナイと、きっと意味もわからず。

ディナイル、ディナイル、ディナイル、ディナイル、と歌いながら、私は港へ向かう自転車を漕いでいたものだった。温度の変わる暗いトンネルも、湖面のような海も、名をつけたいくつもの島々も、鮮やかな蜜柑の色も、全部ぜんぶ、大嫌いだった。高校に通う交通手段が船でしかないということも、恥ずかしく、隠したいことだった。船着き場に着くと、ウォークマンの音量を一気に上げて、いらいらと爪を噛んで船を待った。イヤホンからしゃかしゃかした音が漏れているのがわかった。それがときおり人を苛立たせるのもわかった。それでも音を大きくせずにはいられなかった。そうしていれば、船着き場のおばちゃんが話しかけてくる声も、高速艇のモーター音も、島のバスが鳴らす幼稚な音楽も、聴かずにいられた。目を閉じて音楽を聴いていると、自分があたかも、東京にいて、ラッシュの電車を待っているような気持ちになれた。高速艇のなかで目を閉じれば、ニューヨークの地下鉄に揺られている気分になれた。東京ってどんなところだろうと、目を開けるたび私は考えた。あるいは、ニューヨークってどんなところだろう。ロンドンってどんなところだろう。そこに広がる空はぐんと狭いに違いなく、曇っているに違いなく、びっしり並ぶデパートにはお洒落な服がぶら下がっているに違いなく、そこを歩く私は悩みなんかないに違いなく、かっこいい恋人がいるに違いなく、なめらかに標準語をしゃべっているに違いなかった。

十八のとき、嬉々として私は島を出た。東京駅のあまりの広さと混雑に泣きそうになった。山手線で途中下車して、トイレに駆けこんで吐いた。六畳一間のぼろアパートで、膝を抱えて洒落た恋愛ドラマを食い入るように見た。デパートのテナントになかなか入れず通路を幾度も行き来した。

今ではそんなことはない。銀座のブランド店にだって入ることができる。広尾まで地下鉄をスムーズに乗りこなすことができる。東京駅でうろうろするおばさんに舌打ちだってする。私はもうウォークマンを必要としていない。しゃかしゃかと音が漏れるほどの大音量で、外界と自分を隔てる必要がない。目を閉じ、音の洪水のなかで、訪れたことのない異国の地を思い浮かべる必要もない。

実家に戻って三日、だいたいのところはわかった。父が蜜柑工場に出かけたあとに、母は大音量で音楽をかける。そのすべてが、高校生のときに私が買い求めたＣＤやレコードである。

ガンズ・アンド・ローゼズ、レッド・ホット・チリ・ペッパーズ、U2、ポーグス、クラッシュにピストルズにイギー・ポップ。母にはそれらの区別なんかなく、ただ、手近にあるからそれをかけているだけらしい。謎なのが、どこがお気に召したのか、それともレコードを取り替えるのが面倒なだけなのか知らないが、何枚かかけたあとで、母はかならずニルヴァーナをかけ、そのあとはずっとリピートしてニルヴァーナを聴き続ける。三日間の平均ではだいたい午後一時以降から夕方四時過ぎまでがずっとニルヴァーナ。「ブリーチ」と「ネヴァーマインド」の二枚しか私は持っていないが、母は「ネヴァーマインド」のほうがお気に入りのようだった。私が思うには音楽の好みの問題ではなくて、ジャケットの好みだろうと思う。母はNIRVANAという単語も読めないようだったから。

もし高校生の私が集めていたのがクラシックだったら、家にはクラシックが鳴り響いていたことだろう。クラシックを集めればよかったと、今さらながら悔やんでみるが、しかし高校生だった私に、母がニルヴァーナを聴くようになるなんて想像もできなかった。

母は夕方までくりかえし音楽をかけながら、古い着物をほどいて人形の服を作っている。三日間観察したところによると、家事のほとんどを母は放棄している。夕方には音楽を止め、ふらりと出ていくが、夕食の買いものではなく近所のおばちゃんたちとお茶を飲むためだ。夕食は外食か、父が買って帰るカップラーメンか弁当。洗濯はやむなく私がしているが、私の帰宅前は、父がしていた様子である。

田所のおばちゃん（三軒隣に住む母のいとこ）によると、今年のあたまから母はずっとそんなふうらしい。「熟年離婚って知っとる？」田所のおばちゃんは、船着き場近くの雑貨屋で買ったらしい金つばをすすめながら、声をひそめて言った。「去年になるかねえ、深刻な顔して、離婚したいんじゃって、うちに打ち明けるわけよ。なんでって訊いたら、いろんなことがいやんなったって、それだけ。だから、離婚なんかやめとけって、うち言ってやったの。だってこのあたりの島しか知らんのに離婚してどこいくんよ。きちんと働いたこともないんじゃし、知らん土地で雇ってもらえるわけないじゃない。それに、マサさんいい人じゃないの、無口で無愛想だけど、酒飲みすぎることもないし、賭ごとするわけじゃないしねえ。だからね、離婚なんて面倒なことわざわざせんでも、自分の世界を見つけんさいと言うてやったの。お給料もろうて、好きなことやって、それでええじゃないの。なーんて、これね、新聞の人生相談欄に書いとったのの、受け売り」と、田所のおばちゃんは言うのだった。

田所のおばちゃんちの縁側に座って、私は耳を澄ました。坂の下、竹林に遮られて見えない我が家からは、大音量のニルヴァーナは聞こえない。母が音量つまみを必要以上にまわしてニルヴァーナをかけていると気がついたとき、私はとっさに、大音量で音楽を流し傷害罪で逮捕された中年女性を思いだし、ぞっとしたのだが、母の音楽はどうやら、攻撃ではなくて防御らしい。少なからずそのことに私は安堵した。何からの防御なのか、今ひとつわからないにしても。

「ところでよう、キヨちゃんよう、おばちゃんびっくりしてしもうたよ。ついこないだまで女子高生だったのに、おかあさんらしい顔つきになってしもうて。もう臨月近いんでしょ？どこで産むん？　キヨちゃんをとりあげた重田さん、名産婆だったけど、惚けてしもうとるしねえ。船で呉までいくわけえ？　でも産気づいて船待つわけにいかんでしょう。それからダンナさんはいつくるん？　何をしとる人なん？　写真を持っていないん？　ほら携帯で撮る写真なんか」

父と母がなんにも訊かないかわりに、田所のおばちゃんがなんでも訊いてくれる。私が母のことを田所のおばちゃんに訊くように、母もきっと田所のおばちゃん経由で私のことを知るのだろう。田所のおばちゃんがいなかったら、私たちはどのようにしてコミュニケーションをとるのだろうかと、日のあたる縁側で田所のおばちゃんに、つまりは母に聞かせるための嘘八百を話しながら、私は考える。

田所のおばちゃんに金つばの礼を言って坂道を下る。途中、金本のおばさんとすれ違う。すっかりおばあさんだ。腰を伸ばして「まあ、ほんまにおっきなおなかね！」と叫ぶように言った。私たちの家は今ではきっと島全土で有名だろう。母親は爆音で若い人の音楽を聴き、娘は夫も連れずはらぼてで帰ってきたと。ここはそういうところなのだ。

家に近づくと、かすかに音楽が聞こえてくる。少しずつ大きくなる。母の鼻歌が聞こえるはずがないが、カート・コバーンの歌声が母のシャウトに聞こえる。島に生まれたことをはじめて感謝する。もしここが世田谷の住宅地だったら、母は即刻逮捕だろうから。

田所のおばちゃんに言われて見つけた世界がニルヴァーナと和人形か。

家に上がり、居間をのぞくと今日も母はニルヴァーナを大音量で流して、針を動かしている。小刻みに首をふっているが曲のリズムに合っていない。襖の陰に立つ私には気づかない。背をまるめ首をふるちいさな母は、窓からさしこむ午後の陽射しに輪郭を光らせている。

母は近隣の島で生まれて育って、見合いで結婚して二十五歳のときにこの島にきた。結婚前に高松で働いていたと聞いたことがある。父と母の新婚旅行は京都で、以降、母は大阪にも東京にもいったことがない。そのくせバンコクにはいったことがある。五年ほど前、農協のツアーに田所のおばちゃんと参加したのだ。「お店も町も汚うてうんざりした、ずっとホテルでカップラーメンを食べとった」と母は電話で言っていた。その発言は私を不愉快にさせた。あんたみたいな田舎のおばちゃんは日本から、いや島から出ないほうがいい、と心のなかでだけ言った。母みたいな人はどこへいこうとなんにも見えないんだろうと思った。バンコクの町で、やっぱり日本がいちばんいいねと連発していたに違いなかった。

母は今、高校生の私みたいに爆音で要塞を作り、周囲の何ものも――蜜柑畑も棚田も船着き場も雑貨屋も坂道も瀬戸内の海も――見ないようにして、五年前に見たはずのバンコクの空を思い出しているだろうか。それともやっぱり「汚い」バンコクの空なんかは思い出さなくって、いやそもそも見ていないのだから思い出せなくって、もっと美しいはずの遠い世界を思い描いているのだろうか。東京ってどんなところ。ニューヨークってどんなところ。ロンドンってどんなところ。海のない町って、ビルで狭められた空って、網の目みたいな地下鉄って、いったいどんな感じ。そんなことを思っているのだろうか。

母がふと顔を上げ、窓を一瞬凝視したあと、ふりむいて私を見た。

「なあにーっ」と叫ぶ。叫ばないとカート・コバーンにかき消されるためだ。母が音楽をかけているあいだ、休みの日も父は母に話しかけない。叫ぶのが面倒だからだ。靴下一足自分では見つけだせなかった父は、流しの下をひっくり返してお茶葉をさがし、和室で母のブラジャーを畳んでいる。音は、まるで壁のように母を覆っている。

「べつにーっ」私は叫び返し、床に広がる着物に見覚えがあると気づく。「それ、私が七五三に着たーっ」大声で指摘すると、

「こんなもん、もう着られんでしょうよーっ」母も大声で言った。

居間にいると頭が内側からがんがんしてくる。私は母に背を向けて階段を上がった。七五三の着物を着たいと言っているわけではない、人形なんかのために、それまでほどいてしまうことはないと言いたかったのだ。私のおなかにいるのは女の子なのかもしれないんだし。階段を上がるだけで、五キロ走ったように息切れがする。私はスイカのような腹を両手で押さえ、自分の部屋に入ってベッドに横たわった。

臨月に、得も言われぬ不思議な至福感を味わったと、経産婦の友人は言っていたが、私はそんなものを味わったことがない。実家に戻れば少しは楽ができるかと思って帰ってきたものの、父も母も、産まれてくる子どもをまったく歓迎する様子がないから、私はどんどん惨めな気分になる。

おなかの子どもはだれにも祝福されていない。子どもの父親は、仕事が休めなくて島にはこられなかったなんて嘘で、私より五歳年下、まだ二十代の彼は、父親になることを拒否したの

だった。私は結婚を前提とした交際をしているつもりでいたが、彼はそうではないらしかった。え、困るよおれ、そんなの無理だよ、と言い、どのように無理か、やけに客観的に私に説明し（おもに経済的な話だった）、堕胎することをすすめた。そうだよな、何しろ彼は結婚もしてくれないようだしな、シングルマザーなんて私には無理だわな、でも堕胎なんてこわいしな、子ども産めなくなったりしたらやばいよな、などとのらりくらり考えているうちに、今日に至っている。人が意志で決断しなくとももものごとは決まるらしい。私は迷っていただけで何ひとつ決めていないのに、もうすぐ赤ん坊は産まれてきて、私はシングルマザーになる。

十年ぶりに実家に帰ってきたのは、楽をしたかったというよりむしろ、もっと単純にちやほやされたかったからだ。孫ができたことを父母が喜んで、名前なんかみんなで考えたりして、三原の赤ちゃん本舗で買いものしたりして、フェリーで親戚に知らせてまわって、重いものは持つななんて荷物を持ってもらいたかったのだ。夫となるべきだれかがやってくれることを家族にやってほしかったのだ。

なのに母はニルヴァーナだし父は母に怯えて帰りが遅いし、田所のおばちゃんは詮索しかしない。クラスメイトたちは大阪や四国や東京にいるようだし、名産婆は惚けてしまった。私は子どものようにすねた心持ちで天井をにらむ。が、仰向けだとしんどいので横向きになる。黄ばんだレースのカーテンの向こうに青空が広がっている。もちろん、大音量のニルヴァーナはひっきりなしに階下から聞こえてきている。木造二階建てのちいさな家を揺するように響くその音はもう、私をどこへも連れていってはくれない。私を現実に閉じこめるだけである。

十月の半ば過ぎ、呉の病院に入院してお産を待つことになった。

子宮口はまだ開かないどころか陣痛の気配もないが、いざ陣痛がきたとき、呉や三原行きの船を待っていたら、あのしょぼい待合い室で出産なんてことになりかねない。そういうわけで、予定日を一週間後に控えて、フェリーで母と呉へ向かったのだった。船着き場のおばちゃんや、船に乗る島の人たちは、母を見るとわかりやすく目を逸らした。しかし母はまったく以前と同じように陽気に話しかけた。すると最初は表情をこわばらせていた人々も、安心したように母と話し出す。天気のこと、知り合いのこと、近所のだれそれのこと。私にも親しげに話しかけてくる。無遠慮におなかを撫でまわしたりする。有名なロックおばさんとはらぼて娘が、昔と変わらないただのおばさんと娘だと知ってほっとするのだ。

船のなかでも、病室でも、母はやっぱり、子どもの父親のことは訊かなかったし、妊娠の経緯も訊かなかった。ニルヴァーナから離れた母は十年前とまったく同じ母で、船着き場のおばちゃんと声高に会話し、同室の妊婦たちに図々しいほどの陽気さで、持参した蜜柑饅頭を配っていた。

ひととおり手続きが終わると、母は「帰りがけに新生児室を見ときたい」と言った。ガウンを羽織って、母とともに病室を出た。新生児室は、ナースステーションの奥にあった。ガラス窓で仕切られていて、なかには入れない。ちいさなベッドにずらりと赤ん坊が並んでいる。ガラス私たちはガラス窓に額をくっつけるようにして、眠る赤ん坊を見た。眠っているのも、泣いているのも、ぼんやり天井を見上げているのもいた。当たり前のことなのだが、みんな生きているのが不思議に思えた。どこかからきて、生きたままここにたどり着き、それでもまだきちんと生きていることが。

「あんた、さみしゅうない？」

バスに乗った子どものように、両手をついてガラス窓をのぞく母が言った。ガラスが母の息で白く濁る。ああ、知っていたのかと思った。おなかの子どもに父親がいないことを知られていたんだ。しかし、母は続けた。

「うちはさみしかったわ。臨月のとき、そりゃあさみしかった。まだ妊婦なのに、もう妊婦のころがなつかしゅうなってしもうてさ」

ガラス窓に白い息を吹きかけながら母はしんみりと言う。

「何がさみしいの、産むのが？」

「そうよ、自分の体のなかにだれか入っとることなんか、そうそうないもん、出ていかれるのはさみしかったよ。あのとき、うち、このまま一生この子がどこにもいかずに、おなかに入ってたらええのに、と思うた」

「私は早く産んじゃいたいけど。重いし」

正直な感想を言うと、母は鼻白んだような顔で私を見、

「情緒がないわねえ」と鼻を鳴らして言った。

馬鹿にされたような気がして「ニルヴァーナには情緒があるの」と皮肉を言ってみると、

「バナナが何」と真顔で訊く。

「おかあさんがよく聴いてる音楽だよ」指摘してやると、「ああ、あれ」音楽に合わせてそうしているように小刻みにうなずくと、「情緒なんかあるもんか。ただうるさいだけじゃないか」と言う。

「じゃあなんで聴いてるわけ？　しかもわざわざもっとうるさくして」

「ああしとると、頭がぼうっとしてきて、集中するんだ」と、母はよその赤ん坊をうっとりと見つめながら言った。嘘でしょう、本当はどこかにいけると思っているんでしょう、音楽がどこかに自分を連れだしてくれると思っているんでしょう。そう言いたかったが言わなかった。言っても母にはなんのことかわからないだろうと思った。

診察時間が終わって閑散としている外来患者の待合い室を通って、母を外まで送っていった。自動ドアをくぐると、

「ここでええ」と母が言うので、私は足を止めた。明日またくる、と言って私に背を向けた母を呼び止めた。

「私の部屋の机の引き出しに、ウォークマンが入ってるよ。テープはステレオの奥にあるから、それを入れれば船のなかでも好きな曲が聴けるよ」

母はわかったようなわからないような顔で私を見、ふたたび小刻みにうなずくと、日の傾きかけたおもてをふりかえらずに歩いていった。母のうしろ姿にニルヴァーナのＢＧＭをつけてみたが、それはやっぱり似合わなかった。

目をつぶっていれば奥歯が折れそうだし、目を見開けば目玉が飛び出そうだった。頭が見えてる、頭が見えてる、いきんで、いきんでと、看護師さんが呼びかける。母は途方に暮れたように私を見ている。父は分娩室の外にいる。

赤ん坊の名前もまだ決められずにいるし、産んでからどうするのかもまったくわからなかった。東京に戻るのか、仕事をさがすのか、それともここで父と母に手伝ってもらいながら子どもを育てるのか、またもや私はなんにも決めずぐずぐずと迷い、そうしているうちに、重要なことはどんどん決められてしまうんだろう。きっと私はここに居残る。あれほど出ていきたかった島に残る。父の軽トラで蜜柑工場に勤めるか、竹原の物産館で働くか、そんなところだ。そうしてあるときさっと、母のように気がつくのだ、もうぜんぶいやになった、私はここに閉じこめられている、この島のこの町のこの家のなかしか私の世界なんかない、なんてしみったれた人生。自分の無計画を棚に上げて、ここではない場所に出ていったのにおとなしく帰ってきて、手近なものでせっせと自分の世界を作る。ハウロウ、ハウロウ、ハウロウ、ディナイル、ディナイル、ディナイルと歌いながら。いや、私よりも子どものほうが先かもしれない、これから産まれてくる子どももきっとウォークマンで両耳をふさぎ、凪いだ海に浮かぶ小島をねめつけながら自転車を漕ぐのだ。出ていってやる、出ていってやる、出ていってやると憎々しげにつぶやきながら。そうして私たちは親子三代でどこにもない空を思い描く、どこにもないビルとどこにもいない自分を思い描く。

　はい、頭が出てきましたよ、もう少し、がんばれ、がんばれ。看護師さんが野太い声で怒鳴る。おなかが破裂しそうに痛い。いっそ破裂してくれと思う。そのときかたわらにいた母が、何かを私の耳に突っ込む。爆音が聞こえる。音が大きすぎる。もうろうとする。耳につっこまれたのがウォークマンのイヤホンだとわかる。またニルヴァーナか。子どもを産む娘にデナイか。そう言えば母の歌はディナイルではなく出ないと聞こえた、出ない、出ない、出ない、出ないと。出ないじゃ困るんだよ。出てもらわないと困るんだって。私はいきむ。イヤホンからぐにゃりと歪んだカート・コバーンが聞こえてくる。おとうさんのちっちゃい女の子はもう女の子じゃないよと歌っている。あんまりにもやかましいのでイヤホンを振り払いたいが、腕を上げることもできない。私はうなり、荒い呼吸をくりかえす。汗で全身がぬらぬらする。目をぎゅっと閉じると、世界が真っ白く発光して見えた。ドラムの音がうねうねとのたくって聞こえる。おかあさん、私もうニルヴァーナなんて聴かないの。ファックとか言ってる場合じゃないの。頭のなかに友だちを作ることもないし架空の銃をぶっ放したりもしないの。なんだか間抜けすぎて笑い出したくなる。笑いがこみあげて力がゆるむ。いきんで、いきんで！　と看護師の声が飛ぶ。そろそろと目を開ける。白い光のなかに母の顔が見える。真剣な母の顔。母はベッドの手すりを両手でつかみ、私の頭上に顔をぬっと突き出して、ひ、ひ、ふー、ひ、ひ、ふー、と息をしている。ああ、ああそうか、そうかそうか、呼吸法。「ネガティヴ・クリープ」が終わって「スコフ」がはじまっている。「スコフ」に合わせて呼吸法。おばさんってなんでも実用にしようとするのだ。ただ聴くってことができないのだ。意味もわかろうとしないし。酒返せって歌ってるんだよおかあさん。酒返せ、ひ、ひ、ふー、酒返せ、ひ、ひ、ふー、馬鹿みたいじゃないか。

排便にどことなく似た感覚のあと、聞き慣れない赤ん坊の泣き声が耳に届いた。私はぼんやりと天井を見つめる。だれかが私の耳からイヤホンを外す。タオルにくるまれた赤ん坊が手渡される。紫色の顔をした赤ん坊は、皺みたいな口を開け、高らかに泣き続ける。泣き声が異様にうるさいと思ったら、赤ん坊だけでなく、母も私の耳元で泣いているのだった。赤ん坊のふりしぼるような泣き声は右耳に、母の絶叫に近いような泣き声は左耳に、じわんじわんと響く。今まで耳にねじこまれていた音楽のように響く。どこか遠くのほうで、イヤホンからはみ出すしゃかしゃかした音が聞こえた。笑おうとしたら、腹に力が入らなかった。

（「群像」二〇〇五年十二月号）

白暗淵《しろわだ》

古井由吉

若木の細枝の差し掛かるその下を、小さな羽虫が一匹、ゆっくりと飛んだ。子供は濡れた地面に仰向けに転がされて見ていた。枝の上にひろがる梅雨時の曇り空に、無数の柿板《こけら》のようなものが劣らずゆっくりと、入り乱れて舞っているのも、目に映っていた。しかし視界の中心をなすものは、わずかな風にもあおられ流されかけてはひと押しずつ、枝先へ向かって昇っていく羽虫だった。羽虫がただひとつの、生きるものだった。ただ一点の、子供の意識だった。

目を開けたぞ、と大人の声が叫んで、鉄兜の臭いがした。しっかりしろ、大丈夫だ、生きているぞ、と子供に呼び掛けた。生きているぞとは、どういうことなのだろう、と子供は不思議がり、言葉に怯えて、意識をまた失った。

母親が爆風に打たれて死んだことを大人たちが子供に教えたのはそれから五日ほども経って、子供が寝床の上に長く起き直れるようになり、粥の食も進んだ頃だった。聞かされて子供は目を大きく見ひらいたが、泣くでもなく涙ぐむでもなく、ただ話す相手の口もとを見つめていた。まだ無理なのだろうと、大人たちはいたわった。しかし家の内を歩き回るまでになった頃に、あらためて話を聞かせても、それ以上の反応も見えない。抜けた魂がまだ戻りきっていないのだろうか、と大人たちは首をかしげるうちに、日がまた経った。

それにしては子供はぐずりもせず、母親を探す様子も見せず、何事にも聞き分けがよかった。この子はわかっているんだわ、人に頼らなくては生きられない身になったことを、知っているんだわ、と親類の女がある日、子供の顔をまともに眺めながらつぶやいた。父親は戦地にいた。その留守中に東京の家を焼け出されて母子は小さな城下町にある父親の実家の、伯父の家に世話になっていた。わたしたちは一度もう死んだようなものだから、と母親はよく子供に言い聞かせた。この町だってじきに焼き払われると子供は予感して、そうなると逃げ場を失いそうな小路筋の住まいに怯えていたが、本格の空襲の来る前に、あの朝、警報のサイレンを聞かぬうちに敵の爆撃機が一機だけ飛来して、五百キロとか一トンとか、大型の爆弾を一発、家から何百メートルかの附近に落として行った。

学校へ行くために勝手口のほうから裏庭へ走り出た子供の身体《からだ》が爆風に掬いあげられて、ランドセルは肩から抜けて頭の先を飛ぶ、子供は宙で半転して背中から地面に墜ちる、あれで深傷《ふかで》を負わなかったのは、子供の身体はよっぽど柔いのだ、と大人たちは自分で見てきたような話をしては、隅のほうに行儀よく坐っている当の子供の顔を呆れて眺めた。子供は裏庭へ出たところで真っ白な光に目を刺された、その後のことは覚えがない。音も爆風も知らない。家はその爆風のために住むに堪えないほどの損傷を受けて、伯父の一家も縁を頼って在所のほうへ身を寄せることになった。大きな家に町のほうから難を避けて来た同居人が多かった。

　ここまでは戦災の及びそうにもない田園だった。大人たちは午後になると閑を持て余して座敷に集まって話しこんだ。あの朝のことが幾度でも話題になった。子供の母親のことも、子供の聞いている中で、あからさまに口にされた。母親はあの朝、爆弾の落ちた方角へひらいた部屋に入って急ぎの針仕事にかかったようだが、あの部屋の家具の倒れ方は、それは恐ろしいものだった、それでも箪笥の下敷きになったぐらいで人ひとり死ぬこともあるまいと思われるが、当たり所がよほど悪かったのだろう、それに窓硝子にあんな紙きれを貼り渡してもあの爆風ではひとたまりもない、ひどい出血だった、などと話して眉をひそめながら、子供の顔を探る。子供は黙って見つめ返すばかりだった。宙へ飛ばされてはな、そうたやすくは神《しん》も着くまい、子供はもともと正気もないようなものだから。しかし手がかからなくてよい、と見つめられたほうは憐憫の目を逸らす。大人たちはてんでにうなずいていた。

　その後も大人たちは幾度か、母親を亡くしたことが子供にどれだけわかっているのか、気になれば探りを入れていたが、はかばかしい応えも見ないうちに、ある夜、在所の上空を敵の爆撃機の編隊がつぎつぎに通りかかり、町のほうへ向かっているようだが気配が常と異なるので、巻き添えになるのを恐れて一同、畑の端に掘られた広い防空壕の中に詰めて這入ると、爆音は頭上にいよいよ低く、ひきもきらなくなり、空気を擦って落ちる弾の切迫が一々、まっすぐにこちらを目がけて来るようで、子供たちは悲鳴をあげる。気の振れた男が叫び出す。その口をまわりの手が寄ってたかって、敵に聞かれまいとするように塞ぐ。かわって老婆が甲高い震え声で念仏を唱えまくる。そうして半時間もこらえて、壕の内の空気も濁り、息が苦しくなった頃に、上空から爆音が引いて、小用を訴える者があり、一人ずつおそるおそる表へ這い出ると、田畑のひろがりの向こうに、林を黒く浮き立たせて、すぐ東の空が一面にゆらゆらと、もう白くなるまでに熱して燃えあがっていた。その中を回転してはきらきらと輝いて、縦横に舞う物の群れが見えた。まるで鬼の城だ、と声をひそめて、手を合わせる年寄りがいた。声も音もしない、と思ったとたんに子供は膝が折れて草の中にしゃがみこんだ。離れた大火にはしゃぎ出してあたりを走り回るほかの子供たちの間で、声を立てずに泣いていた。町があまりにも見棄てられて、誰にも見られないかのように、ひとりで燃えているのが、ひたすら哀しかった。

壕の中で叫びかけてまわりから取り押さえられた男が寄って来て、お前も爆弾にやられずにそのまま町にいたら、あの火の下にいたところだ、おふくろが身代わりになってくれたと思え、と慰めるようで、町も焼けたので、早くどこかへ失せろ、と押っかぶせて傍にしゃがみこむので、子供は黙って立ちあがった。

お母さんの、お葬式は、いつだったの、とその夜子供は初めて、自身も家を失ったばかりの伯父にたずねた。

自分はよくもここまで、まず尋常に来たものだ、と坪谷は高年に至って思うことがある。両親を早くに亡くして、母親の従兄にあたる人の手に育てられたが、生立ちの不幸をことさら恨んだ覚えがない。まして物に狂うような性分でもない。しかし初めの不幸に記憶の空白があれば、意識の踏まえ所が順々に狂って、後年に及べば何かの齟齬を来たし、自身の現実を急に見失っても、仕方のないところではなかったか、ともう無事に済んだ人生を不思議に眺めるようにする。

母親の死んだことは、意識が戻った時には、もう知っていた、と青年期にかかる頃には思っていた。あの朝、学校へ行く仕度を整えた子供が母親の引きこもった部屋の敷居の前に立つと、母親は針仕事から顔をあげて、行きたくないのでしょう、なら、ここに一緒にいてもいいのよ、明日も行かなくていいのよ、と笑った目をそのまま手もとにまた落とした。その横顔が、意外な言葉にかえって追い立てられて裏庭へ走り出た子供の眼の内に、それだけがあった。白い閃光にくらまされた瞬間、もう一度くっきりと浮かんだ。そして細枝の下を飛ぶ羽虫を眺めた時には、もう何もなかった。

死という観念が子供の頭に余ったままのことだ、と青年の坪谷は考えた。死んだということがわからないかわりに、いなくなったということは全身で感じていた。感じるというよりも先に、母親のいないことが、全身を素通しにして吹き抜ける。夢うつつの境で寝ていた間も、床を離れて暮らすようになった後も、同じことだった。大人たちに母親の死を聞かされても、相手の口もとを見つめるばかりだったというのも、すぐ目の前にある見馴れた顔にも、母親の不在があらわれているという不可解さに、ただひきこまれていた。

この子は、人に頼らなくては生きられない身になったことを、知っているんだわ、と女にまともに向かってつぶやかれたことが記憶に遺ったところでは、あの時、子供の内にもそれに応えて、こっくりうなずくものがあったのだろう。母親がいなくなって、戦地の父親も遠くなった。しかし母親の、死ということすら、周囲から教えられて、呑みこむよりほかになかった。呑みこむということは、そのように振舞うということだ。何事にも聞き分けがよかったと言われ、実際に、母親を亡くした子になっていた。自身の存在もあらかたは周囲の人間が定める、そう告げられれば、そのような者になる、と考える癖が青年になっても坪谷の内に深く染みついていた。

爆風のために住むに堪えぬほどの損傷を蒙ったという家を、子供は木の下ですぐにまた気を失ってよそへ運ばれたので、自分の目では見ていない。もう荒家《あばらや》に変わりがない、とその話を聞かされるたびに、木の下から眺めた空に無数に舞っていた物の破片を思って、得心していた。爆風の衝撃が身に遺ってもいたのだろう。しかしあの朝、母親の引きこもっていた部屋だけは、いくら爆撃の後の惨憺たるありさまを聞かされても、子供の内に無傷のままに留まった。母親は笑った目を手もとに落としたところだった。起こったことを認めまいとしたのではない。そうではなかった。あの朝の部屋と母親の横顔とがそのままそこにあるということと、その母親はもうどこにもいないということは、子供の内でひとつだった。存在と不在がひとつになり、どこまでもひろがりそうに感じられた。大人たちの説得に奪わせまいとしたのは、この心だったのかもしれない。しかし、畑の縁から眺めた町の炎上は朝の部屋も焼き尽した。

町の空がようやく下火になり、家の内へひきあげる時に、子供がいきなり母親の葬式のことをたずねたという話は、後年になり伯父に確めている。そんなことを黙って考えていたのか、と伯父は子供の顔を見たという。聞いて坪谷も満で八歳にならぬ子がどうして、まずそこへ気を回したか、その後の自分に照らしても不可解だったが、たずねた子供の、一時老いたような顔がつかのま見えて、その翳りがその後も、折りに付き添うようになった。

町の寺の名を伯父は教えて、そこからきちんと送ったので心配するなと答えると、子供はうなずいて二度とたずねなかったという。じつは遺骨は、父親の実家の菩提所は町からだいぶ離れた土地にあり、そこまで行く道に敵の戦闘機が気まぐれのような機銃掃射をかけてきたこともあったので、町の寺に預けられた。町なかにあるその寺を子供は見知っていた。

まもなく子供は母方の実家へ引き取られた。焼け落ちた城下町から、山越えでもすればそうも遠隔の土地でもないが、戦災下の不便な鉄道で行けば半日もかかる、もう山間に近い、さらに小さな町だった。迎えに来た祖父は汽車の中で、なぜ母親は自分の里のほうへ来なかったのだろう、と子供の前で首をかしげた。こちらに来てしまうと、戦地の夫と、糸が切れるように、おそれたのだろうな、とやがて一人でうなずいていた。

戦災とはここ こそ無縁の地だった。何日かに一度は深夜に、まだ焼き尽さぬ都市を目指して敵機の編隊が上空を飛ぶ。しかしはるか高空だった。誰も起き出そうともしない。人は眠ったきり、空から降る爆音が梁のあたりにこもり、天井が共鳴して低く唸る。子供は寝床の中からその唸りを耳にして、一人で起き出すわけにもいかず、枕元に畳み置いた服を手で探り、爆音が引くまで、服の端を摑んでいる。翌朝、大人たちは屈託もない顔で起き出して来る。それが子供の目には、おそろしいものに映ることがあった。

いつまでも続いていた梅雨が明けて、夏が来ていた。城下町が炎上して、子供が母親の里へ引き取られたのが境だったように思われる。午後の炎天の盛りにこの家でも大人たちは何となく集まっては話しこんだ。話はいつでも町のほうの空襲の、凄惨な噂に及んだ。子供はその間に坐って、噂そのものより、話すにつれてなまなましくなる大人たちの顔にひきこまれて、立ちあがるに立ちあがれずにいた。噂が尽きると、子供の母親の話になる。子供がそばにいるので、さすがに控え目だったが、もどかしげな愁歎が交わされ、それぞれ憤りの語気になったところで、家の中に大勢人がいて誰も無事だった中でたった一人犠牲になったのだから、これも何かの運命と思うよりほかにない、と取りなしが入り早目に切りあげられる。

しかししばらく黙った末に、爆風に吹き飛ばされながら傷ひとつ負わなかった子供の話へ移ると、大人たちの目はまた光ってくる。当の子供の顔をすぐそばに眺めながらまた噂話の口調になる。父方の伯父がこちらの祖父に子供を渡す前にあの朝の事を仔細に話したらしい。その祖父が子供を連れて戻って、子供の母親の不幸の経緯を報告した後に、子供の身に起こった事も伝えたはずだが、日が経つにつれて話の出所が知れなくなったように、誰彼となく事の一部をいま聞いてきたばかりのように語り出して、まわりの耳をひとしきり集めて次へ渡すと、祖父も黙って耳を傾けている。子供の身体が屋根の高さまで舞ったそうな、助かったのは奇跡みたいなものだ、母親が来て受け止めたのかもしれない、などとかわるがわるに話す。床から離れたあとも、母親のことを言われるとあらぬことを、腑抜け者が唄うみたいに、口走っていたそうな、母親は納戸にいると答えてあどけない顔で笑っていたそうな、というような尾鰭は身に覚えがないと子供は感じていた。しかし大人たちが話しこむにつれ、無惨がるにつれ、災いに打たれて魂の抜けた子供がそこにいた。姉さんはこの子を、いっそ連れて行こうかと、まだ迷っていたんだわ、とつぶやく女がいた。そこに坐っていても、あまりおとなしいので、知らぬ間に立って家を抜け出してしまったのではないかと、つい振り向くことがあったそうな、とそれに合わせる女があり、これには子供のほうにもかすかに動くものがあり、畑のむこうの山際を流れる川の、行ったことのないはずの岸が浮かんだ。

それでも町の大空襲の後でようやく我に返ったその初めに母親の葬式のことをたずねたのは、感心なことだ、と話はいつでもそこに落着く。この子は母親なしでも、どうでもこうでも生きられると母親は思い切って、子供の耳へ息を吹きかけて、往ったのだろう、と涙ぐむ者があり、一同、うなずいていた。母親を送ったという町の寺も空襲の夜に焼き払われて、そこに預けた母親の遺骨は失われた。そのことを子供は祖父が子供のいるところで口を滑らせたので知っていた。うなずきあう顔を子供は見渡して、どの顔も、男も女も年寄りも、母親と同じ面立ちを剝き出しているのに感じて竦みこんだ。生者たちから、鬼気が迫った、と後年になって思った。

しかしそんなふうに母親の里の親族たちが毎日のように、炎天のきわまる時刻になると集まって、だんだんに身辺に近づく恐怖を、お互いに噂話に耽って宥めあうようにしていたのも、やがて新型爆弾が投下されて、満州が破られ、まもなく敗戦の日が来るまでだった。その後は寄って話しこむようなこともなくなった。その時になり子供はまさに腑抜けになり、日々をかつかつに過ごした。陽が高くなれば、全身がそれこそ膝頭から力が抜けたようにだるくて、わずかに風の通る物の隅にうずくまり、そこも暑くなれば別の隅を探してまわり、しまいには身の置き所もなくなり、ただ炎天の過ぎるのを、刻々とこらえて待つ。日が暮れかけて涼風が立つと、ようやく息を吐いた。日の暮れにはかならず、裏山から黒い雲が押し出して、いくつもの塊に割れて夕日に紫色に染まり、雷を鳴らして平野のほうへ寄せ、その流れに逆らってつぎからつぎに裏山へ帰る鴉の群れが、いそがしくはばたく翼をときおり一斉に平らたく伸ばして、しばらく風にあおられるままに揚がる。その空の動きを庭先から、また一日の灼熱の苦をしのいだ亡者のように、身体をかすかに揺すって眺めていた。

ある日、日の暮れを待ちかねて、裏山の山腹の広場に立って風に吹かれるうちに、目の下にひろがる、手の内にも納められそうな、古い商人の町の、もともと戦災に無縁でいよいよ平穏無事な瓦の家並みがそのままゆらゆらと、白く炎上しかかるのが、つかのま見えた。

父親の戦死が伝えられた。母親の里の親族たちはとうに予感していたことのように受け止めた。母親がああなったからには、父親もこうなるよりほかにない、と思っているようだった。子供を見る大人たちの目は違ってきた。抜けた魂のまだ戻り切っていない者を見る目ではなかった。腹の据わった子だ、と何かにつけて言った。この子にはホトケさんが、しっかりついているんだわ、とも言った。

あそこなら、子を欲しがっている、この子なら望まれるだろう、と東京の近県に養子に入ったという、母親のまた母方の、年の離れた従兄の名前が持ち出されるようになった。知らぬ名前に子供もやがて馴れた。

自分は何事かを戒めながらここまで生きて来た、と坪谷は高年に入ってから折りにつけて感じるようになった。さまざまな事を戒めて生きるのは誰でも同じことであり、まして自分は早くに双親を亡くして親類の手によって育てられた人間なので、周囲に気をつかう習性が子供の頃から身についたには違いないが、それとはまた別の、何かひとつの事への、何事なのか中味はおよそ空白なのだが、戒めの輪郭だけのようなものが、ふいにくっきりと張る。これもやはり、誰にでもあることなのだろうか、とその輪郭がゆるんでほぐれかけると考える。しかし自分には、他人とひきくらべて我身を知る、ということがほんとうにはできない、ということを坪谷は知っていた。中年にかかった頃には、無心に遊ぶ幼い我子の横顔を、この子らには親があるんだ、と怪しみ眺めている自分に気がついて、自分で怖気をふるったというようなこともあった。

はじめに神は天地をつくった、と女教師が創世記の冒頭のことを話した。「元始」という厳しげな文字を黒板に書いて、「はじめ」と仮名を振った。端正な楷書だったが、坪谷の記憶の中で年を経るにつれて、その白墨の文字にあどけない、無防備のようなものが見えてくる。

県立の高校に入った年のことになる。英語を担当するその教師が土曜の課外に十人ばかりの生徒を集めて教科書にはないような文章をプリントにして読んでくれた。やや本格の英文を読むことに興味を持ちだしていた坪谷も参加した。何がきっかけで創世記の話になったかは覚えがない。

地はかたちなくむなしくして、と女教師は続く箇所《くだり》を暗誦した。「定形《かたち》」と黒板に書いて、「曠《むな》しく」とそれに並べた。つぎに「黒暗淵」とまず板書してから、「やみわだ」と読んだ。神の霊が水の面を覆っていたという。生徒の何人かはその創世とやらのことを聞くか読むかして知っている顔だった。初耳の坪谷は理解しようにも取っかかりがないので、とにかくその光景を思い浮かべようとしたが、どうにも浮かべられない。かたちもないのだから、見えるわけもない、と早々にあきらめた。むなしく張りつめるのは、自分の頭の内ばかりだ、とそんなことを思った。知識欲は旺盛な年頃だったが、自分はこんな境遇にあって、この境遇にいられることを有難いと思っているので、自分の分《ぶん》に余るようなことに頭をわずらわせるのは避けたほうがよい、という戒めはすでに意識していた。

同じ年の、季節は変わっていた。女教師が今度は、「はじめにことばありき」の話をした。「太初《はじめ》」と黒板に書かれたのを坪谷は、このほうが重いなと眺めたが、「言《ことば》」と板書されると、これはもう自分の頭ではついて行けないことだと見切りをつけた。創世記のほうには通じていたらしい生徒たちも、言は神とともにあり、言は神であった、と聞くと腑に落ちぬ顔をした。万物は言によって成り、言によらずに成ったものはひとつとしてなかった、というところではほかの生徒たちも坪谷と同じく読みさしのプリントへ目を落としたようで傾聴の雰囲気が感じられなくなった。ところが、言の内に生命があり、生命は人の光であった、と聞いて坪谷はふっと顔をあげた。

女教師はちょうどこちらへ背を向けて、黒板に「暗黒」と細い指で大書して「くらき」と仮名を振り、光は暗黒に照る、而して暗黒は光を悟らざりき、と暗誦した。それから少女のような面立ちになり、この闇を信者の人たちは悪と取るようだけれど、わたしは、この光景を、見たような気がするの、光がひとすじ、くっきり射しているのに、闇はすこしも白まずに、いよいよ深い闇なの、ともどかしそうに話しかけるその相手が坪谷一人になった。目と目がまともに合っていた。そっと逸らした時に、坪谷は自分の目もとに、何事かを暴かれかけた者の、悪びれた翳の走ったのを感じた。

その夜になり、自分はたしかに女教師の視線をまともに受けて、もうすこしのとこでうなずきそうなまでになったけれど、相手の口にする闇という言葉に反応しながら、内には闇らしいものも見えなかった、と坪谷は訝った。闇もなければ光も射さず、ただ白かった。いよいよ白くなっていくようだった。その中をしかしただ一匹の羽虫が、わずかな風にもあおられ、ゆっくりゆっくり、いまにも消えそうに、細い枝の先へ向かって昇っていくのを、女教師と目を合わせているうちから、見ていた。そしてその虫の動きをそらおそろしい間違いのように、千里も離れたにもひとしい枝先を目指して飛ぶ虫の間違いのようでもあり、それを刻々追っている人間の間違いのようでもあり、そんな徒労を許す天地の間違いでもあるように感じていた。

生きてるぞ、と呼びかける大人の声が聞こえて、それではあれが自分にとって初めの言葉になるか、命の言葉だったか、しかし光ではなかった、自分は生きていたくはなかった、怯えて声から逃げるようなあの意識の失せ方は、母親の死んだことをすでに、知っていたしるしだ、と思った。それきり、余計なことを振り切って、太初とやらのことも思わなくなったが、毎夜、眠りに入る際に、羽虫が飛ぶ。それを天地の間にあるたったひとつの動きのように見ている。虫が風に逆らってもうひと押し、宙へ揚がるそのたびに、すべてを造作もなく呑みこむ虚空が、虫のわずかな動きに感じて波紋のようなものをひろげるのに、何事もない。渦中の虫も失せずにまた徒労を繰り返す。その刻々の無事が、どうかすると嵐に劣らず、身に迫る。そしてある夜、虫の動きをまた目で追いながら、こんなことがいつまで続く、と訴えるうちに、女教師と目を見交したまま、どんな境を踰《こ》えたのか、唇を寄せ合っていた。

その週から坪谷は課外の教室に出なくなり、寝入り端に羽虫の飛ぶのも見なくなった。その時から持ち越されたのは、宗教だろうと哲学だろうと何だろうと、太初をたずねるようなことにかりそめにも関心を寄せることは自分にとって、とにかく禁物だという用心だった。やがてそんなことにかかずらっている時でもなくなった。死んだ母親の母方の従兄とその連れあいは寄辺のなくなった子供をあの敗戦の直後の困難な時期に快く引き取った上に養子縁組までしてくれて、子供にひねくれ根性も起こさせないほどに親身に育ててくれたが、坪谷が高校の二年生にもなると、土地の有力者でもあった養母の実家のほうから、戦争を境に一時紛れていたが、古くからの口約束であったらしい要求が蒸し返され、縁組みはしたが坪谷に後を継がせにくい事情が出てきた。坪谷は早目に事情を呑みこんで、ここまで育ててくれた養父母への感謝の念が先に立ち、とりわけ何事にもやさしくしてくれた養母がいずれ実家の立場を示さなくてはならないだろうことを、気の毒のように、見てはならぬことに思って、気まずいことの出る前に自分のほうから、成人したら縁組を解消して単独の籍を取りたいと申し出た。養父母が逆に引き止めようとしたりして多少の曲折はあったが、結局は坪谷の意思が通り、かわりに東京の大学を出るその費用を養家が持つことになり、坪谷にとってとにかくそれ以上養家の重荷にならぬようにすることが、当面の課題になった。

無事に大学に入って東京で下宿することになり、二十歳になるまでこれも無難を願う心で待って、養家の籍を離れた。それを機に養家からの援助も辞退した。学業と稼ぎとが半々になるような、学生の貧乏暮らしはざらの時代のことであり、生活にいくらもかかりはしなかったが、そんな潔癖らしい態度に出るのは、養家にたいしてことさら拒絶の念や意地があるでなし、あるいはそれまでの自分を消したいのではないか、と怪しむこともあった。それからまた一年もして、絶えきりになったわけでもない「郷里」の筋から、例の女教師がどこだか遠い土地で、飛んだか水に入ったか、自殺したらしいという噂が耳に入った。唇が寄って来て、まともに重なるのを避けて触れるか触れぬかに顫《ふる》えるのが、やみわだ、と言葉になって伝わり、ひきつづき白いばかりの空を羽虫がついと宙空へ揚がって、その微小の動き、微小の恣意でもって、涯もない虚にくっきりと波紋を立たせ、その波の打ち返しにようやく呑みこまれた。

北本という男に出会ったのはそれからまた一年もして、女教師のことなどすっかり忘れた頃になる。場末の酒場などと今でも人は言うようだが、当時は文字通りの場末の、路地を裏へ抜ければすぐに荒れた野っ原のひろがる安酒場の一郭があり、その一軒でたまたま知り合って、帰りの道はそちらのほうが近いので二人して野っ原のほうへ出ると、ちょうど梅雨時の、ついさっきまで酒場の低い屋根をけたたましく叩いていた雨がいっとき小降りになったところで、家々に遠巻きにされた野っ原の地面から白い靄が立ち昇り、見る間にもさらに湧いてくる。それを北本は眺めて、黄泉《よみ》のことだが夜の、黄泉だからむろん闇夜の底を、暗い川が流れるともなく流れていて、境も分かたぬ闇を刻々と吐き出しているそうだ、古代の詩の伝えるところだ、と話した。それを聞いて坪谷の内にとっさに用心がはたらいたらしい。闇の中へ、闇が、闇を吐き出して、どうなる、とまだ知り合ったばかりの間なのに遠慮なく突き放すと、北本は坪谷の顔をしげしげと見た。そこで北本に見こまれたらしい。

闇が闇の中へ闇を吐き出してどうなると言ったな、言われて俺も何も思い浮かべられなくて驚いたよ、まったく見えないので目がくらくらするという逆もあるんだ、とつぎに会った時に北本は持ち出した。どこからどこまでも一体に闇だったと言って済ませておけばよさそうなものを、昔の人間も余計な言葉に労したものだ、しかし闇が闇の中へ闇を産むというのが、混沌というものだ、混沌は世の初めだ、思えないものを人は思おうとする、と言う。太初という白墨の文字が寄せて来て坪谷はそれに反応したらしい。混沌も物あってのことだろう、その混沌とした物の前には何があった、と理に走った。そこだよ、と北本は受けた。混沌とは何もなくそれ以前もない状態を言うのだ、太初とはそこから前《さき》は何もあり得ない境のことだ、とにかく始まりだ、どこまで溯っても始まりとしてあるのだ、と答えた。それでは言っても何も言わないのと一緒じゃないか、と坪谷は振り払った。そうだよ、同義反復のようなものだ、人の言葉は詰まるところまで行けば同義反復にしかなりようがない、と北本は苦笑して、それで切りあげるかと思ったら、しかし初めという境は人の現在に、つねに内在しているとも考えられる、とまた厄介そうなことを言い出して、しばらく考えこむようにしてから、男と女が交わるのも、性欲に駆られて、よせばいいのに、初めをたずねるのにひとしいことをしているのではないか、と言って黙りこんだ。

その言葉よりも沈黙に触れて坪谷はこの一年近く関係を続けている女のことを思った。つい先夜のこと、女は交わった後の床から起き直って、あなたは何処にいるの、わたしもあなたといると、自分が何処の誰だかわからなくなる、と責めて寒そうに腋をすくめた。その様子から、誇りの高い女のことだから、つぎの時には別れ話を切り出されると坪谷は予感した。

女には去られることになったが、北本とは三月に一度ほどずつ、どちらも電話のない下宿暮らしだったので、北本のほうから走り書きの葉書が届いて例の酒場で会うということが繰り返された。酒場を出れば二人とも懐中にいくらもなく、どちらかの下宿に寄って、用意した安いウイスキーを呑んで、酔えばそのまま眠った。坪谷は自分がいつでも北本の話すのに耳をやっていたように後からは思われたが、じつは北本は坪谷に劣らず無口だった。

お互いに半時間でも黙っていられるのが性に合ったらしい。北本は坪谷と同年でも別の大学に籍を置いていて、文学部ではなかったが西洋の古代の哲学に通じているようだった。語学にも堪能のようで、聞けば、中学から高校へかけて、所在なくて気が振れそうだったので呪《まじな》いに、英語のほかの言語の、文法ばかりを、つまり境遇からも実用からも懸け離れたものを、求めて読んでいたという。それ以上に身の上らしきものを洩らしたことがなく、人に身の上を話す奴の気が知れない、と眉をひそめたこともあったので、坪谷もたずねずにいた。あれこれ考えあわせれば坪谷にとっては鬼門の方角にある人物にも思われたが、哲学めいたことを話し出しても知識に誇るでもなく、自讃他讃を弄するでもなく、むしろ卒直に嚙み砕くうちに、やわらかく節をつけて語るような口調になり、坪谷も敬遠しながら耳を預けた。

無から有は生じない、有は無へ滅しもしない、有も無もただ人間の言葉のことだと払いのけないかぎり、これが原則だ、不生不滅でいいではないか、それでも初めという、本来考えられもしないことを人は考える、と言う。

そこで初めに混沌だ。しかし坪谷も言ったように、物あっての混沌だ。神話でなければ落着きが悪い。そこで、初めに、限定されざる物あり、と考える。何物とも限定されないと言うことだ。生やら滅やらがないので時間も限定されない。個別の境界も全体の境界もないので空間も限定されない。つまり無限だ。これが初めとはやはり、ほとんど同義反復だと思われるが、正直な考えだと俺は思っている。そこへ運動が起こって、なぜ、どこから起こるのか、一向に腑に落ちないが、とにかく起こって、境もないもののうちに分離が生じて、ということはすでに空間があるということだ、個々の物が順次、ということはすでに時間があるということだ、分かれて出て、やがて宇宙が、世界が立ちあがるという。せっかくの無限定が、境を取り空間を取り時間を取るいわれは、そもそもあるのかと言ったって、いったん生じてしまった世界に生まれ来てしまった人間の考えることなので、是非もない……。

ああ、言い忘れたけれど、そこに神はいないんだよ、と気さくな口調で断わった。神は初めに加速度をあたえたがそれきり最後の日まで干渉せずに慣性にまかせる、というような取りなしの入りそうなところだが、創世も終末もない永劫の必然の反復と見られている。それにしても豪気なことを考える、まるで愛憐の情を棄てた神の眼だ、いや、この冷徹さそのものが、愛憐なのかもしれない、といま思いついたように目を光らせた。

生成も消滅も否定する立場だけれど、人間の語ることだから、生まれるとか亡びるとかいう言葉を使わなくては、通らないな、と続けた。あらゆる物はその生まれ来たところへ、亡びて還る。無限定のものからお互いに分かれて生じて来たものは、いずれ無限定のものへ融けて還る。理は通っている。不生不滅も保たれる。しかし物の亡びるのは、罪に相応してのことだ、と言うのだ。亡びることによってお互いに、おのれの不正を償うと。罪とは、負いこんだ借りは返済しなくてはならない、という必然のことらしい。不正とは、生じて来たこと自体か、生成して在ること自体が、間違いだということらしい……。

俺には縁のないことだと思っている、と言った。大体、個々の人間を超えた発言だ。人よりも物のことを考えている。それも天とか地とか、大海とか天体とか、火だとか水だとか、まず大次元のことだ。それについ先日、いまさら気がついて驚いたことは、この人の書き遺したもので、今にそのまま保存されたと見なされるのは、わずか数行なのだそうだ。それこそ闇夜の海へ消えていく船尾の灯を、見送った気がした。こんなことは俺もじきに考えなくなるのだろう……。

じきに考えなくなるのだろう、とその言葉が北本の口から出たのは、初めに有と無のことを話してから一年あまりも経った頃になるはずだ。一度にではなく幾度にも分けて聞いた話だった。北本は長く喋る男ではなかった。坪谷のほうもこの手の話にはすぐに理解が尽きて、耳が飽和したようになる。白い空をまた羽虫が飛びかかる。その坪谷の目色に北本は気づくらしく口をつぐむ。

初めの混沌と同じ世代の末に、単為生殖だか自己生殖だか、エロスが生まれるというのがそれまでの神話の筋であったらしい、とそんなことも話した。相求めさせる力とぐらいに取ったほうがよいか、元はずいぶん恐ろしい姿をしていたようだが、交接なしに世界の生成を説こうとすれば、たちまち矛盾の際まで追いこまれる、しかし俺は矛盾の徳俵を踏んで立つほうが好きだ、と言うのを聞いて坪谷はその説明から逸れて、あなたは、誰を抱いているの、と同じようなことを別の女から言われたことを思った。

かりに、誰かが死んで、それで俺が生まれて、生きている、かりに、やがて俺が死んで、それで誰かが生まれて生きている、とするな、これを現在に圧縮すれば、俺は人の死を生きていて人の生を死んでいることになる、とそんなことをいきなり言い出したこともある。この時には、坪谷はあまりに桁のはずれた話に聞こえてただ耳をあずけていたが、北本の言葉が途切れたとたんに何か虚を衝かれ、自身ではなくて相手の身の重大事を感じ落としていたような気がして、ついまじまじと顔を見ると、心配するな、個々の人間の次元の話じゃない、世界の元素の輪廻のことだ、と北本は笑った。

小人閑居シテ不善ヲナス、就職のおこぼれを精々拾うことにしたよ、と北本が坪谷の顔を見るなり言ったのは、お互いに大学の留年の年も夏に入った頃になる。半端な稼ぎに追われて閑居もないものだ、と坪谷は応じたものの、自身も近頃、格別の理由もなかったのに三日三晩、ほとんど物を喰わず、時刻も知らずに眠り、あげくにはただ白い眠りのようになり、四日目の朝に起き出してみれば、身体の隅々まで懈怠が染み渡っているように感じられて、二十の歳に自立してからは、これまでどおり気ままもせずに行けば先々どんな間違いが生じるかも知れないとおそれて生活をゆるめゆるめしてきたが、この辺で取り留めておかないと、どこへ迷いこむかまた知れない、と戒めたところだった。小人閑居シテ不善ヲナスか、よくもほんとうのことを言ってくれたものだ、と北本は憮然とした顔つきをした。たかだか俺たちのやる不善だ、と坪谷は返したが、自殺も不善の内か、と妙なことをふいに思って口をつぐまされた。その日は早々に別れた。

神通力が、落ちたよ、とつぎに北本が話したのはそれぞれ職に就いて二年もした頃で、どちらも背広を着ていた。神通力とは見当はずれだな、しかし失せれば何でも神通力だ、と笑ったが、冗談の顔でもなかった。坪谷こそ何のことやら見当がつかなかった。宵の口にたまたま街中で出会って、しばらく並んで歩いてもう左右に別れる間際だった。

あの頃、あれこれ半端な、舌足らずなことを坪谷の前で口走ったな、と北本は言った。よくもまあ、身の程知らずのことを話したものだと今では呆れているが、しかし話すうちに、もうすこしのところで何かが、言ってみれば物の初めと終りとが、哲理のようなものではなくて光景として、しらじらと見えて来そうな、予感はつねにあった、坪谷の受け答えが予感を誘うのだ、と言う。その予感が、そんな話をする相手も閑もなくなった後も細々と続いていたが、それが先頃、何の前触れもなしに、それこそ或る朝、落ちた、これきりに落ちたとわかった、と言う。

落ちるのも悟るのと同じくきっぱりしたものらしい、悟ることは、幸か不幸か、ついになかったけれど、と笑って別れ道のほうへ踏み出してから、坪谷は、と振り返って目を瞠り、坪谷の顔も、何かが降りたな、と言って角を折れた。

あなたの子を産みます、と坪谷は女に宣告されていた。

（「群像」二〇〇六年九月号）

ひよこトラック

小川洋子

男の新しい下宿先は、七十の未亡人が孫娘と二人で暮らす一軒家の二階だった。町なかの勤め先から、自転車で四十分以上もかかる不便な場所だったが、それまで住んでいたアパートを大家とのちょっとした諍いで追い出された事情から、贅沢は言えなかった。

そこは海老茶色の瓦屋根に煙突が目印の、古ぼけた家で、野菜畑と果樹園の間を縫う農道に面していた。他に下宿人はおらず、男には二階の二部屋が与えられた。南向きの窓からは、用水路の向こう側に、どこまでも続くスモモの林が見えた。

未亡人は愛想のないがさつな女で、すぐ近所にある組合直営の農産物販売所に勤めていた。赤ん坊のようによく肥え、心臓に持病でもあるのか、始終息を切らしていた。

男は町にたった一つだけあるホテルの、ドアマンだった。十代の終わりから四十年近く、ただひたすらホテルの玄関に立ち続け、定年がもうすぐ間近に迫っていた。お客を出迎え、荷物を運び、車を誘導し、玄関マットにクリーナーをかけ、回転扉のガラスを磨き、タクシーの手配をし、トランクに荷物を積み込み、お客を見送る。それが男の仕事だった。

新しい部屋の住み心地はおおむね良好と言えた。以前のアパートより広々とし、風通しがよく、何より家賃が安かった。ただ一つ悩みがあるとすれば、それは未亡人の孫娘だった。

彼女は黒目がちの大きな瞳を持つ、痩せっぽちの、六つの少女だった。いつも短すぎる吊りスカートに白いソックスを履き、長い髪の毛を三つ編みにして、肩に垂らしていた。

彼女が初めて男の部屋へ入ってきたのは、まだ荷物の片付けも終わっていない、引越しの翌日だった。窓辺に干しておいたブリーフが風に飛ばされ、それを庭にいた少女が拾って届けてくれたのだ。

少女は最初、うつむいて、ブリーフを二つ折りにしたり、三角形に折り畳んだり、再び広げたりしながら、部屋の入口に立っていた。たとえ六つの子供とはいえ、自分の下着を目の前でいじり回されるのは、妙な気分がするものだった。

「やあ、どうもありがとう」

とにかく礼を言うべきであろうと思い、男は口を開いた。

けれど、いつまで待っても返事はなかった。少女はいっそう深くうつむき、ブリーフの折り畳みをスピードアップさせるばかりで、それを返そうとする気配さえ見せなかった。

自分の声が小さすぎたのか、新しい下宿人が気に入らないのか、あるいはそのブリーフが欲しいのか、男にはさっぱり分からなかった。

そもそも、彼にとって子供という存在そのものが謎だった。彼には弟も妹もなく、小さないとこたちもおらず、一度として父親になったこともなかった。ホテルに就職したばかりの頃、小さなお子様との接し方について、という研修を受けたことはあるが、その時使われたのはダミーの人形だった。

「わざわざ届けてくれたのか。すまないね」

答える代わりに少女は顔を上げ、真っ直ぐな視線を向けてきた。男は一歩後ずさりした。おもむろに少女は、いっそう小さく折り畳んだブリーフを、ベッドの片隅に置いた。

「これから、ここに住むことになったんだ。よろしく頼むよ」

自分が決して無礼な人間ではないと示すため、男はドアマンとして身に付けた礼儀正しさを表現した。けれど少女は黙ったまま、男の脇をすり抜け、走り去ってしまった。残されたブリーフはすっかり皺だらけになっていた。

男は勤めを終えて部屋へ帰ってくると、服も着替えず、しばらくぼんやりと窓辺に腰掛けて外を眺めた。そうやって頭を持ち上げ、遠くを見やることで、人に頭ばかり下げてきた一日に区切りをつけるのだった。

職業柄、帰ってくる時間はまちまちで、昼間のこともあれば真夜中のこともあった。未亡人がいるとたいてい、孫娘を叱り飛ばしたり、電話で誰かと長話をしたりするにぎやかな声が聞こえてきた。鍋や食器のぶつかり合う音と一緒に、料理の匂いが立ち上ってくると、その日のメニューを一人で想像した。メンチカツ、ロールキャベツ、オムレツ、エビフライ……。

男は三食ホテルの社員食堂で済ませていたから、未亡人の料理とは無縁だった。それでも、彼女のがさつな性格とは裏腹に、それらがとても細やかで美味しそうだということは、匂いから十分にうかがえた。男は窓枠に肘をつき、その日一日お客と上司から受けた罵声、舌打ち、文句、小言の数々を一つ一つよみがえらせながら、自分のすぐ足元で、未亡人と少女が慎ましやかな食事を摂っているさまを、思い描いた。

あるいは、二人が寝静まったあとならば、できるだけ足音を立てないよう、用心して階段を上り、窓を開け、いつまでも外の暗闇を眺めて過ごした。ウィスキーを一杯だけ飲むこともあった。最初は真っ暗で何も見えないのに、少しずつ視界の片隅から、いろいろなものの輪郭が浮かび上がってくる。門柱に絡まるバラの蔓、寄り添うように停まっている自転車と三輪車、用水路の水面に揺れる月、一段と濃い闇に塗り込められたスモモの実。そうしたものたちを見つめていると、昼間の出来事が遠ざかり、逆に夜の世界が、親しく自分だけを抱きとめてくれているような気持になれた。

孫娘がいつどんな時も、誰に対しても、一言も喋らないというのを知ったのは、引越しから十日ほどたった頃のことだった。

「あの子が挨拶一つしなくても、私の躾がなってないからだなんて、思わないでおくれよ」

庭先で自転車に油を差していた男に向かい、未亡人は言った。

「昔はちゃんと喋ってたんだ。普通の子と同じように、アーアー、ウーウーからはじまって、マンマ、ママ、パパ、とね。もっともパパは家出しちゃって、行方知れずになっちゃっているけど。いや、普通以上だったかもしれない。絵本だってすらすら読んでたし、童謡も上手に歌ってた」

尋ねもしないのに未亡人は一人で喋った。幾人もの人に同じ話をしてきたらしく、淀みがなかった。

「ところがちょうど一年前、あの子の母親が死んで、私が引き取ったその日から、ウンともスンとも口をきかなくなった。喉に何か詰まったのかと思って耳鼻科にも連れて行った。児童心理何とかの先生に診てもらって箱庭も作った。乾布摩擦、指圧、鍼、飲尿、断食、全部駄目。今年、小学校に入学はしたけど、三日登校しただけだった。もうこうなったら、本人が喋りたくなるまで待つしか、他に方法がないと思わないかい？　あの子がどんな声をしてたか、私はもう忘れてしまったよ」

未亡人はため息をつき、農道脇の切り株に座っている孫娘を見やった。自分のことが話題にのぼっていると気づいているのかいないのか、無心に少女は小枝で地面に絵を描いていた。

「じゃあ、今月分の家賃、そろそろ頼みますよ」

言いたいことだけ言うと未亡人は、家の中へ入っていった。

その後もしばらく男は、自転車の整備をしていた。本当はさほどの整備を必要とする状態でもなかったのだが、少女の背景をわずかながら知らされた今、彼女を全く無視していいのか、それはやはり礼儀に反するのか、あれこれ考えているうちに、その場を立ち去るタイミングを逸してしまったのだった。一片の雲もなく晴れ渡った昼下がりで、スモモの林はまぶしい光に包まれていた。

その時、農道の向こうから一台の軽トラックがやって来た。道の窪みに車輪を取られながら、大儀そうにガタガタと走っていた。舞い上がる砂埃と日の光の中から、荷台に隙間なくびっしりと積まれた、色とりどりの、ふわふわと柔らかそうな何かが少しずつ近づいてきた。

男と少女は同時に立ち上がった。その荷台は、古ぼけたトラックの様子とは不釣合いに、ピンクや黄緑やブルーや朱色が混じり合った、愛らしいマーブル模様で彩られていた。しかも模様はひとときもじっとしておらず、たえずうごめいていた。やがてエンジン音をかき消すほどの、にぎやかすぎるさえずりが聞こえてきた。トラックは男と少女の間を走り過ぎていった。

ひよこか……と男はつぶやいた。どこかの縁日で売られるのだろう。さえずりはトラックが遠ざかった後も、風に乗って耳に届いてきた。少女は切り株の上で爪先立ちをし、じっと農道の先を見つめていた。マーブル模様が小さな一点になり、とうとう見えなくなってもまだ、背伸びをし、耳を澄ませていた。

あたりに静けさが戻り、砂埃が晴れ、ようやく少女が切り株から下りた時、不意打ちのように二人の視線が合った。またしても男は訳もなくうろたえ、それを悟られまいとして機械油の染みたぼろ布を握り締めた。相変わらず彼女は黙ったまま、視線を動かす気配は見せなかった。

あれは、ひよこ? ひよこよね。ああ、そうだ。ひよこだ。やっぱりそうなのね。ひよこだったんだわ。
その瞬間、二人の間に、身振りでもない、もちろん言葉でもない、ただ、ひよこ、という名の虹が架かった。得心した様子で少女は、地面の絵を運動靴で消し、スカートの埃を払い、庭を横切っていった。その後ろ姿を見送りながら男は、自分だけに聞こえる小さな音で、自転車のベルを鳴らした。

ある日、夜勤明けの男が帰宅すると、階段の中ほどに少女が座っていた。おはようと言っても返事が返ってこないのは分かっている。脇をすり抜けて二階へ上がるには、スペースが狭すぎる。お嬢ちゃん、ちょっとすまないがどけてくれるかな、と言って無視されたら、ますます事態はややこしくなる。しかしそもそも、彼女はどうしてこんな所に腰掛けているのか？　もしかして自分を待っていたのではないだろうか。いや、待つ必要がどこにある？　こんな自分に、一体、何の用事がある？

男は自問自答を繰り返した。少女を前にすると、なぜか余計なことを考えすぎてしまった。なのに少女が何も悩んでいないように見えるのが、不公平に思えた。天窓から差し込む朝日が、ちょうど彼女の上に降り注いでいた。未亡人はもう販売所へ出勤したらしく、家の中はしんとしていた。

唐突に少女は、男に向けて掌を差し出した。言葉の前置きがないために、男にとって、彼女のすることはすべてが唐突なのだった。掌には、セミの抜け殻が載っていた。

うん、間違いない。セミの抜け殻だ。よく目を凝らして男は確かめた。ここから何かを読み取る必要があるとすれば、これは難問に違いない。まず、もうセミが鳴く季節になりましたね、という時候の挨拶と考えることができる。子供だって、時候の挨拶くらいはするだろう。あるいは、自慢かもしれない。今年初めてのセミを見つけたのは私だと、自慢しているのだ。もしかすると、自分を驚かせようとしているのではあるまいか？　急に気味の悪いものを見せて、びっくりさせて、大人をからかおうという魂胆だ。ならばもう手遅れではないか。自分はちっともびっくりなどしなかった。

改めてよく見れば、少女の手は本当に小さかった。男が知っている、どんなものよりも小さかった。掌は、セミの抜け殻一個で一杯になるほどの面積しかなく、指はどれも、これで役に立つのかと心配になる大きさで、爪にいたっては、老眼の目にとって無いも同然だった。にもかかわらず、ちゃんと大人と同じ形を持ち、関節も動き、指紋も手相もあることが、不思議だった。

その手の様子から、セミの抜け殻が単なる挨拶や脅かしでないことが、男にもだんだん分かってきた。抜け殻の足先一本でも傷つけないようにしようとする緊張が、掌にあふれていたし、息でどこかへ飛んでいかないよう、唇はしっかり閉じられていた。それは彼女にとってとても大事な抜け殻なのだった。

少女はそれを、男の胸元に差し出した。

「私に、くれるのかい？」

少女はうなずいた。男は細心の注意を払って抜け殻をつまみ上げた。あまりにも軽く、間違えて彼女の指をつまんでしまったのかと、錯覚するほどだった。男が礼を口にするより前に、少女は階段を駆け下りていった。

男はセミの抜け殻を窓辺に飾り、しばらくそれを眺めたあと、ベッドにもぐり込んで眠った。

男が窓辺で過ごす時間のなかで一番好きなのは、夜明け前だった。闇が東の縁から順々に溶け出し、空が光の予感に染まりはじめる。一つずつ星が消え、月が遠ざかる。世界がこんなにも大胆に変化しようとしているのに、物音は一切しない。すべてが静けさに包まれて移り変わってゆく。

少女を真似て、男はセミの抜け殻を手に載せた。これは、プレゼント、というものなのだろうか？　夜明け前の静けさに向かって、男は問いかけた。かつて自分が誰かから、何かをプレゼントされたことがあったかどうか、思い出してみようとした。目を閉じ、遠い記憶を呼び覚まそうとしてみた。けれど、何一つ浮かんではこなかった。

だから男には、このセミの抜け殻が本当にプレゼントなのかどうか、正しく判断できなかった。自分がプレゼントだと思い込んでいるだけで、少女の方にはちっともそのつもりがないとしたら大変なので、できるだけ抜け殻のことは考えないようにしているのだが、窓辺に腰掛けると、どうしてもそれを掌に載せてしまうのだった。

いつの間にか星は残らず姿を消し、朝焼けが広がろうとしていた。生まれたばかりのか細い光が、一筋、二筋、果樹園に差し込んでいた。しかし静けさはまだ、夜の名残に守られ、男の手の中にあった。抜け殻に朝日が当たるまで、もうしばらくかかりそうだった。

セミの次に少女が持ってきたのは、ヤゴの抜け殻だった。次がカタツムリの殻、ミノムシの蓑、蟹の甲羅、と続いていった。圧巻はシマヘビの抜け殻で、直径二センチ、全長は五十センチもあり、それ一つで窓辺のスペースの半分近くを独占した。日に日に窓辺の抜け殻コレクションは充実していった。

少女はそれらを眺め、満足そうな表情を見せた。二人は時折一緒に、窓辺の時間を過ごすようになった。少女はコレクションの前にペタンと座り込み、男はその折々で、手持ち無沙汰に立っていることもあれば、彼女のためにジュースを注いでやることもあった。

最初のうち男は、こんなにも年の離れた、しかも喋らない人間と、どう間を持たせたらいいのか戸惑ったが、すぐに要領をつかんだ。つまり、抜け殻を眺めていればいいのだ。それで二人には何の不足もなかった。

どの抜け殻にも、眺めれば眺めるほど、新しい発見があった。男がまず驚いたのは、脱皮した殻が実に精巧な作りをしていることだった。セミの腹に刻まれた皺から、頭部の先端に密集する毛まで。ヤゴの透明な眼球から、羽に浮き出す網目模様まで。かつて殻の中に生きていた生物の形を、克明に留めていた。隅々まで神経が行き届いていた。どうせ脱ぎ捨てられるものだから、といういい加減なところが微塵もなかった。

更には、それほど精巧でありながら、綻びがないのだった。背中に一箇所、ファスナーのような切れ目がある以外、どこも破れたりクシャクシャになったりしていない。シマヘビになると、そっくりそのまま裏返しになっていて、模様が内側に広がっているという手の込みようだった。

人間でもこんなに上手に洋服を脱ぐことは不可能だ、と男は思った。間違いなくこれは、プレゼントに値する驚異だ、と一人で確信を深めたりもした。

しかし男はこうした思いのあれこれを、少女に向かって言葉にはしなかった。返事がもらえないからではなく、お互い喋らないでいる方が平等だ、という気がしたからだ。たとえ喋らなくても、少女のそばにいれば、彼女が抜け殻について自分と同じような発見をしていることが、伝わってきた。

彼女はそれらを人差し指でつついたり、光にかざしたり、においをかいだりした。ちょっと考え込んだり、口元に微笑を浮かべたりした。少女が動くたび、肩先で三つ編みの結び目も揺れた。全部眺め終わった後は、順番と向きを間違えないよう、男が並べていた通りに元に戻した。

男は抜け殻と同じように、少女についても次々と発見をした。小ささは手に留まらず、身体中のあらゆる部分に及んでいた。鼻も耳も背中も、ただ小さいというだけで、神様が特別丹精を込めた感じがした。髪の毛は甘い香りがした。瞳の黒色はあまりにも深く、それが何かを見るためのものだということを、忘れそうなほどだった。自分も六つの時は、こんなふうだったのだろうかと思うだけで、訳もなく哀しくなった。

「どこにいるんだい。さあ、ご飯の支度、できたよ」

台所で未亡人が、少女を呼んでいた。

ひよこトラックが二度めに農道を通った時、少女はちょうど男の部屋にいた。ガタガタとしたエンジン音の響きだけで、二人はすぐに何が近づいてきているのか分かった。男は窓を開けた。

同じように荷台は色とりどりのひよこで埋まっていた。例のさえずりも聞こえてきた。少女は顔を輝かせ、精一杯爪先立ちをした。吊りスカートが持ち上がって、パンツが見えるのではないかと、男は気が気ではなかった。しかし少女はそんなことにはお構いなく、少しでもひよこに近づこうとして窓枠から身を乗り出した。彼女が落ちないよう、男はスカートの紐を引っ張った。

ひよこよね。ああ、そうだ、ひよこだ。

二回めともなれば、目配せの確認も簡潔に済んだ。少女は手すりを握り締め、瞬きをするのも惜しいといった様子だった。風景の中で、そのトラックの荷台だけが別格だった。光を浴びる羽毛は花園であり、湧き上がるさえずりは歓喜のコーラスだった。

けれど男は知っていた。着色されたひよこたちは、長生きできないということを。縁日の人込みの中、ハロゲンライトに照らされながら、彼らは窮屈な箱に押し込められる。乱暴に首をつかまれ、足を引っ張られる。買われた先ではすぐに飽きられ、羽の色もいつしかあせ、糞まみれになって衰弱死する。あるいは猫に食べられる。売れ残ったひよこは、箱の片隅で、窒息死している。

少女が何も喋らない子供でよかったと、その時男は初めて思った。もし少女に、

「ひよこたちはどこへ行くの？」

と尋ねられたら、自分はきっと答えに詰まるだろう。本当のことを言うべきか嘘をつくべきか分からず、うろたえてしまうだろう。

しかし二人は言葉を発しないのだから、少女の黒い瞳の中では、ひよこはどこへでも行けるのだ。虹を渡った先にある楽園で、可愛い色の羽をパタパタさせながら、いつまでも幸福に暮らすのだ。

新しいコレクションとして少女が選んだのは卵だった。彼女が裁縫箱と卵を持って二階へ上

がってきた時、どういうつもりなのか意図がつかめなかった。最初は卵を孵してひよこにしたいのかと思った。少女は裁縫箱から針を一本取り出し、それで卵をつつく真似をした。

ははあ、卵に針で穴を開けて、中身を吸い出したいんだな。なるほど。卵の殻も立派な抜け殻だ。

早速男は作業に取り掛かった。これまでのコレクションは全部、少女が一人でどこからか見つけてきたものだった。しかし今回は二人の共同作業だ。自分の働きが大事なポイントとなる。セミやヤゴに負けない立派な抜け殻を完成させなければならない。だから男は張り切っていた。

できるだけ目立たない穴にするため、細心の注意を払って男は卵のお尻に針を突き刺し、そこに唇をあてがった。少女はベッドの縁に腰掛け、じっと成り行きを見つめていた。正直なところ男は生卵があまり好きではなかったのだが、期待に満ちた少女の瞳を前に、嫌そうな表情を見せることなどできるわけがなかった。平気、平気。私に任せておきなさい、という態度を保ち続けた。

やがてぬるぬるとした生臭い粘液が喉に流れ込んできた。唇に触れる殻はひんやりとし、ざらついていた。男は気分が悪くなりそうなのをこらえ、味わう暇を与えない勢いでそれを飲み込み続けた。すぼめた唇と殻の隙間から息が漏れ、奇妙な音がした。

だんだんに男は、縁日で死んだひよこを飲み込んでいるような気持になってきた。着色され、ぎゅうぎゅう詰めにされ、遠くへ運ばれた挙句、一人ぼっちで死んでいったひよこを、自分は今弔っているのだ。少女に気づかれないよう、そっと花園に埋葬しているのだ。

男は目を閉じ、最後の一滴まで、すべてを吸い尽くした。少女はベッドの上で足を揺らしながら拍手をした。二人の間に、白い小さな抜け殻が一個、残された。男はそれを窓辺のコレクションに加えた。卵はすぐに他の抜け殻たちと上手く馴染んだ。少女の拍手が一段と大きくなった。

男は相変わらずホテルの玄関に立ち続けた。自転車を四十分走らせ、ロッカーで制服に着替え、回転扉の前に立った。タクシーが着くと、お客の手から荷物を受け取り、「本日、ご宿泊でございますか？」と尋ねた。フロントまで案内しているあいだに、もう次の新しい客が到着していた。男は一日中、ただ玄関の内と外を出たり入ったりしているだけだった。誰も男の顔など見なかったし、名前も覚えなかった。ごくたまに、「ありがとう」と声を掛けてくれる客もあったが、そのたびに男は、礼を言われるような何かを自分はしたのだろうか、という気分になった。

同僚のドアマンたちは皆、男よりずっと若かった。男より力強く、ハンサムで、制服がよく似合った。食堂やロッカーで一緒になっても、雑談することはなかった。彼らが男に話し掛けてくるのは、勤務のシフトを交代してほしい時だけだった。

新しい下宿に引っ越してから、一つだけ変わったことがあった。子供連れの客が来ると、つい少女と比べてしまうのだ。この子は少女と同じ歳くらいだろうか。いや、熊の縫いぐるみなど抱いているところを見ると、少女よりは幼稚だ。あのロビーで走り回っている子。あれはいけない。いくら子供でも分別がなさすぎる。少女ならきっと、背筋をのばし、何十分でも、もちろん静かに、ソファーに座っていられるはずだ。こっちの子はどうだろう。身長も目方もほぼ同じくらいだが、顔は全く似ていない。少女の方がずっと可愛らしい……。こんな具合だった。

どうして少女が抜け殻を集めるのか、男は不思議に思わなかった。少女には縫いぐるみよりも抜け殻の方がよく似合っている気がした。抜け殻を求め、果樹園や用水路の水辺を探索している彼女の姿を思い浮かべる時、男は涙ぐみそうになって、自分でも慌てることがあった。少女はたった一人で辛抱強く、草むらをかき分け、枝を揺すり、泥を掘り返す。白いソックスが汚れ、三つ編みが解けそうになる。ようやく少女は一個の抜け殻を発見する。ついさっきまで生き物だったのに、今では空っぽの器になり、見捨てられてしまった抜け殻。中には沈黙が詰まっている。少女はそれを救い出し、大事に掌に包み、男の元へ走って届けるのだ。

三度めの時、少女はもう、ひよこトラックについて相当の知識を蓄えていたので、姿が見えるずっと前にエンジン音をキャッチし、階段を駆け下りていった。男も後を追いかけた。少女は切り株に立ち、いつそれがやって来てもいいように、体勢を整えていた。

少女は間違えていなかった。一本道のずっと向こうから、トラックはやって来た。

ほらね。やっぱりね。

少女は得意げな顔をして見せた。

うん、本当だ。

男はうなずいた。

太陽を背に、トラックの荷台は、四隅までわずかの隙間もなくひよこたちの鮮やかな羽に埋め尽くされていた。たとえあと一羽でも、余分に乗せることは無理だろうと思われた。男の目には、いつもよりトラックのスピードが遅く、ふらついているように映った。荷台が揺れるたび、さえずりは更にトーンを上げ、波のようにうねりながら空の高いところまで響き渡っていった。少女は切り株の上でジャンプしていた。

私たちにひよこを十分見せてやろうとして、わざとゆっくり走っているのだろうか。そう、男が思った時、トラックは二人の前を通り過ぎ、農道を外れ、草むらに入り込み、そのままプラタナスの木にぶつかって横転した。あっ、と声を出す暇もない間の出来事だった。

男は慌ててトラックに駆け寄った。運転手は自力で外へ這い出してきた。額から血が出ていたが意識ははっきりしていた。

「大丈夫か。しっかりしろよ。大家さん、大家さん。すぐに救急車を呼んで」

男は大声で家の中の未亡人に呼びかけた。それから運転手の首に巻かれていたタオルで傷口を押さえ、もう片方の手で身体をさすった。

ふと、男が視線を上げると、そこはひよこたちで一杯だった。視界のすべてをひよこが埋め尽くしていた。突然荷台から放り出された彼らは、興奮し、混乱し、やけを起こしていた。ある群れは意味もなくその場で渦巻きを作り、ある群れは空に逃げようというのか、未熟な羽をばたつかせ、またある群れは身体を寄せ合い、打ち震えていた。

その風景の中に、少女がいた。

「駄目よ。そっちへ行っては。車が来たらはねられてしまう。そう、皆、この木陰に集まって。怖がらなくてもいいのよ。大丈夫。すぐに助けが来るわ。何の心配もいらないの」

少女は彼らを誘導し、元気づけ、恐怖に立ち竦んでいるひよこを、胸に抱いて温めた。色とりどりの羽が舞い上がり、少女を包んでいた。

これが彼女からの本当のプレゼントだと、その時男は分かった。少女が聞かせてくれた声。これこそが、自分だけに与えられたかけがえのない贈り物だ、と。

男は何度も繰り返し少女の声を耳によみがえらせた。それはひよこたちのさえずりにかき消されることなく、いつまでも男の胸の中に響いていた。

（「群像」二〇〇六年十月号）

五十鈴川の鴨

竹西寛子

最早生きては会えぬ岸部悠二と生前一通の私信さえ交したことのない私が、彼に向かってペンをとりたくなるなど、一体誰が予想しただろう。あの女性の訪れさえなければ、私と彼との点線のような付き合いも、二人の男の悪くなかった間遠な接し方の例として、私の内にしまい込まれていたかもしれない。齢だけは五十に近づいているというのに、今までこんな気持になった覚えもない。だからと言って今更彼に何を言おうとしているのか。何が言えるというのか。

もう一週間が過ぎている。妻が背広を冬物に変えてくれた日の午後、私は日本橋の勤め先で、未知の女性からの電話を受けた。香田と名乗った。突然で失礼とは存じますが、岸部悠二さんからのお託けで、是非お目にかからせていただきたい。お手間はとらせませんと言う。岸部とはどういうお知り合いなのかとこちらにみなまでは訊ねさせず、申し遅れましたが、私は一時岸部さんと同じ会社に勤めていた者でございますと口早に言い添えた。若くはない声での、はっきりした、丁寧な物言いだった。

岸部も私も、それぞれの勤め先で役の加わった事多さもあり、少なくとも私のほうは折につけて彼のことを気にはしていながら、長く会わない状態が続いていた。突然の電話のあとには、来客の先約も控えていた。電話の相手とは次の日の会社での面会を約束した。腑に落ちないこともある。念のため岸部の会社に電話をしてみた。岸部は、半年前から国外にある同系列の別会社勤務に変ったので、こちらにはもう在籍していないという。何も知らせない岸部が不快ではなかった。いつもの彼らしい。そのうち又ひょっこり電話をかけてくるかもしれない。

それにしても……

次の日、受付からの連絡があって、約束の時間に応接室の前に立つと大きく深呼吸した。入口の脇には、丈のある花台に置かれた洋花の鉢があったのに、昨日客を迎えた時には気づかなかったことに気がついた。ゆっくり、ドアをノックした。


同じ学校の出身でもなく、会社の同僚でもなかった私と岸部が知り合ったのは、都内の企業が催した同業者向けのセミナーであった。十二、三年は遡る。交換した名刺で、相手も自分と同じように、建築会社に所属して設計や施工に関っている建築士だと分かったが、業務の実際についてはむろんすぐには知りようもなかった。初対面の時の、ほぼ同じ年輩と見えた男は、ありふれた言い方をすれば控え目だった。こういう機会にまず自己顕示で迫ってくる者は少なくない。自社の宣伝にも繋るので一概には貶せないが、虚勢を張っているのであれば、虚勢はやはり隠せない。岸部の控え目な態度に、小心や狡さは感じられなかった。給料をもらっているのだから仕方ないといった、言い訳がましい無気力な印象も受けなかった。むしろ自信を包み込んでいる余裕と見えた。穏やかな表情に一瞬走ったものがなしさも、私には育ちのよさからくる人懐しさと映った。指環はしていなかった。

あの当時のわが社は、経営が特別上向いていたわけでもないのに、管理職はもとより並みの社員も順次セミナーに出席させたり、研究、視察の名目で海外に派遣するなど、前向きの姿勢が目立った。そういう経営陣の方針のおかげで短い旅にも度々恵まれた。セミナーは一日だけの時もあれば、保養地で数日に及ぶ場合もあった。岸部とはそうした機会に不思議なほどよく顔が合った。集るのは一応全国からなのに、よりにもよってどうして彼と口を利くようになったのか。

義務の研究講習会が終り、夕食後の自由時間になると、いつのまにか彼とは宿所近くの店のカウンターで席を並べるようにもなっていた。もっとも誘うのは大抵私で、彼は少しも逆らわず同行する。私は会社への忠誠心で、他社の社員から何かを探り出そうとしたのでもなければ、自分を相手に印象づけたいのでもなかった。強いて言えば、彼に見た、あの一瞬のものがなしさに引き摺られていた。虚さといってもあまり違わないようなものがなしさであった。

建築士としての仕事に関する限り、彼の思考の明晰と明敏、芸術的な感性の上等を知るのに時間はかからなかった。製図室での彼は恐らく精密機械さながらであったろう。多弁ではない。それに、こちらの意見を聞く時は、いつでも、どんな意見であってもまず区別なく全身で聞いてくれるような誠実さがあった。謙虚だった。日頃私は、仲間といかにいい加減な会話や議論で生きているかを知らされ、だが、これも雑草として生きていく上でのてだてなのだと自分に言い訳をした。

こうした他人への接し方は、必ずしも私に対してだけではなかったので、岸部はさぞ毎日疲れるだろう、きっと奥さんも、と思い、いや世の中はよくしたもので、几帳面な主人にはとかく大らかな奥さんが添いがちだからとも思い直した。背広もネクタイも高級品らしいのに、手の爪が穢いとか、調髪は念入りでも靴の踵のすれ方がいびつ、などというたぐいの不調和を彼に見たことはなかった。

食事を共にする機会が増えてから、彼の箸遣い、盃の受け方、椀の支え方などによって、逸早く岸部という男を他の男と区別したのは、私の母のせいだったと思っている。私の母は太平洋戦争の最中に未亡人になった。母がその後に一身で受けとめた生活の苦しみをろくに理解するでもなく、私は大学生活を送り、社会人になって結婚し、四十代に入って間もなくその母を送った。敗戦の年の、米軍の首都空襲で家を焼かれ、近郊の知人宅に一時家族が身を寄せた時、母は身の細る思いであったろう。しかし子供達には相変らず頼もしい人であった。

幼い子供達に母は沢山注意した。注意はしたが一度も叱りはしなかった。繰り返されたのは御飯のいただき方についての注意だった。ただその注意が生きるには、子供達が賢さの足りない怠け者だったのが情ない。私は食事をする岸部の傍に、知りようもない彼の母堂の端正な和服姿をよく顕《た》てた。それは淡々《あわあわ》とした私の母の面影でもあった。

セミナーの出席者としてはある距離を保って、即かず離れずの間がしばらく続いた。控え目ではあっても仕事に関する限り、言い淀みや出し惜しみをしない彼の物言いを通して、私は己れの美学と営業成績とが短期間には直結しない悩みが、自分ひとりではなく岸部の悩みでもあるらしいのをひそかに確信するほどになっていた。同じ社の者にはかえって開放できない胸の内を、用心しながら少しずつ開放し合っていたのか。

岸部の人柄や才能について、言葉数の増えている私に、妻は一度ならず、家にお招びしては、とすすめてくれた。夫の知友を自分の手料理でもてなすのは、子供のいない家庭の妻の気遣いでもあろうが、夫のくつろぎを深くさせたい気持に偽りはなく、妻自身も岸部という人物に興味を持ちはじめていた。

だが、岸部は見事に断り続けた。僕は田舎者で無調法なんです、とか、そういう席にはどうしても気後れがして、などというのがいつもの逃げ口上だった。ある時気がついてみると、知り合ってもう何年も経つというのに、彼がどういう家の生れでどのような家族の一員だったのか、現在どういう家庭を営んでいるのか、私にはほとんど分かっていないのだった。

私生活について岸部は極度に寡黙であった。何となく立ち入らせない話の逸らし方を心得ている。逸らされたと気づく前に問いかけが自然に封じられている。介入を封じる雰囲気を自分でつくってそれに守られている。こちらもあえて突入する気はなく、現状維持をよしとした気味もある。彼の性格もあろうが、こうした寡黙には余程の経験が積まれているに違いないと想像はした。

出身の大学ははっきり答えた。会社へは湘南から通っています。生れですか。西の出なんです。敗戦は中学二年の時でした。親兄弟は世間並と思って下さい。家業ですか。ほんのちょっとした商売屋で。

いろいろな時の答えを集めてみても、どれもそんなふうにぼかされている。いいじゃないですかそんなこと。人様に言えるほどのこと何もないんですよ。こんな調子で、どうやら彼は今もって独身らしいと思うにいたったのも知り合って相当経ってからであった。むろん彼も私の私生活については、一切訊ねていない。

私は人付き合いを苦にするたちではない。それでも岸部はずっと気になる男だった。彼を次第に離れて眺めるようにもなり、こういう付き合いの持続も悪くないと考えるようになった。たまにしか会わぬ、いや会えぬ人物であり、これが同じ会社の同僚などであれば、彼の寡黙もあれほどまでにはよく守られなかったろうと思う。

応接室の女性は、私を見るとすぐに椅子から起ち上がり、こちらに視線を定め直してから礼儀正しいお辞儀をした。地味な羽織だったので、年齢をいくらか高くみたかもしれないが、妻と大差なさそうな気がした。女客は改めて香田と名乗り、岸部さんとは一時同じ社に勤めていた者だと繰り返した。それから岸部が急病で亡くなって四十九日が過ぎたことを告げると、こう続けた。

「病院で最後にお話できた時、いつか機会があったら、あなた様に、六月十九日はよい日でした。ありがとうと伝えてほしいと言われました。それだけですかと念を押すと、それだけで分かる。電話番号は茶封筒の中の住所録で。と、やっと聞き取れるようなお声でした。私には何のことか分かりませんでしたが、必ずお伝えしますと約束いたしました」

突然告げられた事の内容に、私は咽喉元に掌を当てられたようになっていた。前日の電話の時から感じていたこの女性への一抹の疑いは、日付けの入った託けがはらしてくれた。岸部は外地に転勤じゃなかったのか。急病とはどういう状態だったのか。で遺族は。彼はなぜあなたに託けたのか。それも自分の筆蹟ではなく口伝えで。矢継早に訊ねたいことはあるのに言葉にならず、私は専ら岸部の伝言に縋りつくようにしてその日を辿った。

「岸部が亡くなった……」

やっと言葉が出た。

「六月十九日には、二人で神宮へ行きました。一昨年の夏ですが……」

私は目の前の顔から次第に目を落しながらのろのろと言葉をつないだが、実際は宙に向かって呟いていた。

森の奥深さも、伊勢神宮ほどの規模になると、森ではないもので迫ってくる。あの日の神宮の森もそうだった。宇治橋をみなまでは渡らず、初夏の風が運ぶ生木《なまき》の匂いのなかにいて、静かな瀬音を立てつづける五十鈴川のさざ波を、欄干から身を乗り出すようにして見入っていた岸部の姿が浮かんだ。緩やかな階段状の石畳が、両岸の森の緑を映す川面に幅広く延び出している内宮の御手洗場《みたらし》で、石畳を洗う清流を前に、

「いいなあ」

と小さく呻くように言った岸部の、薄いジャケット姿が浮かんだ。護岸の石垣の上から流れに枝を差しかけ、葉の繁りを競い合っている近くの樹々の木洩れ日の下で、霧のかかった小暗い森の彼方からの水が、白と緋の鯉の背を見せたり隠したりしていた。まわりのほとんどが不明であるのに、そこだけは確かなものとして私は岸部の姿を追い続けた。

「岸部は、あの日のことをそう言ってくれましたか」

沈黙を破ったのは私のほうだった。たまにしか会わない相手であってみれば、突然伝えられた訃報も、物を隔ててしか届いてこないもどかしさもありながら、記憶に確実に届いた彼の託けによって、何かに縛りつけられていく自分がいた。

四日市でのセミナー開催を知った時、私は休日が後に続くのを幸い、神宮の境内に岸部を誘ってみようかと思った。一緒に行くのを嫌がるような男ではないから、お前も同道しないかと妻に言ってみたが、滅多にないことですからお二人でゆっくりしていらしたらと言ってくれた。予め岸部に電話をして意向を聞いてみた。大学の研究室にいた頃、唯一神明造りの勉強に行って以来だと乗り気の返事をした。

東京に生まれて、明治神宮の境内にさえ入っていない者が、伊勢神宮に人を誘うのもおかし

な話ではある。しかし私にとっての神宮の境内は、申し訳ないけれどもある時以来、一度ならずそうであったように、穢れの粘りで袋小路に追い込まれた自分が助けを求める二つとない環境であった。職業上の理由からだけではなく、光と風、土と水、それに生物との調和を考えの基本として然るべき者に、右に左に意味づけられた不調和の国土は、どのように説明されても嘆きの対象でしかない。そこで言い訳を言い訳とも気づかず重ねて、他人の批判に憂き身をやつし始める先は決まって袋小路であった。

神宮の境内は、初めも終りもない空間である。その空間がそのまま時間としても感じられるところにあえて自分を放り出す。これが原始の静寂かと無防備に身を軽くする折もあれば、生々のあまりに瑞々しい色と香に息苦しくなる時もある。空に昇る。流れの底に沈む。空が空であるのは、流れが流れであるのはと稚い図式を幾度も中空に描く。このように深々と守られた森と潤いの大地あってこその運行の大調和が、荘重の恩恵をもってつつしみと畏怖を教える。私一個、何程のものか。その結果、右に左に意味づけられた不調和の国土で、これから先どう生きていけばよいのか、かすかではあってもその都度の曙光に甦った。境内の大調和は、複雑精妙な変相で私を刺激した。

何のことはない。水に甦る萎れた草葉。神宮には内宮外宮をはじめとして百幾つかのお宮やお社があるとされているが、実際にその前に立っているのはごくわずか。丸柱が高床を支えている萱葺殿舎の屋根の苔や、立ち並ぶ老杉の苔に、度々声にならない声をあげているように見えた岸部も、宇治橋や御手洗場での彼同様、あの日をよろこんでいる彼の姿だったのだと思いたかった。そう思うことで、予期せぬ動揺に耐えていた。

淡い交りだった。それだけに岸部の「ありがとう」は身にしみた。

「海外赴任と聞きましたが、違っていましたか。今ご遺族はどちらに」

直接、岸部との間柄を相手にただすのは憚られたので遠回りした。今度は相手が私から目を伏せた。

「もうお目にかかる時もないと存じますので」

そう言ってから、半年前カイロに赴任した岸部が、着任早々の体調異変で帰国するとそのまま入院したことから話し始めた。

岸部には、原因不明の発熱と病名のつかない症状が続いた。一旦小康を得て退院してもすぐ又同じ症状が現れた。入退院が繰り返された。同じ社にいた私が早くに退社していたのは、好きになった岸部がどうしても結婚に同意してくれないので、毎日近くに居ながら近づけなかった辛さのためだという。遠ざかるつもりであったのに結局近まわりに居ついて、さぞ迷惑されたと思うが、他人を通したおかげでこういう大事なお使いにも立てたと自分を慰めてもいる。湿り気のない話し方に香田という女性がいた。

「岸部は又どうして頑なに……」

と言いかけてから、行きがかりとはいえ、あまりにもくだらない問いかけをした自分にがっかりした。岸部さんは神経のこまやかな、やさしい、聡明なひとなのに、肝腎なところにはいつも煙幕を張ってその中から出ようとされないのが辛かった。用心深さも口の重さも、あなたへの不満からではないといくら言われてもそれは聞かないのと同じだったと女客は言う。お別れするにしても、せめて少しでも自分で納得できる言葉がほしかったので、今思えば愚かな質問で責めたてた。女の己惚れというか、直観というか、岸部さんは、決して私を嫌ってはいられないという自信めいたものは持っていた。

ある晩、岸部は、理解を求めるのは無理だと思うがと前置きして、自分は広島の被爆者で、あの日に家族全員と家を同時に失ったのだと初めて話してくれた。自分が時々会社を休むのは病名のつかない症状のためで、社会人になるまでにも、なってからも、お世話になった医師や病院の数は少々ではない。外傷はない。しかし診察の都度原因は特定されず従って治療もそれに準じた。いつまたそうなるのか、不安の消えない勤め人を想像してもらえるだろうか。米軍が投下した原子爆弾の人体への影響は、医学の上でも未だに多くの不明を残している。二世、三世に及ぶかもしれない人体の異変についても分かっていないことが多く、安全の保証はない。

臆病者、意気地なしと言われても、僕のような人生は僕一人で終りにしたい。自分が関りをもつことでその人達が不幸になるかもしれない可能性がないとは言えないのだから、どんなにさびしくても自分はそれを防ぐ。結婚して仕合せな家庭をつくり、子孫に恵まれている被爆者も大勢いる。よかった、と思う。無事への夢に生きるのが人間らしい進み方だと思うから。けれども自分は疾うにその勇気を失った。原爆のせいかもしれないがそうではないかもしれないと、前例のない症状に対して多くの専門家は断定を避け続けている。不安の暗さが夢の明るさを食べてしまった。我儘かもしれないが僕だけの一生で終らせてほしい。もう二度とこの話はしたくない。あなたがいけないのではない。僕にすべての責任があるのでもない。こういう時代に生まれ合わせた者の運命だと思うことにしている、と。

「闇に突き落されたような恐しい夜でした。近くにいながら途方もない遠さにあの人を連れ去ったものを憎みました。しかし本当の岸部さんの苦しさにはとても近づけないことも知らされました。全くの偶然で私が手にすることのできた岸部さんのご実家の写真があるのです。焼ける前のお邸町の、旧くからのお医者様だったそうです。道路に面した門構えの、塀の長いおうちでした。門から見える前庭の松を背に、お抱えらしい車夫が人力車と一緒に写っていました。机の上にそっと差し出すと、一旦は手にされましたが、表情も変えずじっと眺めたあとで、黙って私のほうへ押し戻されました。

あの晩、自分を無くするか、それとも別姓の人になったつもりで生き抜くか、どちらにしようかと迷った時期もあるとも言われました。せめて別姓の人になったつもりで、とうかがった時、岸部さんの煙幕は、ご自分が被爆者であるのを隠せるだけ隠そうとされたのではなく、ご自分に生き続ける勇気を与えるための手段だったのかと思いいたりました」

岸部が口を噤み、介入をしりぞけ、私も追わなかったあのことこのことが、女客によって次々に明るみに引き出されるのに私は言葉をさしはさむ余地もなかった。これは非現実だ、と思ってもみたが、非現実は長くは続かなかった。そこまで思い詰めなくても、というのは無責任な発言で、血の濃い肉親と生家を、同時に失った中学生のそれからの時間の凄さに、及びもつかぬ想像で何が言えるだろう。同じ年頃で、戦災から近郊に逃れた私は、屋根は失ったが、まだ家族がいた。

わが手によって自らを滅す道ではなく、仮りの姿になってでも自分の生だけは全うせねばならぬと、あたう限りの寡黙の忍耐を彼に選ばせたのが、人間の愚かさであったのか賢さであったのか云々する資格は私には無い。残されている幸福への賭けよりも、自分の災いが他に及ぶ、危険の防ぎへの賭けを先行させたからといって、それをあげつらう権利が誰にあろう。岸部よ、私は君との淡い交りにこそ、君の受けた不当な衝撃の鋭い深さを、何人も立ち入れぬ君の肉親との絆の強さを思うべきなのか。

その時急に私が寒気を感じたのは、鮮明に湧き上ってきた六月十九日の、もう一つの景色のためであった。

内宮の参拝を終えたあの日の二人は、宇治橋から浦田橋の方に向かって並ぶ商店の道に出て、一軒の茶店に入った。抹茶と和菓子を注文した。もう充分に汗ばむ時期で、少々歩き疲れてもいた。これからどこで早目の夕食にしようかなどと相談した。茶店の硝子窓越しに、眼下で五十鈴川の流れが小刻みに光っているのが見えた。ふと上手《かみて》から下ってくる水鳥の動きがあって、近づいたのを見ると鴨の一群れである。五羽だった。美事な金属緑色に白い輪の頭頸を立てた雄鴨が、太目の鶉のような雌の鴨との間に三羽の幼鳥を従えて、用ありげに浦田橋の方へ泳いで行った。二人は顔を見合わせて微笑んだ。

練切りの甘味を抹茶の苦味で洗った。どちらも黙ったまま流れの方を見遣っていた。疲れに甘味がよかった。

いっときして、先刻の鴨が、列を崩さず又上ってきた。親子の鴨なのかどうかは分からない。だが一群れを目にした途端に私は親子だと思い込んでいた。

「戻ってきた」

先に口にしたのは岸部だった。私は無言で相槌を打ち、窓硝子に顔を寄せた。

「いいなあ」

必ずしも同意を求めていない岸部のこの「いいなあ」は、御手洗場でのそれと同じだった。私も思わず、

「いいなあ」

と合わせていた。茶店に誘ったのはこちらだった。鴨の親子に出会えるなど僥倖だとさえ思った。岸部もこの景色は気に入ったらしい。私は内心得意だった。しかし女客に、この得意は砕かれた。寒気が散った。僥倖が無意識の残酷にもなり得るのを、六月十九日の私はかなしいかなまだ気づいていなかった。五十鈴川の鴨のことを、女客には言えなかった。

「私の役目は終りました。もうお目にかかることもないと存じます。あなた様、どうぞお元気にお過し下さいませ」

去って行く女客の後ろ姿に、岸部とのあり得たかもしれない人生を思った。恐らく彼は、この女性に看取られて逝ったのであろう。一人の岸部が生きたということは、十人の岸部が、い

や百人の岸部が生きているということでもある。女客を送り出すと、私はそのまま社の外に出た。歩きたかった。歩かずにはいられない気持だった。途中で冬の背広を脱ぎ、腕に掛けた。目的の場所もないのに、信号の待ち時間に苛立った。

（「群像」二〇〇六年十月号）

方向指示

堀江敏幸

仙女の松本だって？　と三郎助さんはとつぜん苦々しげな口調になってわざわざ斜めうえに顔を持ちあげ、鏡のなかのではなく鋏と櫛を手にした生身の修子さんに言葉をかえした。ちょうど髪を櫛でぴんとひっぱり、人差し指と中指でそのわずかに残る白髪をはさんで、むかしの洗濯機のローラー式脱水機みたいにその髪と垂直にのばした指できゅうとしぼりあげ、第二関節よりうえにとびだした部分を右手の鋏でシャキシャキと刈っている最中だったので、ほらまた、動かないでください、ただでさえ貴重な髪なんだからと修子さんに叱られつつも、これだけは言わずにいられないという勢いである。

「冗談じゃない。子ども時分からのなじみだがね、あれはまったく意地のわるい女だよ」

「あら、幼なじみだなんて、はじめて聞きましたけれど」

べつの区域に枯れ草のように残った髪を引っ張るようにもちあげて、おなじ動作を繰り返しながら修子さんが言う。

「むかしから知ってるってことだよ、親しいわけじゃない。忘れもせん、まだ贅沢品だったバナナをまわりに見せびらかすみたいに食べて、指をくわえてるガキのほうへ皮だけぽいと投げてよこすような女だった。親父がこのあたりの豪農で、どういうからくりだか畑地をどーんとつぶして進駐軍に使わせてたんだ。野菜なんて食わせ放題。そのお返しに見たこともないようなあちらさんの食べものを譲ってもらってたんだろうな。それを娘が持ってきて、わざわざひとがたくさんいるところで食う。こっちをじっと見ながら、なめて、かじって、かんで、あじわって、ごくりと飲み込む。わしらはそういう個別の動作ができなくなってるくらい腹を空かせてたから、かんだ瞬間にもう飲み込んでたんだよ。当時あんなふうに時間をかけて食べてみせる子どもはいなかったから、そりゃあくやしかった。食いものの恨みといやそれまでだが、松本の娘が仙女なんて、冗談にもほどがある」

修子さんは鋏を動かす手を止め、鏡のなかにすこし目を泳がせたあと、それ、うちのおじいちゃんと遊んでた頃の話ですか、と尋ねた。三郎助さんは総入れ歯にしたばかりで、以前より明瞭にしゃべっているかと思うと、急にふにゃふにゃした音を出す。顎の回転と舌の感覚がまだうまくあわないのだと言うのだが、鏡に向かって声を発しているので、よけい音がこもって聞き取りにくい。

「そうだよ、武雄さんだって、いろいろ見せびらかされて腹立ててた口だ」

三郎助さんは修子さんの祖父より二つ年下になるので、そのくだけた口調にはややあわないのだけれど、名前を出すときはいつも「さん」づけになる。もうとうにその武雄さんの年齢を超えてしまっているのに、思い出話のなかで年齢の差はいっこうに縮まらない。

「あたしが言ってる松本さんていうのは、べつの松本さん。おじいちゃんたちと幼なじみだとしたら、ぜんぜん年齢があわないでしょ。三丁目の角の、瀬戸物屋の、あそこの下の娘さんで、もとは澤柳さん。結婚して松本さんになったひと」

「なんだ、澤柳の娘か。あいつは商工会議所でずっと経理やってた堅物でな。娘に罪はないがほんとに嫌らしいやつだった。うちの商店街のやり方にいろいろ口を挟んできたときの話、聞いたことあるだろう。福引きに事務机を使うと表面に傷がつくから、下にゴムかなにかをかませろとか、提灯が明るすぎて電気が無駄になるから電球を弱くしろとか、盛りあげる企画をいちいち盛りさげるような輩でな……すまんがその髪留めをはずしてくれんか?」

修子さんはカットの邪魔にならないように、また髪を傷つけないようにと選んだ小ぶりで閉じ方のやさしいヘアピンを、乞われるままはずした。月に一度かならず繰り返されるやりとりだから、べつに気分を害したりはしない。ピンは何本かつけるのにいやがる箇所はいつもひとつで、そこをいじると大きな痛みを感じるらしいのだ。戦時中、防空壕の入口につきだしてた石で頭をしたたかに打ったその後遺症だ、というのが三郎助さんの説明だったが、修子さんが見るかぎり頭皮に目立つ傷跡はなかったし、シャンプーをしても痛がらないのに髪をひっぱったときだけ古傷を刺戟するなんて、どうも納得がいかなかった。もちろんそれがわかっているから、なるべくそっとやっている。しかしカットは彫刻でも仏像彫りでもないのだ。慎重さと同時にリズムがたいせつだから、一定の速度と左右の揺れを調整しながら刈っていくとつい力が入って、髪をひっかきあげてしまうことになる。ごめんなさい、と修子さんは素直に謝って仕事をつづけた。

「なんの話だったかな?」

「澤柳の娘さん」

「そうだった」

三郎助さんはカットクロスの袖から手を抜くように引き出し、鼻先についた細かい毛をぽり搔いて落とした。

「下の娘さん、信子さんておっしゃるんだけど、その信子さんの嫁ぎ先が、ほら、市民センターの裏手にプロパンガスの販売店があるでしょ、あのお店なんですよ、息子さんがいま大学の三年で、東京にいて」

「ははあ、プロパンガス屋の坊主か。もうそんな年になったかね。小学校の一年生か二年生くらいのとき、歳末の福引きで奥日光一泊バス旅行の券を当てた子がたしかプロパンガス屋の子だった。当たったたって言っても、つねのごとくおひとり様ご招待っていう仕掛けで、ほんとに行きたきゃひとりで行くか、家族で行くしかないわけなんだ。そうなると親の分は全額費用を負担せねばならん。こんなものは詐欺だ、子どもを餌にして親から金をとるつもりかって、父親が商店街の会長のところへ怒鳴り込んできてなあ。うちの福引きから旅行券がなくなったのはあの事件以来なんだよ。いままで、すっかり忘れてたが」

「へえ、そんなことがあったんですか。おひとり様でも当たればたいしたものだと思いますけれどね」

修子さんはそこでまた一度手を止め、袖付きのカットクロスを脱がせて髪を床に落とし、毛先のやわらかい箒でそれをさっとかき集めて店裏のゴミ箱に捨てると、首にかけたタオルをきれいに直してから熱い湯で泡立てた石鹼をうなじともみあげに塗った。肩にかけたタオルの右のほうに、白い紙をのせ、剃刀の刃先の泡と毛をそれで拭き取っていく。どんなに場数を踏んでも、刃を当てるまえはやっぱり緊張するものだ。手が震えるようなことはなくなったとはいえ、毛のかたさや癖、分量、それから皮膚の質、肉の付きかたなど、ひとりとしておなじ条件はない。子どもと大人ではまるでちがうし、子どもだって、男の子と女の子では肌の感触は異なる。

刃を当てたときにお客さんが感じる痛みや恐怖は、こちらには想像できない。できるのは、ただ微妙な加減をすることだけで、しかも皮膚との最初の接触から力の入れ具合を判断しなくてはならないのだ。石鹼が肌に合うか、カミソリ負けしない肌かどうか、てのひらや指先で事前にたしかめることができたらどんなに楽だろう、と修子さんは思う。でも、マッサージ師が手を当て、皮膚科のお医者さんがモニターを使ってしらべることを、刃先の抵抗感だけで瞬時に判断するなんて、まともに考えてみれば神業に近いことだった。

その神の業にとうていたどり着けないとわかっているひとのなかで、ほんの何グラムかの力とほんの何度かの角度の狂いで相手に怪我をさせてしまうような仕事を、修子さんはあるとき、とつぜん選ばざるをえなくなった。いや、最終的に選んだのは自分自身だったのだから、ざるをえない、というのは責任逃れだろう。そうではなく、真剣に、本気で選択したのである。

「まじめな子なんですよ、その息子さん」と修子さんは擁護した。「ただ、東京の暮らしはたいへんみたいですね。仕送りを減らせばアルバイトの量が増えるし、アルバイトに精を出せば授業に身は入らないしで、結局仕送りのために、奥さんが働きだしたんです、田中屋で」

手先に集中しつつ、言葉も繰り出す。田中屋はこの地域でもっとも大きなスーパーで、山がちな土地にあるにもかかわらず鮮魚が豊富なことで知られていた。交通の便もよく駐車場も広いうえに小さな子どもを遊ばせる遊園地ふうのスペースもあるため、遠方からの客も多い。

「担当が、鮮魚係だったんですよ」

「なんだって?」

「せ、ん、ぎょ。新鮮な魚」

「そうか、じゃあ、さっきの仙女っていうのは、鮮魚のことだったのか?　てっきり仙女だと思ってたが」と三郎助さんは驚く。

「鮮魚って応えてたじゃありませんか」修子さんはまた剃刀を止めた。

「わしは女の仙人という意味での、仙女と言った」

「そうでしたか?　ちゃんと鮮魚って言ってるように聞こえてましたけれど。やっぱり入れ歯の具合が悪いんじゃないですか?」

「田上歯科ってのは、どうしようもない藪医者だよ」三郎助さんがまた脱線しはじめたので、修子さんはさりげなく話をもとに引き戻した。

「店の棚の裏で魚屋さんがさばくでしょ。松本さんの仕事は、その切り身をトレーに入れて、シールを貼って売り場に出すこと」

「トレーってなんだ」三郎助さんが顔を動かさず、鏡のなかの修子さんに言う。

「プラスチックみたいな、発泡スチロールみたいな皿ですよ。角が丸くなっていて、それでも四角くて」

「丸と四角はいっしょにはできんよ」

「四角い皿ですけど、四隅がとんがってなくて、丸くなってるっていうことです」

「瀬戸物屋の娘だから器が得意なわけか。器量よしは器よし、うつわ屋器量よし小町でござる、ってな」

「妙な間の手を入れないでください」と修子さんは笑った。「なんの話だかわからなくなる」

「皿の話だ」

修子さんはそれに応じるのをしばらくやめて、手先の神経を集中させる。父の時代は石鹸の泡の拭き取りに新聞紙の切れ端なんかを使っていたものだけれど、インクが滲んでちょっと清潔さに欠ける感じがしても、みな文句ひとつ言わなかった。こまかいところにまで衛生状態が問われるようになってから気を遣う場面が多くなって、そのぶん疲労がたまる。自分だけではなく、やってくるお客さんの衰えも、近頃は目立つようになってきた。困ったときなにかと頼りにしてきた三郎助さんの肌もこの数年で少しずつ張りを失い、染みも、皮膚が死んでできるらしいあのぶよぶよしたものも増えてきている。泡をつけすぎるとそれが見えなくなるから要注意だ。危ない箇所を乗り切って、修子さんはちょっと息をつき、とぎれたことばを継ぐ。

「その皿を、つまりトレーを、秤にのせるんです。目盛りをゼロにしておいて切り身をのせる。針が回るのじゃなくて、電子秤ですよ、誤差のほとんどない、一グラム以下だって計れるようなのがあるでしょ？」

「知ってるとも。四丁目の肉屋にあるやつとおなじだ」

やもめの三郎助さんは、その矢代精肉店によくポテトサラダを買いに行くので、赤い電光表示の秤は見慣れているのだ。ポテトサラダくらいあたしがつくってあげますと修子さんは何度も言ってきたのだが、お店のものにはなにかとくべつな香辛料が入っているらしくて、それがないと気に入らないらしい。

「グラムいくらの計算だから、ぴったりにあわせる必要はないし、器械のほうが計算してくれるんです。こまかい調整がきく食材なら苦労はしませんけど、魚の切り身なんてかたちも大きさもばらばらで、ひと切れの目方なんて統一のしようがないですよね。それなのに、松本さんは、ふつうのひとなら目分量でぽんと置いてそのたびに十何グラムくらいの上下があるところを、パズルみたいに切り身をあわせて、端数がでないみごとな盛りつけをするんです」

「見てきたような口をきくじゃないか」

「だって見たんですもの、この目で、実際に。おなじ作業場で知り合いのお母さんが働いていて、ちょっと届けものをしたとき見学させてもらったんですよ」

「どうだったね、そのわざは」

「噂どおりでした」

「噂？」

「いまお話ししたとおりだったってこと。すごい腕前だっていう噂だったんですよ。切り身の見立てがあまりにすばらしいんで、みんな感心してね、なにかと言うと松本さんを頼りにするようになって、そのうち、鮮魚係の松本さんていう代わりに、敬意をこめて《鮮魚の松本》って呼ぶようになったそうなんです」

「なるほど、それが通り名になったわけか。なかなか味わい深いじゃないか」三郎助さんはおおいに感心する。

「ところが異動で担当が変わって、乳製品の棚に移ったんですよ。それなのにまだ《鮮魚の松本》さんて呼ばれているんです」

「それだけ実力が認められてるんだったら、魚屋の連中がもっと大事にしてもよさそうなものなのにな。魚と牛乳じゃ勝手がちがうだろう」

「それが、そうでもないらしいんですよ」

修子さんはじらすような口調で言って、少し間を置いた。鏡のなかに、車輪のついた買い物かごを引いているおばあさんの姿が見える。その前をいきなり車が通って、おばあさんが道路のむこう側にいることを教えてくれた。理容師や美容師には、ふたつの現実がある。目の前の椅子に座っているお客さんの頭と、目の前の鏡の一部を横切る外の風景。仕事の経過も仕あがりも、自分の目でたしかめたあと、架空の世界にそのできばえの判断を委ねるというふしぎな世界だ。むこうとこちら。そのあいだに自分をつなぎとめるのは、ときに、言葉だけになる。鏡の前では、できるだけ話さなければ、と修子さんは最近になって思うようになった。お客でしかなかった時代には、おしゃべりがわずらわしくて、ずっと黙っていてもらいたいと思っていたけれど、髪を刈る側になると、平面世界に飲み込まれるのがこわくて、なんでもいいから口に出したくなる。

「松本さんて、パックの牛乳やジュースを、うまいこと入れ替えるんです」と修子さんがまた口を開く。「ふつうは賞味期限が切れそうな、いちばん古いのを手前に出すでしょう？　ところがそれを知ってるお客さんはかならず奥に手を突っ込んで、列のうしろのものを引っ張り出す。わたしもそうしてますから」

「賢いやり方じゃないか、どっちも」三郎助さんはこのあたり、つねに公平な評価をする人なのだ。

「ところが鮮魚の松本さんにかかると、どうやっても、かならず古い日付のものを掴まされるんです。時間帯やその日の出足や客層を見て、前とうしろの並びを微妙に換えてるんですって。そうして手品みたいに、賞味期限の近いものを手に取らせる」

「ほほう」

うなじともみあげを剃ると、修子さんは鏡の下の洗面台を引き出してお湯の温度を調節し、三郎助さんの髪にシャンプーをかけ、座ったままの姿勢で泡が飛び散らないよう指でやわらかく頭皮を揉むように洗う。髭剃り、顔剃りの際、修子さんは髪の衰え以上に、時の作用を感じることがある。子どもたちと接しているから、大人たちに降りかかる時間をいっそう意識してしまうのだろうか。最初はお母さんに連れられてきて神妙な顔で補助椅子に座っていた子どもたちが、やがてひとりであらわれるようになり、いつのまにか髪型に注文をつけはじめる。そして、ある日とつぜん、彼らが鏡のなかで大きくなっていることに気づかされるのだ。目の前の頭も大きさも、肩幅も、座高も、ぜんぶがいっぺんに大きくなる。肌はただふわふわしている綿毛の状態から、つやつやして弾力のある若々しいものに育って、剃刀の刃を気持ちよく押し返してくる。そういう新鮮な生きものとつい比べてしまうからか、親たち、祖父母たちの世代の、肌と泡を介してむきあったときのどこか無惨な感じはごまかしようがなかった。

「かゆいところは?」

「わからん」目を閉じたまま、三郎助さんは応えた。

「ない、ってことね」

「いつも言ってることだがね、洗ってもらっているうちにかゆくなるんだよ。かゆいところがあるんじゃなくて、かゆいところができてくるんだ。ここって頼めばちがうところがかゆくなる。きりがない」

「はいはい」毎度おなじタイミングで繰り返されるおなじ返答に、修子さんはくすりと笑う。この台詞だけは、時の浸食から逃れているようだった。

「じゃ、頭、流しますよ」

「頭を流されたら、わしは死んじまうよ」

今度は前屈みになってもらって、耳のなかにお湯が入らないよう注意しながら泡を落とし、タオルでうなじを、それから顔を拭き、濡れた髪を包むように拭いて、椅子の背をゆったりとなかほどまで倒す。こうなると、さすがにおしゃべりな三郎助さんも黙ってされるがままだ。

修子さんの両親が野々上の町に理髪店を開いたのは、四十年近く前のことである。父と母は理容学校で知り合ってそのまま結婚し、数年のあいだ別々の店で修業を積んだあと、野々上町の父の、農業をしている実家が使わずにいたふたつの納屋の一方を店舗に改造して独立した。施工は大工をしている小学校時代の同級生に格安で頼んだ。あたらしいものは水まわりのパイプくらいで、あとはぜんぶ中古品である。椅子も旧式、瞬間湯沸かし器をつけた洗髪用の洗い場は、どこか素人くさい感じのタイル張りである。このあたりでは、小さな左官仕事なら、大工が自分でやってしまうのだ。鏡は友人たちからの寄贈品で、右隅に「野々上小学校有志一同、アゼリアさんゑ」という赤い文字が入っていた。

客は近隣の住民が中心になるけれど、店の前が父の母校である小学校の通学路にあたっていたため、下校のときに立ち寄ってくれる子どもたちが上客となった。野々上小の児童の場合は、クラスと名前だけ言えば後払いでいいことにしたので、お金を持たせる心配がなくなった親たちが、学校帰りに刈ってもらいなさいと送り込んでくれるようになったのだ。入学式、始業式、授業参観、運動会、文化祭、卒業式、といった行事の前後はたいへんなにぎわいになる。ただしそれは平日の夕刻と土日だけで、昼間は開店休業状態になることもしばしばだった。三郎助さんは、そういうあいた時間にふらりとやってくるのだが、半分親戚みたいなものだから、ほんとうのところはお茶のみ話に立ち寄るだけで髪を刈るまでにはいたらず、客の姿が見えるとすぐに帰って行く。明日、知人の三回忌に出るからとひさしぶりに散髪とあいなって、いっしょに記憶をたどってみると、ほぼ二月ぶりのことだった。

修子さんは背もたれをさらに倒してほとんど水平にすると、横になって昼寝に入るまえの老犬みたいにとろとろしはじめた三郎助さんの顔に、熱いですよ、と言いながら蒸しタオルを当てた。三十秒ほどおいてふやけた髭に泡立てた石鹼を塗り、そのうえにもう一度熱いタオルをかぶせる。一ヵ所だけ逆毛みたいになっているところに注意すれば、髭は大丈夫だ。目を閉じたままの三郎助さんの顔に息がかかるほどこちらの顔をちかづけて、髭を剃り、鼻毛を切り、耳あかを掃除し、顔ぜんたいにクリームを塗って、そっと頰をもみほぐす。安らかな寝息を立てている無抵抗の三郎助さんを、修子さんはふたたび椅子の背をもとに戻しながら起こした。

「髭剃りが終わって、こうやって元に戻ると、ぜんぶ終わったような気がするな」ぴたりとくっついた瞼を無理矢理ひきはがすみたいに開けて、三郎助さんが言った。「たのしみがぜんぶ終わりだ。人生まで終わった気がする」

「馬鹿なこと言わないでください」

「修子ちゃんもずいぶん腕をあげたよ。剃り方なんか、お母さんよりずっとうまい」

「だとうれしいですね」

「お世辞で言ってるわけじゃない。ほんとにそう思ってる。なにしろ剃られてる感じがしないからな。撫でられてるみたいなのに、きれいに剃りあがってる。いまだから告白するが、あんたのお母さんにやってもらうと、ちょっとひりひりするんだ」

店を構えてから定休日以外は一度も休まず働いてきた父が、ある日、急に右膝が痛いと言いだした。借金をして設備を総入れ替えし、さあこれから理容室アゼリアの第二期がはじまるぞと意気込んでいた矢先のことだった。立ち仕事だから足がむくんだり膝が痛くなったりすることはよくあって、鍼やマッサージでごまかしたり、よほどひどい場合には体重を減らす努力をして持ちこたえてきたのだったが、そのときの痛みはずいぶんながく続いた。まあちょっと診てもらうかと軽い気持ちで出かけた整形外科の、レントゲン写真をみた担当医の顔色が変わった。すぐに大病院を紹介してもらい、再検査をしたところ、膝の腫瘍は肺からの転移で、すでに末期に近い状態だと判明した。我慢づよかったのが災いして、発見が遅れたのである。それから半年ともたなかった。

病院に行けと勧めたのは、母だった。お父さんは気軽にって言ってたけれど、わたしはいやな予感がしてたのよ、とのちに母は話してくれたものだ。膝の痛みを訴えはじめたその日の夕方、母は父の隣の席で男の子の髪を刈っていたのだが、左右のバランスを確認しようと、ふと鏡のなかを覗いてみたら、ちょうどうしろを向いた父の右膝のあたりに白い煙の球のようなものがまとわりついていた。石鹸が飛んだり、髪を拭いたあとのタオルでこすって鏡に汚れがつくことはよくあるし、眼鏡のレンズを指先で触ったりすれば指紋がついて靄がかかったようになることもあるからと、気づいたところからひとつずつその可能性をつぶしていったのだけれど、鏡はきれいで、レンズに脂なども付着していなかった。きっと夕刻になって点したばかりの蛍光灯と街灯の明かりが入り交じって暈《かさ》になったのだろうと、父にはなにも言わずにおいたのだそうだ。

父が逝ってから、母はひとりで店に立ちつづけた。できるところまでやって、どうしても無理になったら閉める覚悟だった。修子さんは高校を出てすぐ、地元の電子機器製作会社に就職し、結婚後も仕事をつづけていたのだが、勤めのない土曜の午後と日曜日に母を手伝うようになった。とはいえ、洗いものをしたり床の掃除をするくらいで、ほかにはなにもできない。夫は散髪に現れるだけで手を貸す気などこれっぽっちもなかったし、この地方でいちばん大きな都市の官舎で暮らしている妹には小さな娘がふたりいて身動きがとれなかった。母の疲労はもう限界に来ていた。子どものいない自分にこれからなにができるか、修子さんはさんざん考えた末に会社を辞めて、三十半ばで理容学校の生徒になったのである。もう十五年ほど前のことだ。

その母がいま、無灯の自転車に衝突され、足の骨を折って入院している。頭を打たなかったのと、仕事に必要な両手をやられなかったのが不幸中の幸いだったが、リハビリが終わって完治するまで、少なくとも半年はかかるらしい。子育てが一段落した妹が面倒をみてくれなかったら、店はそのあいだ閉めなければならないところだった。

修子さんはまた鏡のなかを覗く。三郎助さんの顔には、うなじの染みとおなじものがあちこちにできている。そこにもクリームがしみ込んでよい艶が出ていた。

「さっぱりしましたね」

肩にかけたタオルのうえからマッサージをしながら、修子さんが言う。

「風呂あがりみたいにてかてか光って、湯気が立ちそうだ。まさしく揚げたての魚だな、こいつは。さっきの話じゃないが、鮮魚の三郎助ってなものだ」

話したり考えごとをしたりしているうちに話題があちこちに散らばるのはいつものことだから、べつにどうというわけでもなかった。たださっきからずっと言葉のうわっつらにつまずいているようなのが、修子さんにはしっくりこない。言葉の、もっと底のほうにひっかかりたいと願っているのに、それが思うようにならない。

「さっきの、鮮魚の、澤柳の娘の松本はどうなったんだ？　なぜそんな話をしてたんだっけかな？」

「行方不明なんです」と修子さんは言った。

「なんだって？」

「二週間くらい職場に来てないんですって。家にも戻っていないそうですよ」

「警察には届けたのか？」三郎助さんはまた鏡から顔を逸らして修子さんを見上げる。

「三日待って、ご主人が届けたそうです。あちこち聞きまわってらっしゃるんですよ。じつはこのあいだ、うちにもいらしたんです。なにか情報があったら知らせてほしいって」

「それで、情報とやらを提供したのかね？」

「ええ、知ってるかぎりのことは」

まさかうんとは言うまいと思っていた三郎助さんは、修子さんがあんまりあっさり認めたので、面喰らった様子である。

んがいて」

「直接見たことじゃないんです。夜中に鮮魚の松本さんそっくりな女性を見たっていうお客さ

その晩、ふだんから交通量が少なくて、夜も八時を過ぎれば真っ暗になる県道を車で走っていたら、前方に自転車で疾走しているひとの姿が目に入った。背後からヘッドライトで照らしていたからよく見えたのだが、荒田のほうに通じる道を左折する際、その女性はきれいに左手を水平にのばして方向指示を出したのだという。いまどき手で方向指示を出すなんてずいぶん奇特なひとだと思って追い抜くときに顔を覗いたら、それが田中屋の、鮮魚の松本さんそっくりだったというのである。修子さんは、その証言をご主人に伝えたのだった。

「本人かどうかは、まだ確認できていないのかね」三郎助さんが刑事ドラマのような口調で言う。

「ええ、似ていたっていうだけで」

「二週間前と言ったな?」

「そう」

「お母さんが自転車にひっくり返されたのも、ちょうどそのくらいじゃなかったかね?」

鮮魚の松本さん出奔の噂が耳に入り、それがちょうど二週間前だと知ったときには、べつだんなにも思わなかった。夜、自転車、県道。共通点は、たしかにある。母が倒されたのは、ここから歩いて十分ほどのところにあるコンビニへ翌朝の食パンを買いに行った帰りのことで、そこだけ光のない、暗い穴のような場所だった。自販機かなにかがあれば、その光で相手は遠

目からでも認識できただろう。しかし数日前、鮮魚の松本さんらしき女性が、夜中に、もっと離れた県道を自転車で走っているところを目撃したと客のひとりから聞かされて、疑うわけではないにせよ、時期と場所だけは重なると考えたのは、否定しようのない事実だった。

しかし修子さんはなにも言わずに、鋏を持っていない左手を横にまっすぐのばした。鏡のなかの自分がこちらを向いて、右手をきれいにのばしているのが見える。十五年前、母が、鏡のなかの父の膝に、白い煙のようなものがまとわりついていたと言ったとき、ほんとうはどちらの脚だったのだろう。こちらの右は、鏡のなかの人物の左だ。長年、鏡のなかを見つづけてきた母が虚と実をまちがえるはずはない。左と右を逆に言わなければやりきれないなにかがあったのだろうか。

やわらかいブラシで襟元の毛を落とし、二、三のほつれ毛を鋏で切って、もう一度櫛をあてながら鏡をのぞく。三郎助さんの顔が、青白い蛍光灯の光をあびててらてらと輝いている。すると、その頭皮のむこう、鏡の世界の左から右にむかって、白いTシャツに黒くてぴちっとした伸縮ズボンのようなものをはいた小柄な女のひとが、さらに白いスーパーの袋をハンドルにぶらさげた自転車に乗って、猛烈な勢いで走り抜けていくのが見えた。女性は鏡の奥に顔を向けて後続の車を確認したあと、片手をすっと水平にのばして曲がる方向を示した。あ、と修子さんはあわてて振り返り、現実の窓から外の世界を見やったが、自転車もひとも白っぽい球のような靄を残して、あとかたもなく消えていた。

（「群像」二〇〇六年十月号）

ホワイトハッピー・ご覧のスポン

町田　康

目を覚ましたらブラインドから縞の光が差しこんでいた。

素晴らしいことだと思う。

太陽が僕たちに降り注いで生命が育つ。大地が潤う。そんななかで自然の一部として僕らは生きてるんだ。そのこと自体がとてもありがたい。感謝。誰へ？　すべてにだよ。すべてに感謝して生きていく。空に、海に、君に、自分に。

時計を見たら午前十時三十八分二十六秒だった。そのときの僕。二十七秒の僕。二十八秒の僕。僕、僕、僕。いろんな僕が僕の部屋に溢れて、僕はそのすべてを抱きしめたいなあ、と思う。

部屋に満ちる僕。

ベッドから抜け出て、週刊漫画雑誌、ペットボトル、ティーシャーツ、弁当殻、ゲームソフト、握りつぶしたシガレットのパッケージといったものの散乱する床に降り立つ。散らかった部屋。でも僕はこの散らかった感じこそが素晴らしいと思う。

だってそうじゃん、人間なんてそもそもがとっ散らかった存在だよ。それをうわべだけとりつくろって整理整頓したって意味ないよ。それぞれがそれぞれとしてそこにある。それこそが素晴らしい。空が美しい。感謝。

そんなことを思いながらワンルームの部屋を横切り、キッチン脇の廊下を通って玄関にいたり新聞を取って戻ってくる。戻ってきがてら冷蔵庫を開けてウーロン茶のペットボトルを持ってきてガラステーブルの前に座り、セーラムライトに火をつけ、新聞を広げた。

また、ろくでもないことばかり起きているようだ。まったく腐りきった世の中だぜ。金持ちどもはエゴイスティックなゲームに明け暮れて、犠牲になるのはいつも弱いものたちだ。くそったれ野郎どもめ。でも僕たちは僕たちの奥深いところで芽生えかけているものを次につなげていくだけだ。僕たちの気持ちはずうっとずうっと無限につながり続いていくのだ。つながるもの。つづくもの。そこにつながりたい。そこをつなげたい。僕らのゆるやかな宙のネットワーク。網の目。

そのために僕はなにをやれているのだろうか。なにをやっているのだろうか。人から見たら僕は、ただ、ぼうっと生きているだけの奴に見えるかも知れない。

でもそんなことはない。

僕は少なくともいまこの朝の光を感じている。こうして感じていることがいまの僕にとって一番大事なことなんじゃないかな、と思う。

忙しく仕事をしている人は自分は充実した人生を送っていると思っているかも知れない。

それとひきかえに失うなにか。

僕は今日は石屋のバイトを休んだ。それって普通に考えれば無気力に仕事を怠けたということになるのかも知れない。でも本当は違うんだ。僕はこの光を感じたいから昨日のうちに電話をして、「明日は休みます」って言ったんだよ。

つまり僕はなにもやっていないようにみえるけど、そんなことはなく、わざわざバイトを休むということをして、今日はいろんなことを感じる一日にしようと思っているのだ。

僕は、今日、バイトを休むということを確実に、「やって」いる。

それに今日のトピックはそれだけじゃない。

今晩は、キューターにニークさんのライブをみにいく予定。ドクのProfound Numberは本当に素晴らしい。ニークさんの魂に深く響くリリック。激しいんだけどニークル感のあるビート。素晴らしいVJが渾然一体となって意識の奥深いところにまで届いてくる響いてくる。

心に響く音。絵。まなざし。つながり、つながる意識。

Profound Numberをみるたびに僕は僕が昨日の僕に確実になにかが加わった僕がそこにいるのを感じる。

僕の成長。

こうしている間にも樹々が育ち、僕も育っている。みんなに均しく降り注ぐ太陽。そして僕は、そんな太陽のような音楽がやりたい。

空気緩んで、頬
五日待って、恋
ピース、ピース、絶望
ルルル、つながるぼくら
ルルル、つながるなにか

僕はいつしか新聞を捨てて歌い出していた。

途中まではいい感じだった。けれども途中から同じ感じになっていくというか、平板な感じになって、基本的な詩やメロディーは自分でもいいと思うのだけれども曲として盛り上がっていかないような感じがする。

というのは公三君が四月にグローバル座でやったとき、前座で三曲ほど歌わせてもらったんだけれど、そのときみんなに同じことを言われ、やっているときはそんなことはない、と思ったのだけれども、後で家で録音して聞いてみるとやっぱりそうで、僕はたいそう落胆したのだった。

そんな僕に、もっと練習をしろ、とか、習いにいったらどうだ、とアドバイスしてくれる人がある。感謝。

でも僕は練習しようとは思わないのだ。なぜなら、習ってしまうと型にはめられてしまっていまの僕のよさがなくなってしまうと思うからだ。

それぞれがそれぞれであること。

それが一番大事だと思う。

それぞれが大事なのさ。

僕はGのコードを鳴らし、これは曲になっていくかも知れないという期待を込めて、そう歌ってみた。でも後が続かない。

コンビニで買ってきた弁当を食べたり、一緒に買ってきたマンガを読んだり、テレビを見たり、ファンカデリックをかけてタコ踊りをしたりしているうちに、いい時間になってきたので、家を出てキューターに向かった。

改札を出て右に進み、駅舎を出て右に曲がり、信号のところで右に曲がってガードをくぐった。つまり、いったん南口に出て北口に出たわけで、なんでそんなことするの。それだったら最初から北口に出ればいいじゃん、と思うが、なぜかこうしないと気持ちが悪く、キューターに行くとき、僕は必ずこうしている。なにかこうしないと途轍もなく悪いことが起きそうな気がするから。

そんなことをする僕。僕が歩いてる。僕が歩いていく。感謝。

ドリンクカウンターに並んでいると、後から肩を叩かれて振り返ったらエサだった。友だちと予期せぬところで会うことほど嬉しいことはない。思わず、「おおおっ」と声を上げると、エサも、「おおおおっ」と喜んでくれた。うれしい。僕はエサに言った。

「すっげー、久しぶりじゃん」

「ほんとだよね。最近、調子はどうなの」

「すごくいい感じだよ。とてもいい感じ」

と言って、今朝からのいい感じの感じをエサに説明しようと思ったのだけれども、具体的になにがあったという訳ではないので、うまく説明できない。

けれども僕はその説明できないところがいいところだと思う。説明できること、言葉にできることなんてつまらない。百万円儲かったからいい感じ、というのとは事が違うのだ。

けれどもエサはいい奴だ。そんなこと、なにもいわないでも全部分ってくれて、僕が、いい感じ、と言ったら少しも間をおかずに、

「わかるよ。わかるよ」

と言ってくれた。いい奴。いい仲間と俺たちのビートを発散していきたい。

「エサは最近どうしてたの」

「ずっと生きるの祀りに行ってて昨日帰ってきたんだよ」

「いいね。いい感じだよ。俺も去年行ったけど。すっげぇいいよね……」

と毎年、六ヶ所村で行われる生きるの祀りの素晴らしさについて言いかけたとき、後にいた知らない男がドリンクカウンターの方にすり抜けようとして、僕の肩に思いっきりぶつかった。

激烈に痛かった。

はっきりいって店内は人と人の間を穏やかにすり抜けられないほど混んでいる訳ではなかった。だったらよけていけばいいじゃないか。むかつくぅ。と思ってそいつを睨んだら、そいつはあろうことか睨み返してきた。

太っていて臑を剝き出しにしてちょっとギャングな感じの奴だった。

暴力は最低だ。暴力はなにも解決しない。

僕は男から目を逸らしてエサと生きるの祀りの話を続けた。けれども男から受けた、ヤな感じ、はなかなか去らなかった。

けど、その後、エクちゃんやロゴーとも会えて、やっぱりすぐ、いい感じ、に戻れた。仲間たちに感謝。仲間たちに感謝。仲間たちに感謝。しゃんか。しゃんてぃー。たんか。たんか、たんか、たんか、しゃんか、しゃんか、しゃんか、しゃんか、たんか、たんか、たんか、たんか、しゃんか、しゃんか、しゃんか、しゃんか、しゃんか、しゃんか、と相変わらず、ルミノのすごいバックビート。だけどやっぱり凄いのはドクの存在感、深い時間がドクさんのなかで、石が波に浸蝕されるように、ドクの感情に洗われ、ぼろぼろになった時間が僕らの前に提示されるのだ、ステージに風が吹いているよう。唯一無二の音世界。心の扉を開く音。ドク、ありがとう。俺の心はフルオープンだよ。みんなカッコいいよ。僕は誇りをもってドクの音楽をみんなに伝えていきたい。

そりゃあ、僕自身はバンドをやっていない。けど同じことなんだよ。だってこんな心がひとつになってるじゃないか。同じ、同じなんだよ。それぞれがそれぞれにみな同じひとつの音楽を聴いている。あれ？　ということはそれぞれの魂じゃないってこと？

いや、そうじゃないんだ。僕らのやっていることはそんな言葉で割り切れることじゃないはず。僕とかドクとかはきっと、絶対に間違ってないんだよ。きっと絶対って変か。いや、そんなことを含めて。

みたいなことを含めてドクのライブを僕は見てたんだ。

白い心の自然。進みゆく氷の上。浮力。僕らの浮力。玉ころがし。糞ころがし。

「すっげぇ、よかったよね」

「すごかった。やられたね」

「やられた、やられた」

「音、よかったよな」

みんなとそんなことを言いあっていると、缶ビールをもってドクが楽屋から出てきて、みんなと話し始めた。

みんなのところを順番に回っていたドクは僕に気がつくと、三人くらい飛ばして僕のところにきてくれた。

「尭安、久しぶりじゃん」

「すっげぇかっこよかったよ」

「おお。ありがとな」

と笑うドクがまた素敵だった。よかったよ、と言われ、ありがとよ、とさらっと言えるのが大人だと思ったのだ。そんなドクと友達で、その友達がこんなにカッコいいというのを僕は誇りに思う。本当は、ドクは僕より十コ以上うえで、じゃがたらとかフリクションとかとも友達のすごいひとなんだ。そんなドクと普通に口をきいている僕もまた、じゃがたらとかフリクションとかともタメだということだ。俺って本当はすげぇ奴だったんだ。っていうか、みんなが、ここにいるみんながすげぇんだ。

すべてとすべてとすべてに感謝。自分のすごさを常に忘れないこと。そして感謝すること。喜びの針の穴に飛び込んで研ぎすまされた風の音にチューニングをあわせろ。袷の季節。泡おどり。

みんなで、ラララ、居酒屋に、ラララ、転がっていくんだ、ラララ。糞のように、風のように、アラララ。つくだに。

居酒屋へ向かう途中そんな言葉が頭に浮かんだのでメモをした。

メモをしていたため少し遅れていくともうみんな、半個室のような板敷きに座っていて跪く店員に料理や酒を注文していた。

部屋には横長の長めの座卓がふたつあった。床が切ってあるので椅子のように腰掛けることができる。ふたつの座卓の向こう側に四枚、手前側に、座布団が四枚敷いてあって、そしてその座布団がとても小さいから四人で座るととても狭い。

座卓の右端には大判のメニューや割り箸、五味台などが置いてあるので、端に座った者は、とても食べづらいし、飲みづらい。そして奥に座っている人は壁に寄りかかることができるが、手前に座っている人は寄りかかることができずに苦しい。

向かって左の座卓には向こう側に、左から公三君、チェレイー、エクちゃん、ジミが座っていて、手前に、辺田君、エサが座っていた。

向かって右の座卓には向こう側に、左からドク、吉の里、手前にエミちゃん、リカちゃんが座っていた。

僕はエサの右隣に座った。

枝豆、大根おろし、じゃこネギ豆腐、串焼き盛り合わせ、ぼんじり串、つぼ鯛開き。山芋入りお好み焼き、ぶりカマ塩焼、アスパラモミジ焼き、和風ガーリックポテト、梅きゅうりなど注文した。

多くの人がサワー、生ビールを注文した。公三君はお湯割りを頼み、吉の里は熱燗を頼んだ。僕もサワーを注文した。

「お疲れさまでした」

「オツカレー」

「オツカレー」

口々に言って、まず全員でグラスの縁と縁を合わせ、それから隣の人とグラスの縁と縁を合わせ、遠くの人にはグラスを掲げる仕草をし、目で合図をしてそれからサワーを飲んだ。冷たい。おいしい。仲間と一緒に飲める。かっこいいトモダチに感謝。

それから工藤君やエミリーたちも来て、全体が四つくらいの塊にわかれて話し始めた。僕は、エクちゃんとジミとエサの塊に入っていた。

ジミがバリにいったときの話をしていた。

「それでさあ、いったら、なんつうかすっげぇよかったんだよ。茶色でさぁ、石が四つ丸窓にくるめたみたいになってんのね」

「すごーい」

「すっげぇいいね」

「そうなんだよ。それでそれがだんだん青みがかってくんのね、そしたら向こうから四角い毛皮みたいな、いい感じのが、だんだん膨れてきて、もうなんつうか最高にいいんだよね」

「わかるよ、あれ最高だよね」

「すごーい」

隣では公三君と辺田君とギャバが話していた。

「プロナン、ほんといいよね」

「いいよね、最高だよね」

向こうの座卓ではドクたちが話していた。

「こないださあ、ポポポ呪師、って映画みたんだけどさあ」

「みた、みた。俺も見た」

「あ、みた？ どうだった？」

「すっげぇよかったよ」

「あ、ほんとうれしいな。あれよかったよね」

「よかった。めちゃくちゃよかった。特にさあ、あの徳利に悪者が吸い込まれていくとことか泣くよね」

「泣く、泣く。超泣く」

その向こうでは、リカちゃんたちと工藤君が話していた。

「その服、すごくいいね。どこの？」

「うそ。ほんと。ありがとう。ノーテンホワイラーだよ」

「あ、やっぱそうか。好きなんだノーテンホワイラー」

「実は俺、デザイナーの田岡顔太と友達なんだよね」

「すごーい」

「じゃあ、あれなの、ときどき貰えたりするの」

「まあね」

「超すごーい」

「最高じゃん」

「最高だよ」

「いいね」

「いいね」

なんてみんなの話しているのを聞いて僕はうれしくなってしまった。僕らは全員がとてもいいバイブレーションのなかで生きていることがわかったからだ。

僕らはポジティヴな話しかしない。ネガティヴなことをいう奴はひとりもおらないのだ。世界中が僕らみたいな奴だったら戦争なんか一瞬でなくなる。

感謝。

みんなの頬が薔薇色に輝いていた。居酒屋の僕らの席が白銀のように輝いていた。

嬉しくてお酒を飲もうと思ったらお酒がなかった。

「すみませーん」

店員の姿が見えないので呼んだのだけれども来ない。

「すみませーん」

大声を出してやっと藍色の制服を着た女店員がやってきた。女店員の顔が土気色だった。

「サワーください」

僕が注文すると、みな酒がなくなっていたのか口々に、「俺、ウーロンハイ」「後、生ビールみっつ」「後、お湯割り、梅なし」「それと、海胆ください」などと注文、店員は、ひざまずき、何度か訊き返したりしながら、機械を操作し注文を聞いて、立ち上がって厨房の方に行こうとした。テーブルが狭いのを気にしていた僕は、「あのすみません、これ持ってってください」と行きかけた店員に声をかけた。

「あ、はい」と力ない返事をして戻ってきて中腰で皿に手を伸ばした店員にリカが、

「あ、あとー、わたしぃー、ええっとどうしようかな」

と声をかけ、店員は中腰の姿勢のまま、リカに向き直った。

「ええっとお、わたしぃー、カシスソーダください」

リカが注文し、小さな声で、「はい」と答えて立ち上がった店員は、へなへなと通路に倒れ込んだ。

皿やジョッキが割れ、食べ残しが散乱した。

みな無言だった。

或いは、ちらと倒れた店員を見てそれから何事もなかったかのように話を続けた。

暫くの間、店員は倒れたままだった。

暫くして、お愛想をして帰った隣の座敷を片付けに別の店員が来て、その店員にカーボーが、「あのー、すみません」と声をかけ、となりの席を片付けつつ振り返った店員に言った。

「すみません。オーダーお願いします。後、なんか倒れちゃってますよ」

お金持ちの人は豪邸に住んでいる。僕は六畳にキッチンが付いたアパートに住んでいる。

狭い部屋を見渡しながら、その差っていったいなんなのだろうか、と考えた。

基本的には地面に線をひいて、「ここからは俺のものだから入ってくるな」と言っているのと同じことだ。考えてみればそれってすっごい奇妙なことで、空中に線をひいて、「ここからは俺の空気だから吸うな」と言っているのとなにも変わらない。

そしてそんなことをすることになった根拠は暴力で、つまり人間が猿とあまり変わらなかった頃、喧嘩の強い人が、「ここは俺の土地だ。断わりなく住んだり耕作したりしたらあかん。きいいいっ。きしきしっ」と言って弱い人から年貢や地代をとったのだろう。その延長として僕も毎月、家賃を払い続けているのだ。むかつく。

しかし、逆に考えれば、そうして広大な土地を所有している人は大変だ。なぜなら、その広大な土地に誰かが勝手に住んでいないか。自分より強い奴が攻めてこないか、など、その維持管理に絶えず気を揉んでいなければならないからで、そのための費用も捻出しなければならないし、もっと現実的に言うと、はっきりいってなにもしないで、ただもっているだけで固定資産税というものを払わなければならないらしい。

そのうえ豪邸なんかに住んでしまったら大変だ。

豪邸というのはどういうことかというと、つまり広いということで、広いということは維持費が高いということである。土地が千坪、建坪が二百坪の豪邸に住んでいたらいったい月々の電気代はいくらくらいかかるのだろうか。僕の六畳にキッチンでも月一万くらいはかかっている。家の広さを仮に六十倍として単純計算すると月六十万という計算になる。月六十万もの電気代を払ってなお楽しい人生が送れるとはとうてい考えられない。

後は推して知るべしで、ガス代や水道代もべらぼうだし、そんな広い庭を荒れ地のまま放置する訳にもいかんだろうから、よく知らないけれども、池を造ったり、山から岩を持ってきて並べたり、石灯籠を建てたりしなければならないし、もちろん木も植えなければならず、その費用にくわえて植木屋の手間賃も払わなければならない。

手入れといえば、そんな広い家をひとりで掃除はできないから掃除をする人を住まわせておかねばならず、またさっきも言ったが、それだけ広いということは境界線も長いということで、賊がどこから侵入するやも知れず、警備・警固の人数も雇っておく必要があり、その日当や飯代も出さなければならない。

そんなことで、なんだかんだいってただ住んでいるだけで月間五百万円は必要となってくるだろう。

いくら金持ちでも五百万円を稼ぐのはストレスに満ちた仕事に違いなく、そのストレスを解消し、仕事の疲れを癒すべく家を豪華にしたのだけれども、結局、その家の維持のためにまた仕事を頑張ってストレスをためこむという不幸な悪循環に陥っているのが金持ちである。

それを考えれば僕なんかは幸せだ。家と言ってもせいぜい六畳にキッチン。まさしく方丈の庵のようなものである。維持管理にかかる費用は僅かで、壊れれば大家が修理するし、飽きたら越せばよい。

ただ問題は新建材をつかった部屋があまりにも味気ないという点で、天井の板の木目は印刷だし、襖は安物だし、畳も本当の畳ではないらしく、なんだか樹脂っぽい。キッチンとの境目は、ガラスのはまった障子になっているのだけれども、これもなんだか安っぽい。

これでは僕の精神はいい感じにならない。

ではどんな感じだったらいい感じになるのか、というと、まあ豪邸は必要ないのだけれども、本物の和な感じにしたいなあ、とは思っている。つまり、畳とかは本物にしたいし、欄間とかあったら心が和むのかなあ、と思う。

そしてやはり和な感じの部屋だったら床の間は最低欲しい。

そこに掛け軸とか掛けて、花とか飾ったらいいんじゃないかなあ。と思う。後、冬になるまでに火鉢が欲しいなんて思っていて、実はそんなことは随分前から思っていて、でもなかなか実行に移せないでいたのだけれども、昨日、ドクのライブを見て、すっごいポジティヴな感じになったし、今日から少しずつ部屋をいい感じにしていこう。

そう考えて僕は計画を立てた。

とりあえずは床の間かな、と思った。押し入れの半分をぶっ壊して床の間にし、残りの半分は、襖に蝶番を取り付けてドアーにする。

さっそく今晩からやろう。

そう考えて僕は家を出た。

触ると指が真っ黒になる本が乱雑に積みあがった古本屋でこないだ買ってきた、遠くに山、手前に湖、その手前に雑木がある風景を墨一色で描いてある掛け軸を床の間に飾り、その下に、アロマポットを飾ると実にいい感じになった。

こんなことで感じられる余裕。

明日またくる朝。浅漬。

このいい感じの感じを感じながら焼酎を飲んで飛ぶ意識三千里。次はあのガラスの障子をなんとかしようと思っていると電話が鳴った。エサだった。僕はなんてタイミングだろうと思った。僕がいい感じに過しているまさにそのときエサから電話がかかってくる。輝く偶然。もちろん僕はエサに、「いまから来ない？」というつもりだったが、とりあえずは軽い調子で、「おお、エサ、元気？」と尋ねた。

ところがエサが暗い。

「ああ、まあ、元気なんだけどね」

と低い調子で言う。やめてくれ。そんな暗い感じは。明るくいこうよ。ポジティヴにいこうよ。やだよ、そういう暗いの、やだよ。やな感じ。それだけは避けたい。僕はエサが暗いのにちっとも気がつかないで頓狂な声を出しているという風を装って頓狂な声で言った。

「あれ？　どうしたの？　エサ、なんかいつもと感じ違うじゃん」

「そうかな」

「違うよ。どうしたの？　大丈夫？」

「ああ、俺は大丈夫なんだけど広部君が……」

「広部君がどうしたの」

「死んだんだよ」

「え、マジ？」

広部君が死んだ。そのことを自分としてどうとらえていいのかわからずしばらく黙ってしまったが、とりあえずみんな広部君の部屋に集まっているというので、電話を切って服を着替えた。家を出ようとした瞬間、掛け軸を掛けてあったピンが外れ、掛け軸がへたへたと落下したので、これを直してから家を出た。

告別式はその翌日だった。葬祭場に友達がみんな来た。みなが心の底から広部君の死を悼んでいた。人の死。広部君の滅び。そしてまだ生きている僕たち。そこにあるつながり。糸。ドルチェ。宇宙のドルチェ。

広部君のお母さんは広部君のお姉さんの肩にすがって泣いていた。そのうちお姉さんも泣き出したので、ふたりは抱き合ったような格好になって泣いていた。お父さんはその傍らにぼんやり立って天を仰いでいた。

最後のお別れ。広部君の両親の考えで僧侶による読経などはなく、広部君が生前、好きだった音楽が流れるなかでの献花となった。

棺に横たわる広部君に花を捧げた。広部君。君はどこから来てどこへ向かっているのだ。僕らが宇宙の片隅で出会ったこと。忘れてはならないこと。つなげていくべきこと。未来と過去が僕において、僕という一点において握手している。つながり、つらなる記憶と実態。大事な、とても大事な、こと。

そんなことを考えていると後の人が待っている様子だったので、後へ引き下がった。

レッドホットチリペッパーズが流れる葬祭場の隅にエサやリカたちがいたのでそっちへいっ

た。

いつもなら、あいつらに会えば、「おおー」とか、「元気ぃ？」とか言って笑うのだけれども、今日は目で合図をして頷きあうばかりだった。それでも黙っているのは苦しく、僕らは低い声で広部君の話をした。

「いい奴だったよな」

「ほんと、いい奴だった。最高の奴だったよ」

「いっつもさあ、すっげぇ楽しそうだったよね」

「そうそう。ずっとつまんねぇ冗談言ってたしな。なんで自殺なんかしちゃったんだろう」

「けど、広部君はそれを選んだんだよ。僕らはそれを受け入れるしかないと思う」

「ほんと、そうだよな。僕らが広部君になにか言う資格もないし、また言う必要もないよ。広部君はいい奴だった。僕らにたくさんの思い出を残してくれた。それ以上のことを考えるのは失礼だよ。逆に」

「俺、広部君に一緒にバンド組まないか、って誘われたことあんだよ」

「ほんと？　広部君、バンドやりたかったの？」

「そうみたい」

「ぜんぜん知らなかった。で、やったの？」

「いや、やらなかったんだよ」

「なんでやらなかったの」

「いや、それがさあ……」

アーリが言葉を濁したとき、突然、妙にたどたどしいリズムの音楽が流れ始めた。ループするリズムパターンにアコースティックギターを重ねたトラックなのだけれども、リズムが不正確で、リズムが大幅にずれているのと、しっかりと弦を押さえていないため音が濁っていて聞き苦しいことこのうえない。

そんなたどたどしくて情けないギターが暫く続いたかと思ったら、今度は歌が始まった。

広部君の声だった。

つまりこれは、バンドを組まないか、とアーリに持ちかけながら果たせなかった広部君が密かに製作していたデモテープで、つまりこれは広部君の遺作ということになるのだった。

そう思うと厳粛な気持ちになるはずだが、なかなか厳粛な気持ちになれなかったのは広部君の歌のせいで、広部君はまったくその気で、ときに感情たっぷりに息を溜め、ときに巻き舌で日本語を英語風に発音するなどしてノリノリで歌っているのだけれども、そのピッチはど外れに外れ、高音部で声が頻繁に裏返った。

広部君が自ら書いたらしい歌詞も、「ふたりの夜を走るのさ」とか「ときめきナイト&デイ」とか「信じる道を突っ走れ」といった気恥ずかしいものばかりで、また、聞いて爆笑するという類いのものでもなく、曲のそこここに作者の切迫感のようなものが漂って、一応、ノリのよいロックを目指しているのにもかかわらず、聞いていると異様な寂寥感に見舞われた。

まして故人の作である。我々は黙ってこれを聞くしかなかった。

そして曲が終わった。

やっと終わった。

みながほっとしたとき、また別の曲が始まった。すべての人が献花を終えていた。葬儀社の人が、「それでは……」と言いかけたとき、広部君のお父さんがマイクをつかんでいった。

「みなさん。これは健太が最後に作った音楽です。どうか、どうか最後まで聞いてやってください」

そう言うとお父さんは目のところに拳を押し当てて声を殺して泣いた。肩が大きく上下していた。

みな俯いて、ありえないくらいに下手くそな広部君の音楽を聞いた。

二曲目が終わって三曲目が始まり、黙って聞いているのが苦しくなってリカに、

「これってあれだよね」

と話しかけるとリカはほっとしたように、

「なに？」

と言って僕に向き直った。

「なに、ってことないけど……」と言って僕は絶句し、すぐに続けた。

「すごくユニークだよね」

「そうそうそうそう。ユニークなのよ」

「そうだよね。こんな音楽は広部君しかできない」

「ほんとよね。ある意味、すごくいいとも言えると思う」

「っていうか、いいよね。最高だよね。結局、こういう形で自分を表現できるんだからすごいんじゃない」

「そうそうそうそう。普通はほらこれだったら……」

「やらない、っていうか、できない」

「それをやっちゃうのが……」

「最高ってことだよね」

「そうそう、最高、最高」

そんなことを言っていると本当に最高に思えてきた。最高ってなんて最高なんだろう。僕らはいつも最高だ。僕らに最高を与えてくれた広部君、ありがとう。

三曲目が終わって四曲目が始まり、葬儀社の人が腕時計をちらちら見始めた。

「いったい何曲あるんだろう」

と隣でアーリが呟いた。

確かに長い。これで出棺から骨を拾うところまで終わったら何時になるだろうか、と思った。帰ったら壁に珪藻土を塗ろうと思っているのだが暗くなると作業がやりづらい。そんなことを考えつつ、腕時計を見たとき、四曲目の途中で、テープが切れたように、突然、曲が終わった。

明らかに不自然な位置で終わったのでミックスの際、広部君がなんらかの意図をもって、突然、停止ボタンをクリックしたのだろう。

広部君はなんの意図でそんなミックスをしたのだろうか。広部君の歌詞の最後の言葉は、「錦糸町の優しさ」だった。

僕らは最高だった広部君の思い出話をしながら棺の後についてぞろぞろ外に出た。まだまだ日が高かった。この分だったら珪藻土オッケーかな、と思いつつバスに乗り込んだ。

バスは美しい田園地帯を進んでいった。緑、光、命。感謝。

人間の命をつなぐ田園を走ってバスは土手に突き当たって右に曲がり、土手下の道を暫く走ってやがて堤の上に上がった。

左手は大きな川で右手は工場群だった。鋭角的な片流れの屋根と灰色の壁の建物が建ち並び、煙突からは、ほとんど透明な煙が空にたちのぼっていた。

ほとんど透明だけれども、きっとあのなかには有害な物質が含まれていて僕らの生命を蝕んでいるに違いない。っていうか、そんなネガティヴな考え方よくないよ。いまはテクノロジーが進んで、いろんな触媒が開発され、ああいった煙もほぼ無害なものになっているに違いない。テクノロジー最高。

土手を暫く走ったバスは大きな川にかかる橋を渡り、渡りきったところで右に曲がって、商店街のようなところに入った。

まったく気の滅入るような商店街だった。ほとんどの店はシャッターを閉めていて、軒先に廃材や枯死した植木が放置してあった。そのシャッターには、グラフィティーなんて上等なものではない、「すぶやん参上」「枝豆ラブ」といった当人の脳は腐敗しているのではないかと思わせるような落書きがなされていた。店の軒先に張り出したビニールテントが破れて垂れ下がっていた。店舗の看板の文字が剝落して薄くなったり、欠落するなどしていた。なにもかも色褪せ、錆び、腐朽するに任せてあった。人間が生きるということの悲しみや苦しみが凝《こ》ってそこにあるようであった。

けれどもレトロでいいじゃん。時代の味っていうか、僕はこんな古いものが好きだ。レトロな商店街最高。

そう思って、さっき待合室みたいなところで貰った缶入りの茶を飲んだ。ぬるくなっていて、気色の悪い味だった。

商店街を抜けるとバスは、スラム街のようなところを通りがかった。道幅は広いのだけれどもクルマはほとんど通っておらず、歩道にも車道にもホームレスが溢れていた。どのホームレスも、ぼろぼろの毛布や段ボールのようなものを道路に広げ、周囲に、ペットボトル、盥、カセット焜炉などを散らかし放題に散らかしている。長いこと路上で生活しているためか髪の毛はガチガチに固まり、また、顔も黒人種のように黒くなって目ばかり白く光っていて気味が悪い。

たいていの者は無気力に座っているがなかにはアッパーな者もあって、窓を閉めてあるからなにを言っているか分らないが、目を剝いて腕を振り上げ、バスに向かって罵詈雑言を投げつけてくる者もある。ホームレスはたいていひとりであるが、なかには夫婦者もあって、ひとりでそんなことになっているよりもふたりでそんなことになっている方が、そこに「関係」というものがある分、よけいに悲しい感じになっている。

みているだけで嫌になってくる、けだもの同然のところまで堕ちた人間の姿。ってていうか、そんなことはいい。あれこそが人間の真の姿なのだ。坂口安吾は、生きよ堕ちよ。と言った。とりすました言動や素振りを捨てて、いったん堕ちることによってしか人間は真に生きることができないのだ。

だから僕なんかは彼らを見て悲しくなる必要は毛頭なく、むしろ生きる勇気みたいなものを貰っているはずなんだ。ホームレス、最高。そして。感謝。

ってそれにつけても、まだ火葬場に着かないのだろうか。もう随分走っているのだが。と思って車内を見渡すと同じことを思っているのか、みなぐったりとして口もきかない。車内の湿度が高く空気が蒸れ、車内には三日間履き続けた靴下みたいな臭いが漂っている。

かといって窓を開けると貧民窟の人糞をどぶで煮詰めたような臭いが車内に入りこんでくるので窓も開けられない。

ああ、早く着かないだろうか。さっさと骨を拾って家に帰って珪藻土を塗りたい。

と思っているとバスが停まった。

しかし、火葬場に着いたのではなかった。遮断機の下りた踏切で停まったのだ。かーんかーんかーんかーん、という音に多くの貧民や自転車、タクシーなどが堰かれていた。

三十分経っても踏切は開かなかった。

下りと上りの矢印が点いていて、一方が消えても、もう一方が消えぬうちに再点灯するということを交互に繰り返していつまで経っても開かないのだ。

待つうちに車内の空気は耐え難いものとなってきた。みなが暇つぶしに吸う煙草の煙で一メートル先が見えない。なぜ立体交差にしないのか。経営者が馬鹿なのか。

いや、そんなことはない。きっとお金がないだけだ。お金がないのは別に悪じゃない。悪ではないがつらいことだ。はっきり言ってお金のある人は場所を聞いて火葬場にタクシーで向かった。お金のないものだけが、こんなバスにぎゅうぎゅう詰めにされてあかずの踏切に堰き止められているのだ。金さえあれば誰がこんな思いをするか。っていうか、金さえあればこんな馬鹿で貧乏な奴らと口先だけで、サイコー、サイコーつって生きてねぇで、本当に最高なリゾートにでもいってシャンパン飲んでがんがんにきめきめでウハウハなんだよ、馬鹿野郎。おまえらみたいな馬鹿で貧乏な奴らとこんなくさいところでぎゅうぎゅう詰めになってんのはうんざりなんだよ、タコ。六畳一間で、なにが和モダンだ。なにが珪藻土でエコだ。おまえら全員、最低なんだよ、死ね。屑ども。もう、いやあああ。

僕が絶叫するといっせいに罵りあいが始まり、罵りあいはやがて殴りあいに発展、骨折する者、泣き出す者、ゲロを吐く者など続出したが、それでも踏切はなお開かない。


（「群像」二〇〇六年十月号）

川

松浦寿輝

　どういう連想の糸から手繰り寄せられたか、「生《せい》も愛もうら若き頃を……」という言葉が不意に蘇ってきて、平岡は紅茶のカップを唇に当てたまましばらくじっと俯いていた。生も愛もうら若き頃……キーツだったか……二十五歳でローマで客死……お決まりの結核……時代の典型的な病……それにしても奴は何ともかともうまい具合に死におおせたものだ。カップの取っ手を抓んでいる自分の手の甲の蒼黒く浮き上がった静脈や茶褐色の老斑に目を落として平岡は心の中で小さな溜め息をつき、ゆるゆるとした手つきでカップをテーブルの上の受け皿に戻した。真っ白なテーブルクロスの上に両手を並べ、甲を上にしたまま指をいっぱいに広げてみる。自分の皺ばんだ手をためつすがめつしていると給仕の女が近寄ってきて、

「紅茶がどうかしましたか」と心配そうに訊いた。カップのへりを口に当てたまま、俺はずいぶん長いこと軀をこわばらせていたのか。

「いや、何でもない」と平岡は呟いて女に笑顔を向けた。

「もう少しお注ぎしましょうか」黒っぽい地味な服装の若い給仕女の英語にはかすかな訛りがある。ロシア語訛りだろうか。

「いや……」

平岡は窓の外に視線を投げた。平岡が案内されたテーブルは大きな窓に面していて、外は芝生の傾斜面が前方に向かってなだらかに下り、それが尽きるところに低い煉瓦塀がある。そこまでがホテルの庭でその向こう側は川辺まで羊の放牧場になっており、不揃いな石を積み上げて造った垣が何重にもくねくねと張りめぐらされている。川は朝日に水面が照り映えてきらきら光り、その対岸は羊も牛もいないだだっ広い草地で、それは遠ざかるにつれて今度はゆるやかな登りの勾配になり、そのさらに向こうには鬱蒼とした森が広がっている。ようやく夏が始まろうとしていた。生も愛もうら若き頃……この広大な眺望に漲るまばゆいほどの緑の輝きに誘われて出てきた言葉だったか。

それに続く詩行も蘇ってきた。「生も愛もうら若き頃を、生《いのち》より奪われて、ここに殉教のいと青春《わか》きものよこたわる」……ワイルドの「キーツの墓」……かつて奇妙に物憂い平穏と退屈が支配していた戦時の東京で、「詩を書く少年」が好んで口ずさんでいた詩。そう言えばワイルドだってたしか四十代で死んでいるはずだ。夭折を天才の幸運と呼ぶことのアイロニーそれ自体、度し難い俗物根性の醜悪な産物にすぎない。そんなことはもう疾うにわかっていた。ぬけぬけと生き延びてそんなことにぼんやり想いをめぐらせている俺は、しかしもはや天才でもなく俗物でもない、ただの老人だと平岡は思った。普通の老人。しかし普通というのも薄気味の悪いものだ。

「生《いのち》より奪われて……」か。どうやら声に出して日本語でそう呟いていたようで、ふと気づくと給仕女が胸元にポットを捧げ持ったままま傍らに立ち、平岡の顔を怪訝そうに覗きこんでいる。空っぽの言葉、抜け殻と化した言葉だった。もはや何の意味もありはしない。

「いや、お茶はもう結構。たいへん美味しい。どうも有難う」と平岡は改めて英語で言った。早朝の明るい陽射しが溢れる天井の高い広い食堂には平岡の他に年配のカップルが一組、朝食をとっているだけだった。

平岡はスコットランドに来ていた。ここは昔の領主の城館を改造したホテルで、パースから何マイルか離れたテイ川の渓谷に建っている。平岡は昨日の夕方着き、疲れていたので夕食はほとんど咽喉を通らず早々と就寝してしまった。それで今朝はずいぶん早くに目が覚め、ハム、卵、トースト、ポリッジなどをどっしりと胃に詰めこむ英国流の朝食を満喫した。ここまでは敬遠して口にしないでいたスコットランド名物のハギスまで勧められるまま食べてしまった。これは羊の内臓のミンチにオートミールやスパイスをつき混ぜた具を羊の胃袋に詰めて蒸した料理で、少々臭みがあるが案外いける。

ほんの偶然の成り行きだった。ときどき家に来て四方山話をしてゆく若い編集者がエディンバラで開かれる国際ブック・フェアに行くと言うので、ふとした気まぐれで俺も行くかな、連れていってくれないかと呟いてみた。最初はびっくりしていたがすぐにそれならぜひという話になった。外出と言えば家の近所を歩き回る以外には時たま都内の盛り場に出るのがせいぜいという日常だったのに、日本のどの地方に旅行するというのでもなくいきなり国際線の飛行機に乗って英国まで来るという大騒ぎになってしまった。

いや、振り返ってみればべつだん騒ぎと言うほどの騒ぎが持ち上がったわけでもない。パスポートをとるのもフライトを予約するのもそのT…君という面倒見のいい小太りの青年がやってくれた。はたして俺にパスポートが発給されるのかと平岡は危ぶんでいたが、本名の平岡に戻ってしまった老人に国家はもう何の興味も持っていないようだった。荷造りもいつの間にか済んでいて、そのキャスター付きの小さな旅行鞄もだいたいのところはT…君が転がしてくれた。この車に乗ってください。ここで待っていてください。彼に言われるまま促されるまま軀を動かしているうちに、平岡はいつの間にか成田から飛び立ってロンドンで飛行機を乗り継ぎ、エディンバラに着いていた。

エディンバラではお城までタクシーで連れていかれ、スコットランド女王メアリー・スチュアートがジェイムズ六世を産んだ部屋などをのんびりと見物した。そんなことをしている自分をときどき不思議に思わないでもない。が、なに、構うものかとも思う。

一五四二年十二月八日に生まれたメアリーは生後六日でスコットランド女王に即位する。フランス王妃となるが、夫のフランソワ二世が十六歳で死んだ後スコットランドに戻る。従弟のダーンリー卿ヘンリーとの再婚。幾人もの愛人。ヘンリーの謎の死。ボスウェル伯との再婚。ダーンリー卿殺害の容疑で十九年間にわたって軟禁され、醜く肥え、リュウマチの足を引きずり、三十代ですっかり白髪になり、結局一五八七年二月八日に断頭台で処刑されて四十四年の生涯を終える。数奇な生涯、とでもいうことになるのだろうか。しかしどんな人間の一生だって数奇と言えば数奇である。その挙句の果てにはこんなふうにのどかな観光客に身をやつし、口をぽかんと開けてイヤフォンから流れてくる日本語の音声ガイドに耳を傾けつつメアリーの寝台とやらを感心しながら眺めるようなこともある。

この古都で数日過ごした後、T…君の調達してきた車の助手席に乗せられ、田舎道のドライブに出たのが一昨日の朝だった。羊たちがのどかに草を食む美しい草原がどこまでもどこまでも続き、一車線の道路がその間をくねくねと縫ってゆく。ところどころ道がたんこぶのように膨らんでいて、対向車が来るとどちらかがそこで待っていて相手を先に行かせ、待ってもらった方がすれ違いざまお礼のしるしにライトを点滅させる。相手の気分を害さないように、相手の行動を妨げないように、皆が気を遣い合っている礼儀正しい国民だった。気遣いだの気配りだのを謳っても実のところは有形無形の世間の圧力に怯えて小心に息を潜めているだけの日本人とはずいぶん違うと平岡は思った。途方もない変人奇人を大らかに許容する懐の深い文化の風土であることは英文学を読めばすぐにわかる。

緩い登り坂が続いていたかと思うと急に空気が冷えこんで峨々たる岩山の裾に出た。いつの間にか陽が翳り、道の片側にはごつごつした岩肌を露出させた岩山が急傾斜でそそり立っている。反対側は崖が下ってだんだん傾斜を緩くしながらどこまでもどこまでも広がっていき、はるか彼方に川が一筋うねうねと流れている。人家はない。羊や牛の影さえない。平岡はT…君に言って道の路肩に車を停めさせ外に出た。いつ降り出したのか雨粒混じりの強い風がびゅうびゅう吹きつけてきて頰が痛い。遠方によくよく目を凝らすとその川のへりを大きなリュックサックを背負った数人が歩いているのが豆粒のように見えた。

「寒くないですか。車の中に戻りましょうか」とT…君が言うが、平岡はかすかに首を振ってずいぶん長いこと立ち尽くしていた。太古の昔に造物主が太い指で大雑把に捏ね上げてどんと投げ出したものが、人間の手の加工をいっさい受けつけず何十万年も何百万年もそのまま残っているといった、険しい、寒い、大きな風景だった。聞こえるのはただ風の唸り、それからときどき遠くから近づいてきて平岡たちの脇をすり抜けてゆく車のエンジン音だけだ。

「凄いですね」とT…君がぼそりと呟く。どこかの大手出版社の社員だということ以外にはT…君について平岡は何も知らない。

「ときどきこういうのを見た方がいいな。余分なものが抜けて軀が軽くなる」

「命の洗濯ってやつですか」

そういう決まり文句は気に入らなかったが平岡は黙っていた。そういうことかもしれないが要するに、素裸になれるということだと平岡は思った。素裸の自分を思い知らされる。人は何も持たずに生まれてきて、何一つ所有できず世界に引っ掻き傷さえ残せないままほんの一瞬光がきらめくような生を生き、また初源の暗闇の中にとろりと溶けてゆく。ひりひりするようなその真実を改めて真っ向から思い知らせてくれるということだ。氷雨が急に勢いを増してきたのをしおに二人は車に戻り、また道中を続けた。

一昨日の夜は居心地の良い小体なベッド&ブレクファストに泊まり、昨日は朝からまた走ってとう海に出た。こんな寒々とした海を見たのも平岡は初めてだった。日本海が寒々としているなどというけれど、この孤独と悲傷の寥々として広大なさまはあんなものとは桁が違う。そこでも平岡は見晴らしのよい崖上に停めた車のドアに寄りかかっていつまでも海景を眺めて飽きなかった。スコットランドの天気は変わりやすい。ついさっきまで明るい陽光が漲っていたのに今はもう空いちめん重たるい雲が垂れこめて、肌寒い霧雨のようなものがまた降り出している。それとも波のしぶきがここまで飛んできているのか。と、不意に雲の切れ目から陽が射してきてその光の柱がどんどん太くなり、目を射るようにまばゆい波頭のきらめきが見る見るうちに広がってゆく。しかし光が漲るほどにこの荒涼とした寂しさはますます深く大きくなってゆくようだった。

その後、平岡をこのホテルまで送り届けてチェックインを済ませるとT…君は、ブック・フェアの明日の催しはどうしても抜けられないので僕は今晩はエディンバラに帰ります、明後日の朝、もし僕が来られなければ迎えの車をよこしますからと言い置いて去っていった。朝食の卓で平岡は窓の外を見ながらその昨日の海景を思い返していた。何の汚れもないまだ新しい朝の陽光が地上のあらゆるものに降り注いでいるこの明朗な眺めはあの寒々とした海景とはまた別のもので、しかしこれもまたやはりスコットランドなのだ。何とも複雑で面白い土地である。

平岡は立ち上がって食堂を出た。廊下をしばらく行くとレセプションのある玄関ホールへ出る。城館と言っても塔がにょきにょき生えていたり寝室が何十もあったりするような豪勢なお城ではない。石の外壁を持つ田舎ふうの邸宅で、大きいことは大きいが見るからに金がかかっているといった装飾などいっさいない。ただどこもかしこも堅牢でどっしりと安定しており、黒光りしている階段の手摺りにもいたるところに敷き詰めてある蔓草模様の地味な絨毯にも目障りなものがいっさいなかった。目障りでないのはつまり新しいものが何もないからだなと平岡は思った。ホールに置かれた長椅子も壁にかかった風景画も玄関ドアのノブも歳月を経て大勢の人々の手や視線を受け止めつづけ、その過程で長椅子なら長椅子、絵なら絵、ノブならノブという物本来の在り様がしだいしだいに内から外へ滲み出し、今ではそれは長椅子や絵やノブの外観にしっくりと溶けこんで、もはや何が起ころうと誰がどうしようといささかも動じることがないといった安定した姿でただそこにある。もっとも寝室には平岡は手も触れなかったがインターネットに繋がるコンピュータもありＤＶＤとやらでとっかえひっかえ好きな映画が見られるようにもなっている。

平岡はその長椅子に腰を下ろして煙草を一本取り出して火を点けた。時間ということなのだと平岡は思った。物の本質が外へ滲み出し、見かけと一つに溶け合って揺るぎない姿をまとうには長い長い時間がかかる。無数の人々のそれこそ気遣いや気配りも必要になる。一つの建物の全体が、そして建物の内部を埋め尽くしている家具調度のいっさいがそうした外観を得るにいたるのは何とも大変なことなのだ。それを贅沢と呼ぶのだろうか。金に飽かして無用な物の数々を買い漁り、これ見よがしにごてごて飾り立てることが贅沢なのではない。歳月の流れが物の中へ染み通り、それによって今度は物本来の姿が内から外へ滲み出てゆく。そうした物たちに取り囲まれて余計な気を使わずにいられるようになる。それが贅沢の極みなのだと平岡は思った。このホテルはたしか一晩に数組の客しか泊めないはずだった。

そのとき、レセプションのカウンターの後ろにいた三十恰好の若い男が近寄ってきて、

「あの……」とためらいがちに言った。「ええと、その、お煙草は……」

「これは失敬」と言って平岡はすぐに立ち上がった。

「たいへん申し訳ございません。近頃、妙にうるさくなってきておりまして……」

「いやいや、これは失礼しましたな。ええと……」煙草を消すための灰皿を探して平岡が周囲を見回していると、

「玄関を出たところにございます。いや、本当に申し訳ない。こちらです」

男の後について玄関を出ると、たしかに玄関脇に灰皿があって、建物の内部は禁煙だという趣旨の目立たないプレートがかかっている。

「ここでゆっくりお吸いください。ちょっと寒くて恐縮です。いや、まったく……妙な世の中になってきたもんです。この禁煙運動というやつ、フリーメーソンか何かの陰謀なんじゃないかとわたしは踏んでるんですがね」と男は言い、自分もポケットから煙草の箱を取り出して一本抜き出した。「わたしもちょっと吸っていくかな」

喫煙を注意するのにこれだけの手数をかけてくれるのも、目の玉が飛び出るほどと言ってもあながち誇張ではない宿泊料金の中に含まれるサービスなのだろうか。いや、やはり大人の国の余裕だろうと平岡は思った。日本ではいったんお上からお達しが出るや、それが正しいか正

しくないかに何の興味もない人々がとにかく決まりは決まりだなどと言い立てて、瑣末な規則を他人に守らせようとたちまち陰湿な相互監視を始める。他人の小さな違反を鬼の首でも取ったように威丈高にあげつらい、優越感を感じることに生きがいを見出す小役人か小番頭みたいな連中ばかりがうじゃうじゃいる。

生とはことごとく一瞬のきらめきにすぎない以上、人間社会の法も規則も所詮、仮初の約束事にすぎない。煙草を吸うか吸わないかなどという些事ばかりではない。犯すのも殺すのも盗むのも、もしやりたければ大いにやればいいというのが平岡の信念だった。それをするなという決まりがあるのはなぜか、その理由はもちろんわかる。犯されたり殺されたり盗まれたりする側の不倖を事前に予防するために、事後に贖うために法や規則はある。監禁だの断頭台だのといった制裁を受けるのと比べれば決まり事を守って人生を全うした方が幸福だという確信ないし妄念を人々に染みこませるために、文明社会はそうした制度を発明し精錬し遂げてきたわけだ。だが、監禁される不倖と監禁されない幸福との間に結局、どれほど本質的な差があるのか。所詮、一瞬のきらめきの後はその不倖もその幸福もただ暗い虚無の中に呑みこまれてゆくだけだというのに。俺は二十七年間も自由を拘束されたが、そのことをさほど不倖と感じたこともない。

仮初の約束事にはただ苦笑してとりあえず従っておけばよいと軽く受け流す大人の智恵を感じて平岡はその若い男に好意を持った。少々くたびれた濃緑色のツイードのジャケットにイエローオーカーのネクタイという良い感じに野暮ったい服装をしたその男が、その若さにもかかわらずスタッフ全員を取り仕切っているらしいことに平岡は昨夜から気づいていた。

「あなたは支配人か何かでいらっしゃる……？」と訊いてみると、イエスという返事が返ってきた。

「オーナーがわたしの両親でして。二十年ほど前にここを買い取ってホテルを始めたんです。親はもう半ば隠居の状態で……」

「わたしと同じだな」

「それは慶賀の至り。わたしの両親も今は世界中を旅行して回っていますよ。それでマネージャー役がわたしに押しつけられまして。いや、忙しいの何の」

「いいホテルですね」

「有難うございます。食事は楽しまれましたか」

「昨夜は疲れていてあまり食べられなくてね。朝食はすばらしかった。今晩の夕食も楽しみにしています」

「ご期待に添えると思います」男は煙草の煙を吐き出しながら、「今日は何をして過ごされるご予定ですか」と訊いた。

「とくに予定はない。まあ、散歩かな。あの川べりまでは歩いていけるんでしょう」

「もちろんですとも。ほんの十五分くらいのものです」と男は言い、庭の裏門の場所とそこを出て川まで行く道筋を詳しく教えてくれた。「テイ川はすばらしいですよ。もし釣りをなさるのなら……」

「いや、釣りはしない。ただ歩くだけで十分」

しばらくして平岡は牧羊地の柵と柵の間の小道を歩きながら、外国語は有難い、どこまで行っても人間関係を仮初のものに保っておけるからとぼんやり考えていた。うららかに晴れた午前だった。どうやらこの土地では天候が不安定になるのは午後から夕方にかけてのことらしい。やかましいほどの鳥の囀りに時おりこれ以上ないほど平和な羊の鳴き声が混ざる。

川が近づいてくるにつれて水音が高くなり、平岡は妙な心のときめきを感じはじめた。これはいったい何なのかと訝るうちじきに川辺に出て、それは支配人が言った通り本当に美しい川だったが、平岡の昂揚はどうもそれだけが原因というものでもないようだった。テイ川は川筋のここらあたりでは幅の広い浅い流れになっていて、川の真ん中あたりまで出ても恐らく水位は膝より少々上に来る程度のものだろう。まるで子供のようにじゃぶじゃぶと水に入っていってみたいという気持が動いたがさすがにそれは思いとどまり、平岡はただ水際に立って流れの来し方を眺めやり、振り返っては行く末に遠い視線を投げた。幾つもある中州には沢山の鳥たちが遊んでいる。目にはつかないけれどきっと川ネズミやモグラのような小動物たちもここでは人間に追い立てられることもなくのどかな日常を営んでいるに違いない。あたりにはまったくひとけがない。ただ水が流れている。

「記憶もなければ何もないところへ、自分は来てしまった」とずいぶん昔にたしか書いたのだった。言ってみればここもまた或る意味でそれに似たところだった。もちろんこの土地に染みついた記憶、地元の人々にとって大きな意味を持つ記憶というものはある、ありすぎるほどある。テイ川の水はウィスキーに適していて川沿いに大小の蒸留所が点在しているという。これは長年月にわたってこの国の人々の生活と文化の糧となってきた川なのだ。しかしそれは自分のものではない他者の記憶であり、平岡は単に通りすがりの一介の異邦人としてたまたまここに佇んでいるだけだった。実際つい何週間か前まではこんなところに自分が佇むことになろうなどとは想像もしていなかったのだ。ここはあくまで他人の土地でしかなく、その深層に堆積している記憶の厚みは平岡自身の魂とも身体とも無縁のものだった。だからこそ、その記憶の豊饒がオーラのようにたなびかせている贅沢にひととき仮初に触れることがこれほど純粋な快楽たりうるのだろう。すめろぎだのますらをだのもののあはれだのといった言霊は少なくともこの美しい川面の上には浮游していない。

かつて「詩を書く少年」は「僕も生きているのかもしれない」というぞっとするような啓示にうたれて震え上がったものだ。自分が贋詩人でしかないという発見、ただ単に生きているということの凡庸と退屈――それらを逃れがたい宿命として受け入れることで自分の中の俗物根性と折り合いをつけてきたつもりだった。そんな諦念こそ大人になるということさ、と口の端をちょっぴり歪め自分自身をシニカルに嗤ってきたはずだったが、実のところそうしたすべてさえ結局は青臭いポーズでしかなかったのだ。ただ単に生きているとはどういうことか、四十代の半ばになっても俺にはまったくわかっていなかった。その頃の自分、老いが兆しはじめてはいたもののまだまだ旺盛な生命力が漲っていたはずなのに、ボクシングをやっても剣道をやっても自衛隊のＦ１０４戦闘機に乗せてもらっても少しも生きていると感じられなかった中年男に対して、平岡はかすかに甘い憐れみを感じた。俺は生きてはいない、それで結構、と開き直って大見得を切ってみせようとて、それもまたむろんポーズ以外の何ものでもない。玉葱を剝きつづけるような徒労……。

幸いそうしたすべてはもう終った。「記憶もなければ何もないところ」を俺は一生かけて探してきたのかもしれない。今となってみれば、たとえばそれがこの川辺だとしてもいいではないか。あるいは一昨日のあの峨々たる岩山とそれを囲んで広がる果てしない荒野でもいい。記憶もなければ何もないというのがどういうことなのか今の俺にはよくわかっている。それを知るために費やした八十何年かが俺の、俺なりの数奇な生涯だった、そういうことでいっこう構わないではないか。人間とは世界にとってまったく余計なもの、余分なものなのだから。テイ川の水が流れてゆく。鳥が囀っている。ただそれだけで……。

少し歩いてからホテルに戻り、雑誌を眺めたり昼寝をしたりしているうちに一日の時間はするすると過ぎていった。夕方の空気を吸うためにまた散歩に出て、いつまでも続くかのような淡い黄昏の光がようやく暗闇の中に溶けこみかける頃になって部屋に戻ってみると、ベッドが整えられ暖炉に火が入っていた。このホテルでは客の寝室一つ一つにも豪勢な暖炉がある。

そのうちに、夕食にはまだ早かったが何もすることがなくなってしまったのでネクタイを締めて階下へ下りていった。アペリティフでもと言われてラウンジに案内された平岡はソファに座ってギネスを飲んだ。そこは一律にお揃いのものというわけではないそれぞれ個性的な応接セットが幾つか配された豪奢な広間で、あちこちにぽつりぽつりと灯った明かりはむしろ部屋の全体を浸している薄暗がりを強調する効果を上げている。その電気スタンドも壁にかかった馬や犬の絵も肘掛け椅子も本棚もいい具合に磨り減った絨毯も、その位置にそれがあることほど自然なことはないといった揺るぎない姿で存在している。

他の客はそれぞれ中年と老年の二組の夫婦に、一人で来ているらしい老婦人で、陽気でお喋りなその大柄な老婦人はどうやらここに何度も来ている常連客らしく、顔馴染みのホテルのスタッフ相手に今日の釣りの成果を吹聴している。しかし部屋が広いせいもあるがそのお喋りもいっこうに耳障りではなく、暖炉の中で燃える薪がぱちぱちはじける音とともに高低様々な人間の声が四方から静かにざわめき立ち、それが家具や絵に染みこんでいってそこにまた一夜ぶんの記憶の艶を加えるようだった。

平岡は立って玉突き台の脇を回りその向こうのドアを抜け続きの間に入っていった。ここは図書室というのだろうか、部屋の三方が天井まで届くほどの本棚で占められ、突き当たりは内開きのフランス窓でそこからバルコニーに出られるようになっている。平岡はガラス越しにバルコニーの向こうのガーデン灯で照明された芝生をしばらく眺めてから、古びた革装の本ばかり並ぶ本棚を暇潰しに物色してみた。大判のビアズレー画集が目についてちょっと心が動いたが結局手に取る気にはなれない。どうやらスコットランドに縁の深い書き手の本が多いようだった。Arthur Conan Doyle や Robert Louis Stevenson はともかく、George Douglas Brown とか Eric Linklater といった知らない作家の本が沢山並んでいる。こういう小説のページをめくってみてもいいかなと平岡は思った。もう久しい以前から日本語の小説は絶えて読む気が起こらなくなっていた。

昨日のドライブの途中でT…君とほんの少しだけ文学の話をしたのを思い出した。平岡が日本の現代小説にはまったく興味を示さないことをT…君はよく知っているので、まともに相手をする気が始めからないようで、

「何しろ文学のOSが変わっちゃったわけですから」とだけぽつりと呟いた。あなたには何もわからないでしょうがとでも言いたげな、少々侮蔑を滲ませた口調に聞こえたのは平岡の僻み根性のせいかもしれない。

「ほう、OS……」

「そうです。みんなそう言ってます」と憐れむようにT…君は言う。T…君のこういうあけすけで遠慮のないところが平岡は気に入っていた。

それにしてもOSとはいったい何なのか。ON砲というのはむろん平岡も知っていて、漫然と見ているテレビに王貞治や長嶋茂雄が映ると、ほうまだいるのかと感心してまじまじと見つめたがその老けこみように他人事ながら気が滅入ることもあった。さしずめ王や長嶋に相当するような文学のスターがすっかり様変わりしてしまったといったことだろうと見当をつけたが改めて訊き返すのも億劫だった。文学の価値も権威もすっかり地に墜ちてしまったことだけは平岡でさえ知っていた。OSだか何だか知らないがそんな大仰な歴史の変動が起きたわけではあるまいと平岡は思った。要するに女子供ばかりがはしゃぐようになったというだけのことではないのか。またそれをちやほやして若者に阿《おもね》ることで自分を新しいと思いたい軽薄な大人も

いる。すっかり芸能界化して硬骨漢の士大夫がいなくなってしまった文壇……記憶もなければ何もないところ……。

「そういうことの元凶は、遡れば平岡さんなんじゃないかという人もいますよ」とT…君が少し嬉しそうな口調になる。

「……そうかね」ONだってもう老人だった。野球にも文学にも俺はもう興味はない。

食堂に移って供された夕食は洗練を極めたご馳走だった。英国の料理が不味いなどというのはヨークシャー・プディングとフィッシュ・アンド・チップスとミート・パイだけ食べて英国にはそれしかないと早とちりをしてしまった連中が世界中に広げたデマだろう。

またラウンジに戻ってコーヒーを飲んでいると、あのお喋りな老婦人が近くの椅子に座ったので、どちらからともなく会話が始まった。彼女はアメリカ人で年に数回はこのホテルに泊りにくるという。

「何をしにスコットランドまではるばる来るんですか」と平岡は尋ねてみた。

「第一に、釣りをしに。第二に、ウィスキーを飲みに」と老婦人は答えて悪戯っぽい笑みを浮かべた。開けっ広げで楽しい気性の新大陸の小母さんだった。夫が死んで十年になるの。メリーランド州で農場を経営しているんだけど、それは有能なスタッフに任せておけるからわたしはしょっちゅう遊び回っている。このホテルで釣り竿と長靴が借りられるから、ここへ来るといつも釣り。よく晴れていて水が冷たいという、今日のテイ川は釣りには最高の条件だったわ。大きな鱒が三匹に……。そのあたりで記憶が途切れて、夕食のときに飲んだ赤ワインの効き目か、どうやら失礼きわまることに平岡は彼女との会話の途中でうとうとと眠りこんでしまったらしい。妙ちきりんな老耄の日本人ということで、というか実際その通りなのだが、大目に見てもらえるだろうか。

暖炉の薪が大きくはじける音ではっとして目を開いてあたりを見回すと、皆めいめいの寝室に引き上げたらしくもうラウンジにはアメリカのご婦人はもとより誰もいなくなって、平岡は一人きりになっている。

平岡はゆらゆら揺れる暖炉の火を見つめながら、今朝がた玄関ホールで追っていた思考の糸をもう一度摑み直し、では人間はどうかとぼんやり考えていた。長い歳月が経過するうちに物の本質が外に滲み出し見かけと一つに溶け合ってゆくとして、それなら人間はどうなのか。人間にそういうことが起こるのに二十年や三十年で足りるはずはない。してみると、キーツやワイルドを羨む必要はないのだろうか。実際、彼らの肖像画や写真のあの自意識過剰の顔を見るとあまり良い気分にはなれない。では、八十年ではどうなのか。それはとても長いようにも、まだまだ短すぎるようにも感じて判断がつかない。だが少なくともそれは贅沢が理解できるようになるのに十分な時間の長さではあるかもしれない。平岡の頭にかつて自分が建てたヴィクトリア朝ふうコロニアル様式と称する家がちらりと浮かび苦い思いが湧いたがその映像も思いもすぐ心の外に押しやった。どんな人外者《にんがいもの》にも贅沢を味わう権利があるということなのか。そうだ、ただしれっとした顔で“Yes, I do.”などと言っていればいいのだ。今俺が感じているものを幸福と呼ぶのだろうか。

傍らに今はやや形式張った紺のダブルのスーツを着こんだあの若い支配人が立っているのに気づくまでに、遠慮がちな〝Excuse me…〟が何度くらい繰り返されたのかはわからない。ふと顔を上げると彼が申し訳なさそうな顔で身を屈めていて、

「お邪魔して申し訳ございません」と小声で言った。

「いや、構わない。ちょっとうとうとしてしまってね」と平岡は欠伸をしながら答えた。

「いえ、パースウェイト夫人が……あのアメリカの……」

「ああ、メリーランド州の……女釣り師《フィッシャーウーマン》？」と言うと支配人の顔がほころんだ。

「イエス。彼女が、お客様はまだ当地のウィスキーを召し上がっていないらしいからとおっしゃって……」

支配人は片手に捧げ持っていた小盆から琥珀色の液体の入ったタンブラーを取って平岡の前に置いた。

「どうぞ。お客様の目が覚めたらお持ちするようにと申しつかりました。奢らせてくださいということでした」

そう言えばそんな話もしたのだった。スコッチ・ウィスキーは飲んだかと訊かれたので幾つかシングル・モルトの銘柄を挙げると、彼女はにこにこしながらそのつど首を振る。そして、

「あのねえ、アイラ地区のBowmoreもダフタウン地区のGlenfiddichも、そりゃあ悪くない。でもね、ああいうのは所詮、輸出用のスコッチなの。万人向きの、誰でもすぐ美味しさがわかるお酒。本当に芸術的と言っていい香りと味を備えているシングル・モルトはね、まさに

今わたしたちがいるこの土地、つまりスペイ川中下流地区のね……」と教えてくれたのだった。スコットランドへ来てあれを召し上がらないなんて、と言って大袈裟な身振りで両手のてのひらを上に向ける。そう、彼女は何という名前を口にしたのだったか。平岡が思い出そうとしていると、先回りをするように、

「どうぞ。Craggannore です」と支配人が言った。

平岡はタンブラーを取ってその縁を唇に当て、中でかすかに揺れているその琥珀色の液体を一口含んだ。その瞬間、その香り、その味とともに何かがさあっと浮かび上がってきた。パースウェイト夫人は傑物だなと平岡は思った。いったい何と言ったものだろう、安らぎと興奮を同時に与えてくれるこの香り、この味、この色を。その香りと味と色とともにエディンバラに着いて以来見てきた様々なものの記憶が錯綜し合いひしめき合いながらいちどきに蘇ってくるようだった。しかし、その一口が咽喉を滑り落ちていった後に口中に膨らんだ香りと味は、最初に感じたのとまた違ってさらにいっそうふくよかで爽やかで眩暈がするようで……つまりはこれもまた贅沢そのものにほかならなかった。旅の様々な記憶が渾然一体となって渦を巻く中から最後に一つだけぽつんと切り離されて平岡の脳裡に広がったのは、朝日を受けてきらきら輝くテイ川の水面だった。生も愛もうら若き頃を……。そう言えばたしかキーツの墓石には“Here lies One Whose Name was writ in Water.”「その名を水に書かれし者ここに眠る」と刻まれているはずだった。

もう床につく時刻だった。ラウンジの暖炉の火の勢いがだんだん弱くなってくるのを眺めな

がら平岡はそのスコッチを少しずつ飲み、最後の一滴まで飲み干してタンブラーをテーブルに戻した。メリーランド州の女農場主にどんなお礼をしたらいいだろう。明日の朝食の席で会えるといいのだが。開いたままのドアから真っ直ぐに見通せる続きの間の奥のフランス窓に視線を投げながら平岡はゆっくりと立ち上がった。

（「群像」二〇〇九年一月号）

アウトサイド

本谷有希子

ピアノの先生って、もっと優雅な暮らしをしてるのかと思ってた。今なら別にもともと先生になることが一番の夢じゃなくて、苦労して音大を出たのにプロの音楽家になれるほどの実力もなかったから、自宅で教室を開いてたんだろう、って想像ぐらいはしてあげられる。でも当時の私はまだ中学生で、しかも親の自己満足のために無理やり行かされていた教室だったから、先生に対して想像力を働かせてあげるという発想さえなかったのだ。

私は思春期で、自分のために溢れ出てくるあらゆる想像を爆発させないようにするだけで精一杯だった。ちょうどサツキとつるんで、制服のスカートがどんどん短くなり始めていた頃だ。担任の教師がどうしても人として好きになれなくて、二人で授業をさぼったり、呼び出された職員室でも堂々と来客用のソファに座ったり、化粧に手を出したり、早い話が、調子に乗っていた頃の話だ。サツキといるってだけで訳の分からない魔法にかかって、大人という大人全員を見くびる力を持っていた頃。サツキだって私と出会うまでは大人しくて冴えない子だった。

月謝を貰っていたとは言え、私みたいな学ぶ気のない女子中学生に毎週、鍵盤の触り方を教えてあげなければならなかったなんて、先生のことは気の毒に思う。たぶんあの人はまだ四十手前くらいだったと思うけど、あの頃の私にしてみれば充分すぎるほど大人で、自分と同じ一人の人間だとは到底考えられなかった。こっちが賃金を払ってる、この人は私に雇われてる、そんなふうに心のどこかじゃ思っていたのだ。

私は幼稚園の年長の頃からピアノを習わされていて、その向上心のない態度がどこでも問題になっていた。いつも先生のほうから出入り禁止を言い渡されて、四つも教室を転々とした。私はピアノなんて何が楽しいのか分からなかったし、自分に才能は一つもないとはとっくに知っていたけど、一人娘が休日に楽器を嗜むのが夢だった両親は諦めなかった。四つのうちの三つは駅前のビルに入っている大手のピアノスクールのチケット制のレッスンで、最後の最後に流れ着いた教室が、先生のところだった。

人の自宅に通う、というのは変な感じだった。教室の看板が表札と並んで一応小さく出ているものの、玄関を開けると動物と夕食の匂いがしたし、そそくさと階段をあがっていくセーラー服を着た女の子の後ろ姿も見えた。

たらい回しにされてとうとう大手の教室へは通えなくなった私に、先生は優しく微笑んだ。これもあとから知ったことだけど、車で三十分以上かかるこの教室を両親が選んだ理由は、先生がどんな子にも根気よく優しく教えるという評判を聞きつけたから、ということだった。見るからに人のよさそうな先生。でも私はその親受けのいい笑顔が気に入らなかった。その頃の私は、少しひねくれすぎていたんだと思う。自分から教室に通わなくなるんじゃなく、教室のほうが私に音を上げて破門するように仕向けることに何より夢中で、もちろんここでもそうしてやろうと心に火がついた。馬鹿だったのだ。優しい大人が、呆れて途方にくれ、手のひらを返したように自分みたいな子供を見離す瞬間が来ることに、快感を覚えていたなんて。

母親が「じゃあまた四十分後に」と玄関で挨拶を済ませて車を発進させたあと、

「ピアノは何年習ってたの？」

先生が家へ上がるように促してそう聞いたので、私は「九年です」とスリッパに足を入れながら答えた。テキストはブルグミュラーかソナチネアルバムか、と尋ねるので、バイエルだと即答した。先生は一瞬驚いたような顔をしたけど、私は何も知らぬふりをした。前の先生のところでは「こんなにやってまだ入門編のバイエルなんて、月謝の無駄ですからお辞めになったほうがいいのでは」とはっきり三行半を叩き付けられたのだ。バイエルなんて本来なら小学校の低学年で、みんなさっさと終わらせている。自分の家と変わらないような部屋に通されて、とりあえず最後に習ったところを弾いてみて、とお願いされたので、私は楽譜を広げて一番始めの音符をド、レ、ミ、と口に出して確認して、鍵盤にできる限りゆっくり指を置いた。どれだけ反抗的で出来の悪い人間が来たのか、これで伝わるはずだった。前の先生なんて親がいなくなった途端、あからさまに険しい顔つきになっていたのだ。でもこの人は、「音符が読めるようになるところから練習しないとね」と、人の良さそうな笑顔を絶やさなかった。純粋そうだから、本気で私にピアノの楽しさを教えてあげたいと思ったのかもしれない。

先生の自宅は下町の庶民的な一軒家だったから、私はいつも教室に行くというより友達の家に遊びに行く気分になった。玄関を上がってすぐのところにあった八畳ほどの洋間の真ん中に、不釣り合いなほど大きなグランドピアノが置かれている。音楽室にあるものより二回りも大きいそのピアノは、テレビのコンサート中継なんかできちんとしたピアニストが弾く、あの蓋のところが半分斜めに開かれているやつだった。あとは狭い庭に面したガラス戸の側に籐製の小さな本棚があって、子供向けに用意されていた『かいけつゾロリ』シリーズを、私は前の子がまだレッスンしている間、制服のまま床に寝そべりながら読んでいた。

「あっちゃん」と名前を呼ばれてのろのろと起き上がり、一週間前に「練習して来てね」と言われたっきり、そのままのテキストをバッグから取り出す。

先週のレッスン全部を費やしてせっかく教えてもらったところを一切合切忘れているので、また卜音記号の隣の音符をドレミと数えるところからやり直しだ。「今度こそ練習してきてね」と何度も念を押され、そのたびに「はあい」と返事だけは素直にするけど、絶対に家のピアノには指一本触れなかった。

先生は最初こそ噂通り根気よく教えていたけど、私が段々と大胆に弾けないことをアピールするようになったせいで、そのうち私が来るたびに少しずつ顔が曇るようになった。先生は決して怒らなかったし、破門したりしなかった。だけど、どれだけ熱意を注がれても私には届かなかったのだ。私は、ピアニストを諦めた先生のささやかな夢を自分が踏みにじっているという空気に、うすうす気づいていた。自分は無力感を突き付ける存在だということも、来るたびに弱々しくなる先生の笑顔を見れば分かった。私のスカートの短さや髪の毛の色が目に余るということで、どこかの親が子供をやめさせた、という噂も聞いた。

サツキが高校生の彼氏を作って、私もその友達とみんなで遊ぶようになって、自分たちがますます一番楽しい存在だと思っていた頃だった。

ある日、私がいつものようにお菓子の油がついたままのギトギトした指で、耳障りな音を鳴らしていたら、先生が立ち上がって小さな筆箱から一本の鉛筆を取り出した。

何に使うんだろうと横目で見ていると、先生は「あっちゃんは鍵盤を触るとき、手首がどうしても下がってしまうからね」と言って、その鉛筆の先端を鍵盤に触れている私の手首のすぐ下まで近づけた。

ぎょっとしたけど、あまりにも自然で何も聞けなかった。先生が私のほうに体を向けながら曲を弾き続けるように指示したので、私は楽譜を見ることしかできなかったけど、鉛筆の先がときどき左手の手首にかすって、その芯が鋭く削られているということだけは分かった。小学生のとき、ケンカで鉛筆を眉間に刺された男子が転がり喚いていた姿を思い出して、声が出せなかった。先生が一体どんなつもりでその新しいレッスンを思いついたのか、それは本当にレッスンなのか、その気になれば私の手首にその芯を突き立てることができるのかどうか、聞きたいことは山ほどあった。でもその頃の先生からはもうとっくに笑顔が失われていて、話しかけられるような雰囲気じゃなかったのだ。私は初めて、この防音された部屋には私と先生しかいないんだと気づいた。自分は子供で、息が吹きかかりそうなほど耳のすぐ側に、顔を近づけているこの女の人は大人なんだ、ということに改めて気づいた。

私は九年間で初めて真剣にピアノを弾いた。神経が研ぎ澄まされたせいなのか、一つも読めない音符はなかった。全神経を集中させた指も驚くほど動いた。今まで五分以上かけていた曲がメトロノームを追い越して、あっという間に終わり、私は緊張で息を弾ませながら先生のほうをそろそろと見た。先生は久しぶりに薄く微笑んでいて、

「レッスンの効果あったね」

と言った。その日のレッスンはそれでおしまいだった。あとにも先にも、先生が鉛筆を取り出したのは、あの一度だけだった。

そのことがあってから、なぜか私はサツキと一緒にいても魔法にかからなくなった。担任を馬鹿にする気が起きなかったし、職員室に呼び出されて、誰も見てない隙に来客用のソファでめちゃくちゃに飛び跳ねようとサツキに笑いながら囁かれても、なんでそんなことがあんなにも楽しかったのか分からなくなってしまった。

サツキはそんな私の変化を見抜いて「あっちゃん、つまんなくなったね」と言い続けたけど、どうすることもできなかった。そのうちサツキは高校生の彼氏と別れ、運命的出会いだったという大学生の彼氏を作って、ついでに子供も作って学校に来なくなった。一緒にいる相手がいなくなった私は週二回ほど、埃を被りっぱなしだった家のピアノの蓋を開けて鍵盤に触るようになった。部活は帰宅部だったから、練習は三回に増えて四回になって、ほぼ毎日夕食前

に弾くようになった。九年の経験はそれでも知らないうちに音楽の力を授けていたみたいで、本気を出した私はあれだけ進まなかったのにあっという間に【バイエル】を卒業して、【ブルグミュラー25の練習曲】もクリアして、すごい勢いで【ソナチネアルバム】二冊を終わらせ、【ソナタアルバム】まで突き進んだ。私の指はもう課題曲なら百九十六曲は弾けるということだった。普通、バイエルを一年半で終わらせていなければもう成長することはないと言われているのに。怒濤の勢いだった。

でも、私がもうすぐ二百曲目をマスターし終える目前に、先生は教室をやめてしまった。旦那さんと離婚することになったのだ。私は何にも知らされてなかったが、先生が自宅で教室を開いていたのは、痴呆で寝たきりのお義母さんの介護をしていたからだった。先生はどうしても子供にピアノを教えたかったらしい。でも自宅に知らない人間が出入りすることのストレスを旦那さんから責められ続け、思春期だった子供まで先生に辛くあたるようになった。どうやら私の手首に鉛筆レッスンをしたのは、この頃のようだった。問題児だった私の改心も、疲れ切った先生の心にはもうなんの癒しももたらさなかったのだ。お義母さんの痴呆がいよいよひどくなって、長年の介護生活に疲れきった先生は、ある晩とうとう、グランドピアノの中に小さなお義母さんを入れると蓋をして閉じ込め、半日ものあいだ放置した。旦那さんがお義母さんを助け出したとき、蓋の上にはバイエルなど家中のテキストが重しとして載せてあったそうだ。

先生がいなくなったあとも、娘に才能の片鱗を感じた母親は、もっと月謝が高くてしっかりした別の教室に私を通わせることにした。でももう快進撃は続かなかった。意欲を失った私は練習しなくなり、指はあっという間に動かなくなり、楽譜も読めなくなった。ヘ音記号なんて見るだけで吐きそうになった。学校でおもしろくないことがあるたびに、私も先生と同じようにお前らをピアノの中にぶち込んでやろうか、と心の中で毒づくようになった。すぐに一流の教室から追い出され、ヤケになった私は、サツキに紹介してもらった男の子と付き合って、一切の勉強をせずに受験を迎え、県で一番馬鹿な高校にも入れず、十七のときに子供ができた。親が怒り狂って、勘当同然で追い出され、しばらくして実家に荷物を取りにいかせてもらえることになった。未練があるような物などなかったけど、私が迷ったのは、ピアノの上に置いてあった習得しかけの【ソナタアルバム】を一緒に持っていくかどうかだった。

今だってもうすぐこの指で二百曲弾けたのだと思うと、惜しくなるときがある。サツキは「運命的に出会った」旦那に借金と隠し子が発覚して、なんであんなやつを好きになったのか分からないと会うたび言っている。

私はこないだ、お腹の子供が私をピアノに閉じ込めるところを想像したあと、自分も子供を閉じ込めていることに気付いた。サツキだって何かに閉じ込められている。誰だって自分が今、ピアノの中なのか外なのか分からないまま生きている。

（「群像」二〇一二年三月号）

お花畑自身

川上未映子

悪魔がきたかと思いました、と声がしました。

あれはいつのことでしょう? 正しい日づけまではわからないけど、並木道のはしっこに中途半端に積もった銀杏の葉がさっき塗られたみたいに真黄色で、それをみてベッドの中の夜の手足の冷たさを思いだして憂鬱になったことをどういうわけか覚えていますから、あれはたしか、いつかの暮れのことだと思います。そうです、襟なしの、買ったばかりのカシミアのコートをはおって家を出て、三越で待ちあわせした近藤さんに胡散臭い雑居ビルに連れてゆかれて、その一階の突きあたりにある部屋のドアを開けたときに突然、そう言われたのでした。

あれはまだ、ぜんぶがうまくいっているように――わたしにも夫にも、それからわたしたち夫婦が関係するすべての人々にだっておそらくそうみえていたはずの頃のことで、五十半ばを過ぎたわたしとそれより少しうえの夫が将来、なんて言葉をふだんから躊躇なく使ってあれこれと計画を立てたりするぐらいには生活はうまくいっていましたし、とにかくそれから三年も経たないうちに何もかもがこんなにも変わり果ててすべてを失ってしまうことになるなんて夢にも思わなかった頃のことです。

芳香剤なのかそれらしいお香でも焚いているのか、ドアの入り口に立っただけで眉間に筋の入るようなよくわからないにおいのたちこめた部屋の奥に座って、頬紅を不自然なくらいに濃く塗った先生と呼ばれる女が、わたしをまっすぐにみてそう言ったのです。彼女に用があるのは近藤さんでわたしはただ彼女のうしろに立っていただけだったのに、その女は少しの迷いもなくまるで近藤さんなんてみえてもいないような目つきでそう言ったのです。

いきなり悪魔だなんて失礼だわ。あなたみたいなおとなしい人をつかまえて。

一時間と少しあと、いわゆる鑑定というものを終えてからビルを出て、しばらく歩いてから入った喫茶店で、近藤さんが本当に申し訳なかったわ、という顔をして謝りました。

彼女は動物病院の待合で何度か一緒になるうちに顔見知りになって、それからときどきだけど電話をしたり、たまにお茶を飲んだりするぐらいの付き合いをするようになった友人と言えるような言えないような、そんな関係の人でした。彼女の夫は中堅の製薬会社の役職に就いていて、子どもはおらず、これからもこれまでも時間とお金はまあ不自由なくあるという、この辺のわたしたちくらいの年齢の家庭には珍しくもないほとんど典型的な主婦で、夫がいちおうの経営者であるわたしを——とくべつ大きな会社というわけではないにせよ、ときどき羨んでみせました。雇われはやっぱり雇われでしかないものね、というのが本心かどうかはわからないけれど、とりあえずの彼女の口癖で。おもに戸建て住宅や中型マンションを扱う夫のその建設会社には本当は立ち上げから一緒の共同経営者がいたけれど、それはべつに言わないでおきました。

そんなふうに時々顔を合わせるようになってからしばらくして彼女の飼っていた犬が老衰で死に、わたしの犬がその半年後におなじ理由で死んでからはなんとなく連絡をとることもなくなりましたけれど、占いとか霊視とか、そういうのが好きな彼女の友人たちのあいだで当時うわさになっていた先生の予約がとれたからついてきてほしいと頼まれて、それでついていったのです。

気にしないで。

わたしが笑ってみせると、近藤さんは苦笑いをして唇を前につきだし、大げさに肩をすくめてみせました。可愛らしくみえると思っているのでしょうか、いつものお気に入りのあの仕草をしたつもりのはずなのに、窓に背をむけて逆光を浴びているせいで目の下にはあざみたいな影がくっきりと入って、頬骨からあごにかけての肉はもう何年も放ったらかしにされた古いどろどろのカーテンみたいに垂れ下がって、あとはただもう誰にも知られることなく朽ちてゆくだけの家の一部みたいにみえました。それ素敵ね、と会ったときには本心から褒めたはずの細かなフリルのついたブラウスの襟首の色と首の色の差に、顔とそのすぐ下にたっぷりとあしらわれた繊細さ——そのふたつがほんらいそれぞれ属しているはずの世界のあまりのへだたりぶりにわたしは不安な気持ちになり、その不安を打ち消すようににっこりと笑ってみせました。やっととれた予約だったのに。残念だわ。今のところぴんとこないもの。それともこれから何かが変わるのかしら。そう言って近藤さんはまたいたずらっぽく唇をとがらせて、それから紅茶に口をつけました。

土曜日。今から三ヵ月前の、すごくよく晴れた春の日の、土曜日の午後三時。あの瞬間がなかったら、そしてあの女じゃなかったら、わたしはそんな先生に会ったことも近藤さんのことを思いだすこともなかったと思います。けれど、色違いで何足も並んだわたしのレペットと、丁寧に履きこんだ夫の靴がいくつか並んだわたしの家の、そう、お気に入りのテラコッタ、それも敷きつめたときに全体がどんな色合いになるかと考えてひとつひとつを注意深く選んではめこんでつくった、このわたしの玄関にあらわれた女をみたときに、その言葉が突然やってきたのでした。悪魔がきたかと思いました。もちろん口になんか出しませんでしたけれど、あの女をひと目みたとき、頭の中のどこか暗くてへこんだ部分にいる誰かに読みあげられるみたいにしてあの言葉がやってきたのです。女の、けれど決して高くはない中低音のはっきりとした声で、それは間違いようのない発音でした。悪魔がきたかと思いました。小柄で、おとなしい感じ。いわゆる人の目をぱっと惹きつけるような種類の美人というのではないけれど、ぱっとみただけでも印象に残るほどの長さがあるまつ毛は伏し目になったときにはどこか男好きのする感じがしましたし、横に大きく開いた唇の厚み、そしてそこから覗いた大粒の歯の並びの良さをみたときにわたしは反射的に苛立ちを覚えました。子どもの頃に親が金をかけて矯正でもさせたのでしょう。目の動かしかたや会釈のしかた、人の目がしっかりと意識された不自然なくらいにしゃんとした姿勢のよさ、声の張りひとつとっても、そこには美人でも不美人でもない女に特有の努力のあとがみてとれました。上質で、明るい匂いのするものだけを自分のまわりに集めて、それを心の底から楽しんでいるようなそんなふりをもう何年も何年もやりつづけてきて、まわりの人間や自分自身にそれを内側からおのずとあふれてくる自信だと思い込ませることに成功していると安心している、わたしの目の前にあらわれたのはそんな女でした。この数ヵ月、平日も休日も関係なく断続的にやってきては知らない人間と一緒になってまるで土足のままであがりこみ、家中のあらゆる場所にきたない痕をつけてゆく――電話口でその声を聴くのもうんざりする、このろくでもないいつもの不動産屋の男に連れられて、その女はわたしの家を値踏みしにきたのです。

「こういう感じ。わたし漠然としたあこがれがあって、とくにポーチ。すごくいいですね」

女はお邪魔しますといって頭を下げつつ、わたしの目をみたままほほえんで言いました。それは意外ですねえ。リクエストいただいていた感じとずいぶん違うので、意外です。こういう可愛らしい感じのお宅もお好みなんですねえ、やっ、広がりますねえ。不動産屋の男がもともとしまりのない口元をさらにだらけさせた表情であいづちをうち、こちらが奥様です、とわたしを紹介しました。どうも、とわたしは会釈して、どうぞ、とスリッパを手で示してからリビングのほうへ歩いていきました。

家なんか普通にみてまわればだいたいのことはわかるのですから、わたしは相手に何か質問されない限り自分から話しかけることはしませんでした。一日でも早く、そして少しでもいい値段で売りたい場合だったら、設計事務所は外苑前のあの庭が有名なレストランを手がけたイギリスの方がいらっしゃるところにお願いしてとか、やっぱりこれからは素材だから壁と天井だけじゃなくてクロゼットの中まですべて漆喰にこだわったんですとか、季節によってこの部屋の日当たりがどうでこのあたりがどれだけ静かだとか、キッチンの食洗機はドイツのミーレでとても丈夫ですごく便利だとか、そんなどうとでもとれるようなことをあれこれ積みあげてアピールすることもあるんでしょうけれど、わたしの場合はまるで違います。どれだけの手間と愛情をかけてこの家を今のかたちにまでつくりあげ、あたため、好きになり、そしてそのすべてのことを大切に思ってきたかということを見ず知らずの誰かに自分から教えてやるつもりなど微塵もありませんでした。そう、わたしの場合はまるで違う。なにしろ追い出されるのですから。

ドアも、壁の色も、この出窓のこのスペースも、いいですねえ。ダイニングがこんなに広いとたっぷりしたテーブルが入りますね。わたし、一枚板のテーブル置くの、ちょっと夢なんですよねえ。調子よくため息をつきながらダイニングとキッチンをみて大げさに感心してみせる女の少し後を歩きながら、いいですねえってそんなもの、ぜんぶいいに決まっているじゃないの。適当なことを適当に言わないでちょうだい。わたしは胸の中で何度も舌打ちをしました。

それにしてもこの女は何なのでしょう。持っている鞄や着ている服はべつにたいしたものじゃないし、年齢も、みればみるほどよくわかりません。だいたい内見に女がひとりで来るのは珍しいことです。今日は土曜日ですし、旦那がいるなら一緒に来ますし、そうでない場合は親が同伴したり、とにかく身内で連れ立ってくるのが一般的なのです（そんなどうでもいいようなことをわたしはこの数ヵ月で学びました）。そう、内見に女がひとりでやってくるというのはまずないこと。中古とはいえ、まさかひとりで一軒家を買うようにはみえませんし、いくらローンを組むといったって一億円を大きく超える家を買うにはさすがに若すぎる気がしました。でもわかりません。今日は都合がつかなかっただけで、旦那さんがまとまったお金を出すのかもしれません。わたしの場合がそうだったように。それとも、親かもしれない。いや、きっとそうなんでしょう。しかしもし仮にそうだとしたら旦那さんはともかくとして親ならついてくるはずでした。金だけ出して口を出さない親なんて存在しないのですから。

普通なら、売る側だって、売りたい相手とそうでない相手の意思表示はできますし、基本的な相手の素性についてもあまりに立ち入ったことでもない限りはそれとなく教えてくれるものらしいのです。売りたい人がいて、買いたい人がいて、そのあいだをとりもって少なくない手数料をとる業者がいて、みんながそれぞれ対等であるような感じにおいては。でも今回は違います。わたしたちにそんなことをいちいち確認したり、決めたり、あるいは求めたりする権利のようなそんなものは、はじめから存在しない雰囲気でした。夫の会社が破産して、倒産ということになって、まで、大きな声で笑われそうな状況でした。そんなことを言うと呆れた顔だローンが残っているこの家を売却することになりました。もちろん、ふつうの売り方ではない、任意なんとかという方法で。わたしの家の値段を決めるのも、これからわたしの代わりにここに住む人間を決めるのも、この家を建てて数年のあいだ愛情をもって生活をしたわたしたちではなく、この家をみたこともなく一度も足を踏み入れたこともない、どこかの見知らぬ誰か——いや、それはべつに誰かである必要もない、何かなのです。

駄目になるまではあっというまでした。坂を転がるようにとはよくいいますけれど、それだったら痛みであれ恐怖であれ何かしら感覚があるだけましだったかもしれませんが、わたしには転がってぶつかるための地面もないような具合でした。気がつけば何もみえないし何にも触れられない巨大な空白のなかに、ぽつんと浮かんでいるひと粒の小豆になったみたいでした。調子に乗って家なんか建てるからこんなことになるんだと家にやってくる人間、電話をかけてくる人間、こちらをみてにっこりと挨拶をしてくる近所の人間、ただすれ違うだけの顔見知りの人間、そしてもう長く会ってない人間にまで——彼らは顔にも口にも出しませんけど、でもその全員にざまあみろと笑われているような気がしました。

夫は——そしてわたしも、もともと無口なほうで、わたしたちが家で仕事の話をすることはめったにありませんでした。会社の経理にまつわることはすべて会社の人間がやっていましたし、わたしはそういったことにいっさい興味がもてない質でした。資産運用や株や色々なことを夫がやっているのは知っていましたけれど、それはあくまでも夫が仕事でやっていることでしかなく、わたしとわたしの家には関係のないことでした。ローンの返済分や保険料が引かれたあとの残高で、わたしは毎月の生活を、ただそのときそのときをこなしているだけでした。ふつうに過ごした今日がそのまま明日になってそれが積みかさなるだけで気がつけば一年が経っているのです。

夫が独立するまえ、まだ勤め人だったときでもお金が足りなくて困ったというようなことは覚えている限り一度もありませんでしたし、わたしたちには子どもがいませんでしたし、贅沢をしているつもりもありませんでした。お金の遣い道を夫はうるさく言う人ではありませんでした。夫の様子やわたしへの態度をみてると仕事はいつも順調であるようにみえていましたし、何の不安もなかったのです。ずいぶん長く住んだ、夫の父親が残した家を六年前に処分して（わたしはこの灰色の瓦屋根の日本家屋がほんとうに嫌いでした）、この家を建てることになったときも、その手続きのすべては夫と夫の会社が請け負って、わたしはといえば、ただ紹介された建築家と顔をあわせてお茶を飲み、見よう見まねで描いた間取り図をあのでもないこうでもないとひろげてみせ、それが実現可能かどうかに頭を悩ませるだけでした。

ですから、まるで親の庇護のもとにある子どものように――夫の会社と自分の家庭にいま何が起きているのか、これから起きようとしているのか、わたしは気がつかないままでした。今から思うと夫だって気がつかないままでいいと思っていたのかもしれません。だからわたしは最後まで気がつかなかったのです。家を処分しなければならなくなったとある朝、とつぜん夫に言われるまで。この国の景気が最低を這っているのだということはもちろん世間の常識としては知っていましたし、近所のちょっとした付き合いでそういう話題がでるとそれっぽく眉をひそめてみせることもありましたけれど、でもそれがじっさいのところ自分たちの身にどんなふうに降りかかってくるものなのか、そういうことを少しでも真剣に考えたことがなかったのです。毎月おなじだけ振りこまれる、わたしにとってはじゅうぶんな大きさの見慣れた数字。いきつけのアンティークショップの代金の引き落とし。丁寧に梱包されて届くガラスのドアノブ。鍵付きのものもあります。目当ての生地の購入。九州の契約農家から届けられる野菜と肉の代金の詳細。それすらもクレジットカードの明細表のこまごまとした数字上のやりとりにすぎず、わたしの生活はそういったものの繰りかえしだけでできあがっていて、何かが止まるだの、何かが失われてしまうだの、何かが終わってしまうだの――そういったことはどこかべつの世界に住んでいるどこかべつの人たちの身に起きる面倒で大変な出来事のように感じていたのだと思います。ちょうど、政治というものが現実的に重要なものなのだと頭でわかっていたとしても、でも、いつまでたっても、やっぱり自分たちの生活とはべつの次元に存在しているものにしか思えないように、政治家というものがわたしたちとおなじ人間であるとはなかなか思えないように――破産や倒産や差し押さえというものが、どんなかたちであれこのわたしの家とわたしたちの生活にかかわるなんてそんなことは思いもよらなかったのです。いったいどうやってそんなことを想像したらいいのか誰も教えてくれませんでしたし、そんな可能性が自分に結びつくなんてことは思い浮かべることすらできなかったのです。

「少女っぽいものがお好きなんですね」

女がわたしに話しかけました。はい？　ほほえんで、わたしは聞きかえしました。いえ、外観とかもそうですけど、壁紙もガラスもすごく繊細で凝ったものばかりだから。女の人ってこういうの、もう子どもの頃からずっと好きですよね。わたしも好きなんですよ、こういうテイスト。いま着てらっしゃるお洋服もラブリーな感じで素敵ですよね。すごく、そのまんまですよね。ええ、とわたしはそれだけ言って、そのあとはとくになにも言いませんでした。

女は部屋の中のありとあらゆるものをいちいち大げさに褒めてみせました。この壁紙の色がすてき。模様がすてき。シンクの高さがちょうどいいですね。タイルが外国みたいで、すてき。なぜ、この女は少しも黙っていられないのでしょう。なぜこんなにべらべらとしゃべるのでしょう。さっきから。いちいち。褒められて悪い気のする人間はいないなんてことを心から信じている、これがこの女の、人との基本的な接しかたなのでしょうか。もしかしたら日頃から人を適当に褒める癖がついてるだけで何かしらの職業病なのかもしれません。表面的にとりあえず褒めているかぎりは嫌われることもないし波風も立たないと思っていて、そういうのがしみついているのです。そういう人間って多いと思います。いえ、それともこの女は本心ではちっともいいなんて思っていなくて、わたしのことをただ馬鹿にしているだけなのかもしれませんし、あるいはわたしがいま適当に思いついたことぜんぶを思っているのかもしれません。いずれにせよ、女の大げさな反応は歯に挟まって気になってしょうがない食べかすみたいにわたしを絶えずいらいらとさせるのでした。

あの、トイレも拝見していいですか?

どうぞ。

トイレットペーパーがしまってある戸棚をあけて、広さと扉の開き具合をたしかめます。水を流す。内見者は家のなかのありとあらゆる場所を覗いてまわります。クロゼットのつくりから、パウダールームの収納棚のかたちから、食洗機のなかから、シャワーの位置、浴槽の深さ、タイルの目、納戸からつくりつけの食器棚の奥まで。ひっぱらないのはチェストの抽斗くらいのものです。満足そうにふんふん肯いてみせながら、女は頭の中のメモに何かを書きつけてゆきます。不動産屋の男があとをついて歩く。キッチンをくまなく観察したあと、勝手口を開け、ゴミ出しの様子をききます。わたしは答える。風はどうですか。入ってきます。ああ、こっちから入ってあっちに抜けてって感じですね。二階のほうに失礼しても？　どうぞ。

小さな、けれどもこだわりぬいてつくった無垢板の螺旋階段をわたしたちは無言のまま、あがってゆきます。いつも磨いていた手すりをつかむ。その光の鈍い反射をみたときには思わず胸が痛みました。女はすたすたと廊下を歩いてゆきます。寝室を拝見しても？　どうぞ。あっちはなんですか。クロゼットです。ウォークインになっていて、あちらからも入れます。あちらって？　アトリエにして使っている部屋です。そこからも入れます。何のアトリエですか？あ、あれ、大きなミシン。ええ、洋服をつくるので。女は高い声を出してそうなんですかあと驚いた。デザイナーとかしてるんですか？　あ、ひょっとしてパタンナーさんとか。いえ、これは趣味で。もともと小さいと言われる声がさらに小さくなったような気がしました。あ、ここもメルヘン調ですねえ、感じが。三角屋根がここ、生きてますね、天井が高くて。このアトリエ、いいなあ。リビングの壁紙とおそろいだ。レースいいですねえ、こんなにたくさん。趣味で洋服おつくりになるの、すごいですね。優雅な趣味。

女はわたしをみて小さく笑いました。それからくるりと向きを変えて寝室へもどり、その足どりが一階をみてまわっていたときとはずいぶん違うものになっていることにわたしは気がつきました。それはまるで勝手を知ってる自分の家の中を訪問者に案内しているような感じでした。女がわたしに家の中をひとつひとつ自慢して歩いているみたいだったのです。あ、あの小さなドアは？　女は思いだしたように指をさして小走りで寝室へ入ってゆき、ちょっとした支度室みたいなところにつながっていますとわたしは答えました。ああ、間取り図であった主婦室ってところですね。あ、ドレッサーすてき。ここも外国みたい。

朝は柔らかな太陽の陽に、夜は心地よい冷たさに満たされる、わたしだけのこの小さな部屋の絨毯のうえに、丁寧な細工が施されている鎧戸つきの窓のそばに、もうすぐここにあるぜんぶを手に入れるかもしれない女が立っています。わたしの場所に立っている。女がカーテンに手をのばしたとき、触らないでと思わず手が出そうになりました。でもわたしは動きませんでした。窓を覗きこんだ女があっと短い声をあげました。庭、花が。あれなんて花ですか？　わたしは黙ったまま返事をしませんでした。わたしにとってはこの家のすべてが誇りだったけれど、とくに念入りに手を入れていたのは庭でした。何種類ものタイムを敷きつめて、それは離れたところからみるとまるで緑が波打っているようにみえます。そこに浮かぶのはアネモネ、忘れな草、ビオラにラナンキュラスにチューリップ。どれも色が濃くなりはじめたばかり。陰になりがちな場所にはハナニラ、アジュガ、インパチエンス。それから正面のポーチまわり。

小さなものだけど、あの門を選ぶのにいったいどれだけの数をみてまわったことか。丸太だってくり抜きました。天使のレリーフのついたあのフェンスだって。もうすぐあそこはつるばらでいっぱいになるでしょう。毎年暖かくなるとかたまりになってあふれかえるのはモッコウバラ。隣にはドロシーをひっぱって、外側にはイノバラをめいっぱい。それからアイスバーグ。アクセントには気の強い顔をしたアンクルウォーター。赤いばらはこれだけで、花びらのあの指ざわりといったらほんとうにビロードかそれ以上の素晴らしさなのです。そして花には器も大切。全体のバランスを完璧にするために鉢ひとつ、コンテナひとつ選ぶのにどれだけ時間をかけたことでしょう。ベージュとピンクのちょうどあいだの色の壁にあうレンガを何週間も探しまわって花壇をつくり、それとおなじものをなだらかな曲線状にひとつひとつ地面に埋めこんで、ところどころに土を残してコニファーとラミウムを交互に丁寧に植えていったのです。何度もたしかめながらつくった世界にたったひとつのアプローチ。郵便受けも、外壁のカーヴも、外灯も、シンボルツリーのジューンベリーも、納得のいくものがみつかるまで本当に苦労したのです。大きいだけがとりえの墓石みたいに灰色で、何の考えも理想もない、ただ建設会社のカタログから適当に選んだだけの鈍い家がどこまでもごつごつ建ち並ぶなかで、いつだってそこだけは花があふれ、まるでコッツウォルズにほんの一瞬だけ迷いこんだような——そんな夢みたいな空間を、子どもの頃からあこがれていた自分だけの場所を、わたしはここにつくりあげたのでした。

「気にいっちゃったなあ。すごく。買っちゃおうかな」

ひととおりをチェックし終わった女は満足気な顔をしてため息をついて、お邪魔しますと言いながらリビングのソファに深く座って、すっごい心地いいですねえ、と体を少し弾ませながら不動産屋の男にそう言いました。気に入ってもらえてわたしたちもうれしいです、と不動産屋の男は得意げな笑顔で言いました。わたしたち、と男は言いました。女はすぐそばにある飾り棚をちらっと眺めてからほほえみ、そこには夫とわたしが肩を寄せあってしあわせそうに笑っている写真がありました。それは去年の結婚記念日に、お気に入りのステーキレストランで撮ってもらったもの。去年。夫とわたしが笑っていたとき。一瞬、喉のあたりに何かが突き刺さる感覚がしてわたしは思わず壁によりかかり、こめかみを指で強く押さえて首のあたりにこみあげて渦巻いているものが小さくなるのをじっと待つしかありませんでした。買っちゃおうかな。女が言います。わたしはその言葉を頭の中で繰りかえしました。買っちゃおうかな。わたしは思わず笑ってしまいそうになりました。ぶっと唾を吹きだして、大きな声で笑ってやりたくなりました。でももちろんじっさいには笑いもしませんでしたし、壁によりかかったままでわたしは何も言いませんでした。気に入っちゃったなあ。こういう庭のある可愛らしい家、暮らしが豊かになりそう。花がいっぱいで、なんか大島弓子みたいだし。女は悩ましそうな笑顔をつくってひとりごとみたいにそう言いました。わたしは腕を組んだまま、まだ目をつむっていました。ねえ、買っちゃおうかなって。ねえ、いいけどそれはどうやって。大島何か知らないけど、あなたがどれだけお金を持ってるのか知らないけど、今の今までここにこんな家があることも知らなかったあなたが、不動産屋で適当な条件を入れてそれでここをたまたまみつけただけのあなたが、ばらが毎年きれいに咲くためには、庭がいつも緑色をしているためには、手入れというものが必要だってことすら知らないようなあなたが、コーラーのホーローのシンクにもモリスのテキスタイルにもローラ・アシュレイの生地にもジェイムズのワックスにも何の興味も関心もないあなたが、この家のことをメルヘンなんて単語でひとくくりにしかできないあなたが、わたしの家を、わたしのこれまでの時間を、わたしの人生に何にもひとつも微塵も関係のないあなたが、いったいどうやってこれを買うって言うのよ。どうやって手に入れるっていうの。買うって何なの。どういうことなの。さっきから何を言ってるの。そもそもあなたたち、いったい誰なのですか。

女はわたしに礼を言い、不動産屋の男はのちほどまたご連絡いたしますと会釈して、ふたりは車で帰ってゆきました。部屋にもどって壁にかかった時計をみると、ちょうど五時になったばかりでした。春の深まったこの時期のこの時間帯は、小さな花たちを独特の靄でつつんで幻想的に浮かびあがらせます。まるでモネの描く植物の色のなかに入りこんでしまったような気持ちになります。わたしはリビングのいちばん左端の窓辺からそれを眺めるのが好きでした。三角屋根の、手入れのゆきとどいたひかえめな花々に囲まれたひとつの家の、だんだん濃くなってゆく緑の庭ごしにみえる小さな窓から覗く自分の姿を思い浮かべるのも好きでした。少しずつ沈んでゆく薄闇に、音もなくふりつもるようなやさしい夜の匂いに、緑や白い花びらや家そのものがその輪郭をひっそりと溶かしてゆくのを、飽きもせず、わたしはいつまでも眺めていることができました。

こうしてわたしの家は、あっけなくあの女のものになったのです。

かまぼこの板。乾いています。ささくれだったダンボールの角。黒ずんでいます。低反発だとうたっているけど靴底みたいに固いマット。トイレットペーパーの芯。横になったまま窓の向こうに垂れさがった電線のたるみをぼんやり眺めて、トイレットペーパーの芯、とわたしは思いました。夫の知り合いが管理している家具付きのウィークリーマンションの一室で、目にみえる物の中から今の自分はどれにいちばん近いだろうとそんなことを考えていたのです。

食器と洋服だけはほとんど持ち出すことができましたけれど、ずいぶん昔の、捨てていなかったのが不思議なくらいにくたびれて袖と脇のあたりの生地がこすれて薄くなって毛玉のういたサマーセーターをわたしはもう何日も着たままで、ここに寝泊まりをするようになってからもう三週間が経とうとしていました。

家財道具はそのまま置いてきました。というよりは置いてくるより仕方がなかったのです。不動産屋がまず売値を提示して、女もそれに納得したのですが、しかしそれでは足りないと——裁判所なのか銀行なのか債権を扱っている管理会社なのかは知らないけれど、べつのところからそんな申し立てがあって、最終的にかなり値段があがることになったのです。それで再びの交渉に時間がかかり、売買が成立して明け渡しの日程が決まるまでわたしたちは待つことになりました。けれど待っているあいだはこれまでと変わらず家にいることができたので、このまま永久にはっきりしなければ、何となくわたしたちはそのままの生活を続けてゆけるんじゃないかという思いが一瞬よぎったのですけれど、もちろんそんなことはありませんでした。女はよほど気にいったのか、はじめの提示より千三百万上乗せされた金額でかまわないと返事をして、そのかわりに家財道具一式を買い取る権利がほしいという条件をだしました。家具の値段はまたあらためて。もちろんまとめて買うのだからそのぶんは考慮してもらえるとうれしいですね、とつけ加えて。これは双方にとって都合のいい話だったらしく、けっきょくわたしの家はほとんどそのまま保存されて値段がつけられ、ただそこで生活する人間だけが入れ替わるかたちになりました。

おなじドア、おなじテーブル、おなじ壁、おなじ庭、おなじ飾り棚におなじ椅子。わたしのあの家で女はそのままわたしになりました。ことの顚末をきいたとき、なぜそんなことを承知したのかと――おそらくこの二十年で初めて、わたしは夫につめよりました。承知したわけじゃないけど、もう仕方ないだろうと夫は疲れた顔で言いました。どっちにしたって家具だって売って金にしなけりゃならないんだから。業者が入るとそのぶん金がかかるんだ。それは説明でも説得でも意見でもありませんでしたし、もちろん慰めでもなければ会話でもありませんでした。倉庫か何かを借りて、また生活が持ち直してつぎのちゃんとした場所に越すときまで保管しておくことは無理だったのかとわたしはほとんど泣きそうになって問いただしました。けれど夫は、衣類や食器や細々したもので精一杯だったろう、それに、家を出た時点で家具はもう俺たちのものじゃなくなったんだよと静かに言い、わたしはそれでも黙ることができませんでした。あのな、これから大変なんだよ。電気を消してから一時間以上も責めつづけたわたしに夫がぽつりと言いました。こんな風に誰かにむかって言葉をぶつけたことなんてありませんでしたから、あとからあとからやってくる得体の知れない興奮にうかされて、しかしわたしはそれをどうすることもできませんでした。やがてわたしが何を言っても夫はもう返事をしなくなり、何もかもに置き去りにされ、暗闇がのしかかり、わたしはぺらぺらの夏布団を頭からかぶってどこまでも覆いかぶさってくる湿り気のなかで息を少しずつ吐きながら、明け方まで泣きつづけました。

契約が成立して家を追い出されて、ここにやってくるまでの記憶は思いだそうとすればするほどまばらに散らばってしまって、近所にどんな言いわけと挨拶をしたのか、逃げるように立ち去ったのかそれとも堂々と何かしらの嘘をついてみせたのか。どんな順序で何をどこにつめていったのか、あのときどんなものを食べていたのか、何時に眠って何時に起きていたのか、何もかもがはっきりしませんでした。知らないあいだに夫の車は国産の中古車に変わっていました。知り合いがしばらく使ってくれよと置いていってくれたんだと言っていたような気がします。あのあいだ、夫はどこにいたのでしょう。あのあわただしい数日間は――いえ、数週間？　それすらもよくわからない――いったい誰がはじめて、誰がいつ終わらせたのでしょう？　いえ、あれはほんとうに終わったのでしょうか？　冷静になって考えてみると、じっさいに何もかもの後始末をしたのは夫以外には考えられないのですけれど、あの期間にまともに顔をあわせて言葉を交わした覚えも、これからのことを話しあった記憶もまるでないのです。ふたりとも何をしていたのでしょう？　たしかにそこにいたのに、眠っていたわけでもないのに、現実に手も足も動いていたのに、そのあまりに漠然とした記憶の手触りは子どもの頃のことを思いだすときの寄る辺ない、なにかがとめどもなく漏れだしてゆくようなあの感覚にとても似ているような気がしました。何もかもとても束ねていられないあの感じ。わたしはどんなふうにあの時期を過ごして、それでどうやってここに来たのでしょう。

そうだ、さすがにベッドは処分しますね、です。女がわたしにそう言ったことは覚えています。まだ家を明け渡すまえの、あれは玄関先でのことでした。時間がずれたせいでほんの一瞬、わたしたちは顔をあわせたのです。にこやかな挨拶のあとで、あの女ははっきりそう言いました。先方様には今回の事情についてはいっさいお話ししていませんから。ご安心くださいね、とでも言うように不動産屋の男はわたしに恩着せがましく言いましたがそんなの嘘に決まっています。あのときのあの女の目。わたしを一瞥したあの感じは、こちらが知られたくないと思っていることのあらかたを知っていて同情してみせて、そしてその同情を押しつけない程度の思いやりには満ちている——そんな自分にうっとりしている人間の目でした。破産して、すべてを置いて体ひとつで追い出されるしかなかったことも、そして目のまえの女にこれから起きること、あるいはもう何も起きはしないこと——あんな年で無一文になって、破産した年老いた夫とこのさきみじめたらしい暮らしをしていくしかないということも、あれは何もかもを知っている目でした。これまでの人生の選択や積みかさねにそれなりの価値があると信じていたのはおめでたい本人たちだけで、けっきょくはこのざま。買い手だってつきそうにない、いわくつきの、少女趣味の縁起でもない家をこのわたしが——それもあなたの娘ほどの若さの女が——拾ってやったのだというようなそんな優越感に満ちていました。

おおきなつばのついた日除け帽子を目深にかぶり、肩からさげたショルダーバッグの持ち手を握りしめ、電車を二度乗り換えて片道に一時間かけて、わたしはわたしの家へ向かいました。これでもう四度目になります。目をあけているだけで全身から汗が吹き出してくるような暑さで、こんな真昼間から外で立ち話する人間は幸いなことにひとりもみあたりませんでした。道路も家も夏の光に真っ白に光り、家だけを残して人間はみな消滅してしまったのじゃないかというぐらいにあたりは静まりかえっていました。夏の午後。わたしは道路を隔てて家の斜め向かいにある小さな公園のベンチに腰をおろし、わたしの家をじっと眺めました。すかかになった藤棚がかろうじてつくる陰のなかで座って、わたしはただずうっと家を眺めるだけでした。ときどき風が吹いてすぐ近くで木が揺れる音がすると、わたしの門の脇に生えたジューンベリーも大きく体を揺らすのがみえました。その後ろの何とも言えない色合いの壁。大好きな色。わたしも塗るのを手伝いました。三角屋根に四角い小さな窓。あふれる緑。花たち。何もかもがそのままでした。

喉が渇くとそこから歩いて二十分ほどのところにあるコンビニへ行って飲み物を買ってベンチにもどってゆっくりと飲み、けっきょく自転車が数台と背の曲がった老婆がゆっくりと道路を歩いていっただけで、ほかには誰もみませんでした。

あの家は女がひとりで購入したということでした。ちょうど二週間まえ、わたしたちのあいだにひさしぶりに家の話題がでたときのことです。布団に寝転んでいたわたしは思わず体を起こして夫をみました。まともに夫の顔を真正面からみるのはどれくらいぶりだったでしょう。どす黒い顔色をして十も二十も急激に老けこんだようにみえました。ひとりで？　住んでるのもひとりなの？　そうらしいよ。いったい何をしている人なの。作詞家だって話だったよ。作詞家？　歌の歌詞？　そうだろ、そう聞いたよ。有名な人ってこと？　なぜだか胸がどきどきしました。詳しいことは知らないけど、そうなんじゃないのか。夫はテレビのほうを向いて興味なさそうな声で言いました。歌詞を書くのってそんなに儲かるものなの？　それは人によるだろう。あの、かい、怪盗なんだっけ、なんとかっていう、おまえもきいたことあるだろ、あの怪盗なんとかって売れてるグループの専属みたいな話だったな。そうなの。じゃあすごいお金持ちね。まだ若いのに。すごいわね。三十一とか言ってたな。まあ才能と印税生活に年は関係ないからな。話はそこで途切れました。

気がつくと蟬の声があたりいっぱいに満ちていて、ゆるみきったペットボトルを握りしめながら、わたしのアトリエで机に向かっている女を思い浮かべました。右手の窓からは少し離れた場所にある小さな林がみえます。この時季には縦にのびたうすい黄緑色のラインがいつも涼しげに揺れているはずでした。夕方になると近所の教会の鐘がうっすらと響きはじめ、その音が聞こえたらわたしは手を止めて下に降りてゆき、お人形みたいなメジューエワの弾くモーツアルトを小さく絞った音量で流しながら丁寧に料理をするのです。

作詞家というものがどんな生活をしているのか見当もつきませんでしたけれど、この二週間、わたしは女を一度もみかけませんでした。まるっこい形をしたおもちゃみたいな赤のアルファロメオが――あれはたぶんそうだと思います、少しまえまで夫の白いベンツがあった場所に停めてありました。わたしがそこにいた数時間のあいだには郵便局のバイクがやってきて配達人がポストに郵便物を入れるのを何度かみただけで、家からは誰も出てこなかったし訪ねてくる人もいませんでした。これまでの三度とも。

ずっと家にいるのでしょうか。駅へ行くにもスーパーへ買い出しに行くにも、ここからだと歩いてゆくにはちょっとした距離がありますからでかけるなら車に乗ってゆくはずです。でもポーチには自転車もみあたりません。自転車に乗る習慣はないのでしょうか。でも、なんといってもこの暑さですし、用事は午前中に済ませてしまってそれからはずっと家の中にいるのかもしれない。それとも昼夜が逆転していて日が沈んでから活動をするような生活なのかもしれません。よくわからないけど作家というのは夜中に起きて仕事をしているイメージがあるような気がしますし。でもあの女は作詞家で、作家というのとは違います。そういうのとは根本的に違います。作詞家というのはただ曲に歌詞をつける仕事で、本なんかにくらべて短いし、たいした内容のある仕事であるようには思えませんでした。おなじ音楽でも曲を作ることに比べると全然らくに決まっています。おなじことを繰りかえすところも多いのだし、基本的に単純な感じがします。何というか、仕事として。売れているものなんてどれもこれも似たりよったりの歌詞だもの。何か知らないけれど、曲が売れて女に印税が入ってくるのだって、あの女の書いた歌詞に価値があるからというわけでは決してないでしょう。夢とか愛とか希望とかそういうキーワードを適当に組み合わせて、脳みそのかわりに頭に綿菓子をつめてるような十代の少女たちが歌って踊りさえすればなんだっていいのです。誰もそんな子どもたちが歌っている歌詞なんて聴いていないし気にとめているはずもありません。ほかの曲の歌詞をべつの曲に入れ替えたって、聴いている客はもちろん歌っている側だって気づかないぐらいの価値しかないに決まっているのです。そんなの、ただの添え物に過ぎないのですから。ないとものたりない程度のもの。あの女はじょうずにやってそういうポジションを手に入れただけのこと。適当な商売なのです。すごく安っぽい。あの女がわたしの家を手に入れたのは実力なんかじゃありません。ましてや才能なんかであるわけない。プロデューサーとか事務所の関係者かなんだか知らないけどきっとそういう権力のある人間に取りいってお付きの作詞家でいさせてもらっているにすぎないのです。我が身がいちばんで、気ままにやってきた独身の女の典型。あの女をはじめてみたときに見抜いたあのいやらしさはそういうこと。そうやってあの女はわたしの家を手に入れたのです。

足下に目をやると乾いた地面が削れて表面とは違う色の土がみえていました。知らないあいだにかかとでほじくりだしていたみたいです。ペットボトルの中身を一口飲んで、腕時計をみるとちょうど四時になるところでした。まだまだ日は高いままで涼しくなる気配はどこにもありませんでした。わたしはため息をつきました。まだ二時間しか経っていないのが不思議でした。もう何時間も、いえ、もうずっと何日も——このベンチに座ってわたしはわたしの家を眺めているような気持ちでした。もうずっと長いあいだこうしているみたいでした。汗があとからあとから噴きだして、額や首筋をぬぐいつづけたハンカチは湿って暗く変色し、少し陰になっているとはいえ、ここに座っているのは苦痛でした。けれどほかに行くところはどこにもありませんでした。敷いたままになっているウィークリーマンションの布団の柄がふと頭をよぎります。低い天井。戸棚のちゃちなマグネット。ビニル加工された床。いえ、あんなのは床じゃありません。黒ずんだサン。黄ばんだ浴槽。疲れたクロス。創意のかけらもないすべて。転がっているのはトイレットペーパーの芯。わたしはとっさにそれを握りつぶしました。あそこはわたしの場所じゃない。あれは本当のわたしと何の関係もない場所なのです。

フェンスの地がみえないくらいに見事に咲き乱れたアイスバーグがみえます。わたしがいなくても去年とおなじように咲いているばらたちがけなげでした。大丈夫よとわたしに心配をかけまいと、安心させたい一心で彼女たちは一生懸命に咲いているようにみえました。そう思うと胸が苦しくなりました。ここからはみえないけれど、あっちのツユクサやクチナシたちもおなじようにちゃんと咲いているのでしょうか。あそこは日の当たりにむらがあるから水の加減が難しいのに。みなちゃんと無事に花を咲かせているのでしょうか。あの女はきちんとやっているのでしょうか。さすがに水ぐらいはやっているでしょうけれど、でもそれだってどうかわかりません。少なくともこの三度とも夕方に水をやっている気配はありません。思いついたときだけ、適当にやっているに違いない。そういう感じです。あの女はそういう感じでした。ここから眺めているだけでわかります。夏は朝夕にたっぷりやるのが基本なのに。わたしのばら。わたしの花たち。可愛い大切な花たち。花たちと暮らしてゆくのは簡単なことじゃありません。犬や猫といったペットよりも、考えようによると大変だっていえるかもしれない。すてきなわたしのお花畑。みんな、苦しくない？　淋しくない？　あなたたちに口があれば、足があれば、今ごろ総出でわたしのところに来てるわね。わたしと一緒に来たわよね。誰があんな女のところにいるもんですか。でも今はあの女と一緒にいるしかない。どうしたらいいんでしょう。わたしの家。わたしの庭。どうしたら。

そのとき、玄関の扉がひらくのがみえました。とつぜんのことでした。ハンカチを握りしめたままわたしの家を凝視しているわたしの目の中で、これまでぴくりとも動かなかったわたしの家が思わず身震いをしたようでわたしはとっさに身を低くしました。女でした。紺色のワンピースを着て手に赤いバッグを持った、中から出てきたのはあの女でした。鍵をしめ、何度かノブをまわしてきちんとかかったことを確かめると、車には乗らないで歩きだしました。耳の中が痛くなるほど勢いよく鼓動が脈打って、しばらくわたしはそのままの姿勢で動けませんでした。女はもちろんこちらには気づきもせず、門を出ると駅のほうへつづく道をまっすぐに歩いてゆきました。女が視界から消えるとわたしはおそるおそる立ちあがり、それから公園の低いフェンスがあるところまで早足に移動して、木の陰から女が歩いて行ったほうをみました。女はいままさに角を曲がろうとするところでした。

わたしはベンチにもどって呼吸を整え、しばらくそのままの姿勢でじっとしていました。ハンカチで首のうしろをぬぐってから目を押さえ、それから大きく息を吐きました。音がするほど大きく。そしてわたしの家をまっすぐにみつめました。今しかない、とわたしは思いました。そして言葉にしてそう思ったとたん、胸がまたどくどくと激しい音を鳴らしはじめ、その音があまりに大きいので手をあてると表面がじっさいに細かく波打っているように感じられるのでした。

今しかない。そう、今しかない。でも何が今しかないの。わからない。わかりませんでした。でも今、あの女はわたしの家にいない。そう、女がわたしの家にいないのが、今しかないのです。わかった。女が家にいないのが今しかないのはわかったけれど、それでわたしは今しかないこの今にいったい何をするべきなのでしょうか？　何を？　いえ、それより、何ができるの？　というより、何がしたいの。何がしたいのよ。何がしたいって、何がしたいって、それは、わたしはもう一度わたしのあの家をとりもどしたいの。とりもどすって、どういうこと。住むってこと？　そんなのどうやって。わからない。全然わからない。でも何がしたいのってきかれたら、わたしの望みはそれだけだもの。元にもどりたいの。元にもどりたい。今までの生活にもどりたい。あれはわたしの家なのだもの。みて、あれはわたしがつくった庭、わたしが育てあげた花たち、わたしがつくりあげたあれはわたしの家なのだもの。お金とか土地とか権利とかそういうことじゃなくて、そういうことじゃなくて、あれはわたしの家なのよ。所有権とか売却とか法律とかそんなこととはべつに、そういうかたくてこわいものごととはべつに、あそこにあるのはどうしたってわたしの家なんだもの。何もひとつも変わらずにあそこにあるのだもの。そう、それはたとえば、そう、子どもに置き換えたらどうかしら。わかりやすいのじゃないかしら。すごく納得できることだと思います。引き裂かれても、会えなくても、一度生んだ子どもは子どもだというとわかりやすいのだと思います。表向きがいくら変わったって変わらない部分ってあるでしょう。そういう部分が。どういう事情があったって、変えようのない事実が。人がどう思おうと、誰も理解してくれなくても、そういう部分というものはどうしようもなくあって、それとおんなじことだと思います。あれはわたし、わたしの家だと思う。わたしの家って言ってもいいと思う。みてよ、全部そのままだもの。わたしの家のままだもの。

わたしは公園を出てゆっくりと道路をわたり、ポーチに立ちました。門まで歩いてノブをまわして中に入るとやはり土は乾いていました。この時季はうっかりすると泡みたいに増えてくるタイムもまったく元気がありません。触るとくたっとしていて緑の波が暗くなって沈んでいます。水が足りていないのです。玄関の脇を抜けてわたしは裏手にまわりました。キキョウはその小さな頭を垂れて茎からはちからが失われ、デルフィニウムは支えあってかろうじてこの暑さを耐えているという感じでした。元気なのはワイルドストロベリーとアイビーだけというありさま。

隅のほうに放ったらかしにされていたホースを水道の口にはめて蛇口をひねって水をやりました。たっぷり、たっぷりの水を。水を与えられた土は一瞬で黒くなり、土ほんらいの匂いを一斉に醸しだして、わたしは目を閉じて、深く深く息を吸いこみました。夏の、土の緑の草の、植物の花の、それはよく知っている匂いでした。わたしがよく知っている匂いでした。充満する。鼻腔で、肺で、わたしは時間をかけて熱気を吸いこんでその匂いと流れを味わいました。そこに漂っているものをゆっくりとわたしの中にとり込んで、満たして、それからじゅうぶんな時間をかけて外にだしてやり、ホースの先をつまんで何度も上へ下へ水をやり、そこにあるすべてを濡らしてやりました。

やってもやっても土は水を吸いつづけました。じゅうぶんなだけ水をやると、終わった花をつまんでまとめ、草や寄せ植えの鉢の中の葉の変色した部分をちぎり、物置の横の専用のゴミ入れに捨てました。ついでに固形肥料の入った袋を手にとってひとつひとつを土に埋め、少し迷ってからもう一度、大型のじょうろをとりに物置へもどって水を溜めてからそこにハイポネックスを入れて、すべての花と葉と草にまんべんなくふりかけました。

それだけやってしまうと庭は息を吹きかえしたようにみえました。

わたしは小さなテラスに腰かけ、夏の庭、水と光に鮮やかに輝くわたしのお花畑を眺めました。心ゆくまでその匂いと色を楽しんでから、いつものようにホースをくるくると巻いて片づけ、丁寧に手を洗ってからもう一度、テラスに腰を下ろして庭をじっくりとみました。このテラス。ここからみえる緑の濃淡のこのバランス。木と木のつなぎ目を指先でやさしくなぞりながら胸の底からため息をつき、心なしかやわらいだ日差しのなかで葉や花びらについた水滴がそこらじゅうできらきらと光ってみえました。いくら眺めていても飽きません。でも、そろそろ教会の鐘が聞こえてくる頃。キッチンへ行くためにわたしはサンダルを脱ぎ、後ろ向きに座ったままガラス戸の取手に手をやりました。よっこらしょっと声をだして腰を持ちあげて立ちあがり、それから最後にゆっくりと顔をガラスのほうへ向けると、そこに女の顔がありました。

ガラスがなければ鼻が触れてしまうくらいの距離で、女とわたしはみつめあっていました。鏡をみるようにわたしたちは顔を合わせ、しかしそれぞれの目に映っているのはそれぞれの自分ではありませんでした。何秒のあいだそのままの姿勢でいたのかわかりません。とっさに何を考えたのかもわかりませんし、息をしていたのかどうかだって定かじゃありません。ただみつめあっているそのあいだ、頭の中にはまったくいっさいの音もせず、女はぴくりとも動かず瞬きもせず、わたしから決して目をそらそうとはしませんでした。女の目はわたしの目をじっとみつめたまま、するするとガラス戸だけがそのあいだをすべってゆき、今度はガラスなしでみつめあいました。目も鼻も口もおなじくらいの高さにあり、人間の顔をこんな近さでこんなに長いあいだ凝視したことなんてありませんでした。思いきってなんとか口元に視線をずらしてみると口角が少し上向きにひっぱられているようにみえ、笑っている、とわたしは思いました。

「入れば」

女はわたしの目をみたまま静かな声でそう言いました。その声はわたしが記憶していた女のものよりも低く、けれどそれはどこかで聴いたことのある声で、どこかで知っている声で、わたしはすぐに思いだしました。それはこの女をはじめてみたときに頭の中で読みあげられるようにして聞こえた、あの声でした。あの声です。なぜか息をしていることを気づかれないように鼻で呼吸を繰りかえすわたしは女に言われるまま引き寄せられるようにしてリビングへ入ってゆきました。

「どう、ですか。生活は」

わたしは爪をいじりながら女から少し離れた――ちょうど飾り棚のでっぱりのあたりに突っ立ったまま、そんなことを口にしていました。女は口元に奇妙な笑みを浮かべてわたしをじっとみて、それには返事しませんでした。

「何の用ですか？」

いえ、わたしは今回この近くに用事があって、それでたまたま通りかかっただけで、インターホンを鳴らしたらお留守みたいだったので、それでちょっと覗いてみたら庭が全体的に乾いている感じだったのでせっかくだから水をやってみただけなんです、という嘘を反射的に吐いてしまいそうになったけれど、それを遮るように女が言いました。

「先週から何ですか。気味が悪いんですけど。何しに来てるんですか」

わたしは何も言えなくなってうつむきました。女の足の指には赤に近いピンク色が塗られていて、小指には爪がほとんどありませんでした。

「この暑さの中であんなところでよく何時間もいられますね」

「あそこ、藤棚があって」妙にかすれた声になったので咳払いをひとつして、陰になってるところもあるので、と付けたしたかったけれど、女はまたわたしの言葉を押しのけるように鼻から大きなため息をついてみせました。

「気持ちはわかりますよ」と女は言いました。「これまで主婦で、家にずっといて、それで旦那が破産しておそろいで行くところがなくなって、そんなことになったらそりゃ少しくらいはおかしくなるとは思いますよ」

わたしはうつむいたまま、女の爪のない足の小指をみつめていました。

「こういう現実を受け止められないのはけっこう普通だと思いますよ。主婦にとって家ってなんていうか、アイデンティティみたいなものなんでしょ。人によるとは思うけど、あなたにとってここがぜんぶだってことはひと目みればわかりますし。それを目の前でとられてしまうのは酷だとは思いますよ。それで、あなた納得がいかないんでしょ？　この一連のことにたいして？」

はい、という感じでわたしは肯きました。

「ここでの生活のことが忘れられなくて、何かの間違いであってほしいって気持ちで、それで来ちゃうんでしょ。用もないのに」

はい、という感じでわたしはまた肯きました。

「思い出もいっぱいつまってて愛情も注げるだけ注いできた家をとつぜん追い出されて、それも自分の知らないところで物事がどんどん進んじゃってた結果で、それで気がつけば自分のすべてだった場所にまったく関係のない人間が住んでいる。わけわかんないですよね」

わたしはただ黙ってそのとおりだという顔で肯きました。

「でも誰かに飼われるっていうのはそういうことも込み込みなんだってこと、あなたはこれまで一度も考えなかったんですか？」

「飼われる？」わたしは聞きなおしました。

「はい」と女は言いました。「言い方は悪いかもしれないけど、でも内容はそういうことですよね。だってあなた無職なんでしょう。誰かの金で生かしてもらってきたんでしょう、これまでの人生。契約のときにあなたの旦那がそう言ってましたけど。極端な話、ペットと何が違うのかなあってわたし思うんですよね。それで飼い主がだめになったらどうしようもなくなっちゃって、それでいまこんなことになっているんじゃないんですか？　犬とか子どもだったらまあしょうがないでしょうけど、あなたは立派な大人──っていうかもうそういう時期も通り越してるとは思いますけど、そういう時期もあったわけですよね。立派な大人だった時期が。──これまで何して生きてきたの、ってきかれたら、たとえばあなたはなんて答えるんですか？」

飼われる、という言葉が自分にたいして使われたことにまだ胸がどきどきとしていたわたしはとっさに何も言えませんでした。何をやって生きてきた？　それからしばらくしてやっと出てきた言葉は、家事です、でした。

「家事はまあ大変ですよね」女はわたしをみて肯きました。「まああなたの気持ちはわからなくもありませんけど、だからといって人んちに勝手に入っていいってことにはなりませんよ。これ不法侵入ですよ。立派な犯罪」

女はわたしを一瞥してそう言いました。耳のうしろあたりに緊張が走り、わたしは黙ったまま何度か肯いてみせました。

「鍵は？」女が思いだしたみたいにわたしに訊きました。

「鍵？」

「そうですよ。合鍵持っているんじゃないんですか？　明け渡しの前につくったんじゃないかって思ってたんですけど」

「持ってません」とわたしは言いました。しばらく疑わしそうにわたしをみつめたあと、女はふうんというように肯いてソファに腰かけてクッションに大きくもたれかかりました。

「ねえ、この家が好きなの？」女が胸のあたりで腕を組んで、からかっているのと憐れんでいるのを混ぜ合わせたような口調で言いました。わたしの中にある気持ちは好きとかそういう言葉で表すものではないような気がしたけれど、でもとにかく肯いてみせました。そして、

「……やっぱり、この家には愛情がありますし、ここは自分でつくりあげた家で、わたしの家っていう、その、そういう手応え、じゃない、その……思い入れっていうか、そういうのがあ

りますし、さっきおっしゃったみたいに、やっぱりここにずっと住んでいたわけで、やっぱりわたしの家っていうのがわたしの中にどうしてもあって、わたしの家っていうのは、その、そう、そう、子どもにたとえるとちょっとわかってもらえると思うんですけど、たとえばそういう切り離せない関係っていうか、そういう、わたしとこの家の関係っていうのは、やっぱりそういう、そういう感覚とおなじだったりして、そういう気持ちでわたし」

公園のベンチで、それからあの包装紙みたいな布団の中で、夫がいてもひとりきりのあの毎晩やってくる暗闇の中で、これまで何時間もずっとずっとひとりで考えてきた自分の思いを口にしてゆくと、一秒ごとに胸が熱くなって鼻の奥からこみあげようとするものをこらえるのに必死でした。

「でも、あなたが住んでいたときだって、この家ってべつにあなたの家ってわけじゃなかったわけでしょう？　旦那の家でしょ」ときょとんとした顔で女が言いました。「あなたが買ったんですか？」

「いいえ」とわたしはちからなく言いました。

「……お金の出所はそうかも知れませんけど、でもわたしたちはれっきとした夫婦ですし、ひとつひとつわたしが選んで、そうやってつくった家なんです。そういう意味でやっぱり……わたしにとってはわたしの家で、あ、もちろん夫の家でもあるんですけど、お金を出したのがどっちとか、それはそういうところじゃなくて、その……思いの部分で」

「思いの部分」女は驚いて言いました。それから、れっきとした夫婦、と付け加えました。「でも、家もそうですけど、家具も食器もベッドも、あなたの趣味の細々したものから何から何まで人に買ってもらったものなんじゃないんですか？　花壇だって門だって、洋服だってぜんぶ旦那に買ってもらったものなんでしょう。そういうものにたいして、ほんとに真剣にちょっとの疑いもなく、それらがぜんぶ自分のものだって自信満々に思えるのはどうしてなんですか？　結婚したら自動的にそういう意識になっちゃうってことなんですか？」女は本当にわからないというような顔をして言いました。「さっき家事って言ってましたけど、家事をしてるからそういうのは当然なことになっちゃうんですか？　どうして働かないんですか？」

わたしは首をふりました。結婚してから自分が働きに出るということを真剣に考えたことがありませんでしたし、そういうことをこれまで夫と話したこともありませんでしたし、そういうじっさいのことよりも――わたしはさっきからぽんぽんこっちに向かって投げつづけられる女の話についていくのがやっとで、そこに緊張もあいまって頭に膜がはったみたいになんだかぼんやりとして、いまわたしは女に何を訊かれていて何をどう答えればよいのかが、急にわからなくなってゆきました。

「わたしこれべつに意地悪で言ってるんじゃないんですよ」女は言いました。「信じてくださいね。ただ知りたいだけなんですよね。なんでそんな恐ろしい状況にずっと身をおいたりできたのか、そこがわからないんですよ。なんでそんなに他人に甘えられるのか。自分の生活を誰かに丸投げできるその感じが。怖くなかったんですか？　そういうの、不安じゃなかったんですか？」

矢継ぎ早に質問してくる女におなじスピードで言葉を返すことなんてできませんでしたけれど、そしてそれをどういう言葉で伝えることができるのか見当もつかなかったけれど、それでもこの女がいまわたしに向かって言っていることは間違ってると——ぼんやりした頭でそう思いました。よくわからないけれど、直感的にただ漠然とそう思いました。夫婦っていうのはそういうことじゃなくて、もっと、うまく言えないけど、そういうことじゃないのです。結婚っていうのは、そういうことじゃないのです。さっきからお金のことばかり話すこの女には大切なことがみえていませんし、わかっていないとわたしは思いましたし、その感触はきっと正しいに違いありませんでした。でもそれをどうやったら女に伝えることができるのかわかりませんでした。

「——まあ、そういうことはどうでもよくて」女は黙ったままのわたしをみて言いました。「色々と質問しましたけど、まあちょっと訊いてみたかっただけで、基本的にはどうでもいいです。生き方なんて人それぞれの勝手で、もちろんわたしに関係なんてないですからね」

わたしは黙ったまま女の足の指をじっとみつめていました。

「ただ、この家であなたが残していった——というのは正しくないですね、わたしが買い取った家具に囲まれてここで生活していると、たしかに妙な気持ちにはなるんです。わたしがときどき気になるのはそれなんですね。ホテルに長期滞在することもこれまでけっこうありましたけれど、そういうのとは根本的に違います。この感覚はちょっと珍しいたぐいのものですよ。

知り合いの家にお邪魔しているわけでもない、期限付きでどこかの家を借りているわけでもない。今となればここで生活をするしかないし、ここはもう完全にわたしの家なわけです。でもね、何かが妙なんですよ。この家を失ったあなたを、たとえば不憫に思ったりいい気味だと思ったり――いえ、じっさいには何も思っていませんよ、わたしはあまりそういう感情的なことに興味がありませんから、そういう感情的なことではなくて、何と言ったらいいか――この家じたいが妙なわけです。もちろん買い取ってから日が浅いことも関係しているのかもしれません。でも、馴染んでいるかいないかといえば、これがけっこう馴染んでいるんです。自分でもびっくりするくらいに。家具だってドアだって、まるで自分が長年使ってきたもののような気持ちがするくらいです。一瞬だって不自然な感じがしないそのことが、逆に不自然で不安に思えてくるほどに。はじめてこの家へ来て、寝室へ行って眠って、そして朝目が覚めたときも、何もかもがそのまま昨日の続きといった感じでした。この家のことはすべてわたしの体が知っているというような、何もかもがわたしの記憶に連動しているのだというような、あの感じはちょっと奇妙なくらいでした」

わたしは何と返事をすればよいのかわからず、ひきつづき黙ったまま、女の足の指をじっとみつめていることしかできませんでした。

「念のために言うと、わたしは生霊とかそういう話をしているわけじゃないですよ」そう言いながら女は笑いました。「そういうのは感情以上に、もっと興味がありません。ただ」

女はそこで小さく息をして、しばらくしてからわたしの顔をみました。

「においがするんですよ。なんともいえないにおいが。何か心当たりありますか?」

「におい?」わたしは聞き返しました。

「そうです。におい。わかりやすい悪臭というのではありません。でも、においがするんです。悪臭ともいいにおいともいえないような、何と言っていいのかわからないにおいが。わたしが気になっているのはそれなんです。そのにおいがすると、こう——」女はそういうと黙りこんでしまいました。

「それは……頭が痛くなるようなものなんでしょうか」

「そういうことではありません」と女はしばらく考えるようにしてから答えました。「とにかく、困るんです。においがする時間帯は決まっていません。でも、必ず毎日、どこかからそのにおいがやってくるんです。必ず。そのにおいがすると、そうですね……、よくわからなくなるんです。何がわからなくなっているのかがわからない感じで、ただ、基盤のようなものが——そんなものがあるとしての話ですけど、それがぐらつくんです。わからなくなるんです。それでとてもかき乱されるんです。寝室へ逃げても、クロゼットに入ってみても、においが追ってくるんです。アロマキャンドルを試してもシャワーを浴びても料理をしてみても。それでこれはいったい何だろうということで知人に来て試しに嗅いでもらっても、においなんて何もしないというんです。いよいよ気になっていたときに、あなたがあの公園からこちらをじっとみているのを発見しました。それで、わたしがいま話したにおいに——何か心当たりってありますか。もちろん、花や植物のにおいではありませんよ」

「ありません」

「そうですか。……では、やはりあなたが原因なのかもしれませんね」と女が冷たい声で言いました。「理屈としては通りませんけど、この炎天下で、あんな場所から長時間、追い出されていまは他人のものになってしまった家をじっとみているなんてやっぱりおかしいですよ。ふつうじゃない。もしかしたら、そういうことが関係しているのかもしれない。わたしの立場からすると身の危険を感じますし、そういう危険を嗅覚か何かが察知しているのかもしれません。こういう考え方にはまったくうんざりですけど。それにあなたは不法侵入だってげんに犯しているわけです。あなたがこれからもどこかからこの家をみているかもしれないと思うと、やっぱり不愉快ですよ。それだけで頭が痛くなってくる。そういうこととこのにおいが関係ないとは言い切れませんね。関係あると言えないのとおなじくらいに、関係ないとは言えませんね。わたしにはにおいだけで精一杯なのに、いま現実的に頭が痛みはじめています」

わたしはうつむいたまま。

「それで、あなたはどうするんです」

しばらくの沈黙のあとで女がため息をついて言いました。

わたしにはもうよくわからなくなっていました。わたしがどうするのかをなぜこの女がわたしに質問するのでしょう。それに女の言っているそのにおいがいったい何のことなのかもわかりませんでしたし、興味もありませんでした。においぐらい、いったい何だと言うんでしょう。単にわたしの家から招かれていないというだけの話じゃないのでしょうか。わたしは顔をあげてリビングをみまわしました。ここにわたしが住んでいたときと本当に何も変わっていません。時間がそこで完全に止まってしまったみたいに、何もかもがそのままでした。ソファもクッションもカーテンも、この季節のこの時刻の床にのびる光の太さの加減まで、何から何までがわたしの家のままでした。わたしはさっき二階から降りてきたのじゃなかったかしら。アトリエで今日のぶんを縫ってたんじゃなかったのかしら。ここはわたしの家なんじゃないのかしら。住む人間が変わっても変わらないものは変わらないのじゃないかしら。ここに帰ってくるだけで、体ひとつでここにもう一度帰ってくるだけで、何もかもがいつだってすぐに元通りになって、そう、さっきの庭みたいに。家は息を吹きかえして、そしてわたしも息を吹きかえして、もう一度わたしは元にもどれるのかもしれません。この数ヵ月のことはちょっとした手違いだったのだと――悪い夢から覚めるように、わたしはきっとわたしの家にもどってくることができるのかもしれません。

「終わったことはしょうがないですから」と女の声がしました。「どれだけみたって、あなたのものにはならないんです。ぜんぶ終わったことなんですよ。だから、これからどうするかを考えたほうがいいんじゃないですか?」

「わたしの、これから」

「そうですよ。わたしには現実的な迷惑がはっきりかかっているわけです。いまのこの無駄な時間だってそうです。あなたは犯罪者ですよ。だから警察につきだせば話は早いんですけど、そうするともっと時間がかかることになりますし」

わたしは黙って肯きました。

「どうやったらあなたがもうここにふらふらとやってこないで済むようになるか、それを考えないといけないんじゃないんですか。あなた自身が。ようするに気が済んでいないんですよね。この家と精神的に別れることができていないというか」

はあ、とわたしはあいづちを打ちました。

「そうです」と女は言った。「こういうときは、たとえばドラマとか小説とかでしたら焼いてしまうわけですね。人は何でも焼きたがるんですよ。焼くなりなんなりして破壊してというのがお決まりですけど、そんなことじっさいには無理です。わたしは家を手に入れて、あなたは家を失った。これは事実です。もうどうしようもありません。たとえわたしがいまあなたに殺されたとしても、あなたの物にはなりません。だったらやっぱりあなたが変わるしかないわけで、では、どうしたらあなたが変わることができるのか。この家への未練を断ち切ることができるのかということを考えるしかないですよね」女は言いました。はい、とわたしはちからなく返事をしました。

「いいですか、本当はあなた自身が考えるべきなんですよ。わたしはさっさと終わらせたいだけですからね……それで、どうやったら気が済むのか。こういう場合は、そうですね、たとえば恋愛。男と女の関係だったら最後におもいっきり——セックスでも罵り合いでも、方法は違いますがやっぱり何らかの一体化を目指して最後の最後、それらをやるだけやると、その前後で変化がみられるっていうのを聞きますけど、手っ取り早く、そういうのはどうですか」

「そういうのって？」とわたしは聞きかえしました。

「どうすればあなたの気が済むかっていう話をしているんです……たとえばあなた、この家でいちばん気に入っているものって、何ですか」

「ぜんぶ……ですけど」とわたしは言いました。女の話を聞いているとなんだか頭がぼうっとしてこめかみがきりきりと痛みだしました。この女は何を言っているのでしょう。そう思うと、またこめかみがずきんとうずきます。でもそれは何となく痛いような気がするだけで、本当にこめかみが痛いのかどうかもよくわからないような——数分ごとにすべての感覚がどんどんわたしから遠ざかって、やがて何もかもの境目が少しずつ曖昧になってゆくのでした。

「ぜんぶではなくて、できれば絞ってください」

「……庭」とわたしはしばらくして、つぶやくように言いました。

「庭ですか」女はわたしの返事をきくと、何かを考えるようにして黙りこみ、それからわたしをじっとみつめました。

「庭は……いいかもしれませんね」

はあ、とわたしは曖昧な返事をしました。

「なんとか療法ではありませんけど、そういうのがありますよね。でもわたしたちはそれよりも、もっと実践的というか、そのまま庭になってみるっていうのはどうですか。もちろん効果なんてないかもしれませんけれど、でも何がどうつながってあなたの気が晴れるかなんてそんなことは誰にもわからないですからね。いちばん大切なものと、それもほんらい一体化できないものと一体化してみる——やってみる価値はあるかもしれません。まだ日があるうちにやってみませんか。もしかすると、わたしの感じるにおいにも影響があるかもしれませんし。それに——今日だけですよ、わたしが付き合ってあげるのは。警察にも突き出さずにこうして面倒みてあげるのは」

「でも、どうやって」

「あなたがお花畑の一部になるんですよ」と女はさっきよりも冷たい声で言いました。「埋まってみるんです。庭に。あなたの大切なお花たちと並んで土に埋まってみるんですよ。何かを成仏させるには焼くか埋めるしかないんです。でもあなたをここで焼くわけにはいきませんからね。そしてそれと同時に、いままでと違う目線で、違う立場で、いちばん大切な物に触れてみるということをしてみるのです。そしたら、ああこういうことかって、何かがびっとくるかもしれない。お花畑なんて、家なんて、なんだかなあという感じで、もうどうでもよくなってしまうかもしれません。やったことないことをやってみるのは、やらないよりは意味があると思いますよ。それに——そんなことした五十の主婦なんてどこを探してもまずいないと思いますよ」

そう言って鼻から息を吐いてみせると、女はすたすたとリビングを横切って庭に出るガラス戸をあけて、くるっと振り向き、来て、という合図をしました。わたしはさっきから立ちっぱなしだったせいで分厚くて妙な感覚になっている足の裏をひきずって、女のほうへ歩いてゆきました。

女は庭に降りて外履きに足を入れてガーデニング道具が一式入っている物置からいちばん大きなシャベルと、それからスコップを持ってこちらへ戻ってきました。手渡されたスコップをわたしはじっとみつめました。そのふたつを買ったときのことをわたしはよく覚えていました。でも、買ったときのことってなんでしょうか。持ち手のことで迷ったことでしょうか。あれで土を掘ったこと。根っこがとても固かったこと。根っこ。土を刺す音。ぱらつき。お芋掘りのこととか。いえ、それはもっと子どもの頃のことです。手袋も。夫とか。忙しくてあんまり家にいない人でしたけど、それでも気配がして振り向くと、わたしが土をいじってるのをたまにうれしそうにみていました。いつもきれいに咲いてるなあと言ってくれました。きれいなのはおまえのおかげだなって言ってくれたのです。この場所でした。わたしたち。ぼんやりとしていると、うっかりしていると、いろんなことがやってきます。それらはわたしをすっぽり包んで、いったいどこへ連れてゆこうとしているのでしょうか。手渡されたスコップの鉄がすっかり錆びているのがみえます。ただこうしているだけで、いろんなことがやってきます。でもそれってこのシャベルやスコップに、本当に関係あることなんでしょうか?

女は敷きつめられたタイムを踏んでそのうえに立って、右手に持ったシャベルの先で、だいたいこのあたりにこれくらいの四角ですね、と地面すれすれに線を引いて示してみせました。縦に掘るのはさすがに無理ですから横ですね。横長で。棺桶タイプでゆきましょう。わたしは女の指示でさっそくタイムごと土を掘りはじめました。わたしが手入れしていただけのことはあって、そしてたっぷりやったさっきの水のおかげで、土はほくほくと簡単にほぐれ、すぐに黒い部分がみえてきました。わたしは無言のまま、まず輪郭をわかりやすく四角に掘ってゆき、それが終わると全体にとりかかりました。そのあとはただひたすら、黙って、わたしは四角の中を掘りつづけてゆきました。タイムの根は浅く、彼女たちはあっけなく土から剝がされてゆきました。白い根をか細くさらして彼女たちの柔らかな部分はどんどん断たれ、土はわたしたちの思ったとおりにどんどん掘られてゆきました。あたりには緑と白のまじった黒い山がいくつか膨らみ、三十分が経つ頃には人間がひとり横に寝転ぶことができる大きさの黒い空白ができあがっていました。

「では、寝てみてください」女は言いました。

わたしは女に言われるまま、掘りかえしたばかりの黒く湿った土にお尻をつけ、それから脚をのばして、両手を体にまっすぐ添わせてみました。水分を含んだ柔らかな土の匂いだけがしました。じっとしていてくださいね、と女は言い、それから、かけますよ、と言いました。それは、あの声でした。手の甲と腕に、それから首にひんやりとした感触がふりかかり、声はさらにタイムの混ざった土を仰向けに寝たわたしにかけてゆきました。最初はぱらぱらと、そして胸や太ももにやがてだんだんと厚みが感じられるようになり、しばらくすると、どさりという音とともにこれまでとは違う重みがやってきました。物置から持ってきたらしい腐葉土が追加されたようでした。わたしは庭の真ん中で仰向けになり、あの声に土をかけられておりました。目には夏の夕暮れのまるい空がどこまでもひろがり、まぶたにちからを入れて目をひらこうとすればそうするだけ、空はどんどん大きくなるようでした。みればみるほど空はどんどん大きくなり、わたしはそれがどこまで大きくなるのかを知りたくて、口が開いてしまうほど、これ以上はないというほどに目を見開いておりました。うっすらと色のついた遥かかなたのうろこ雲ははかなげで、そこに小さな飛行機が浮かんでいるのがみえるのです。声はわたしに土をかけつづけ、手のひらで丁寧に押し固め、わたしの手足は土の中でどんどん重くなってゆきました。種。球根。根っこ。いつもの手袋をして、花の世話をしているわたしの後ろ姿がみえます。きれいに咲きますように。ちゃんと根づきますように。わたしが土にスコップを入れるたび、わたしに土がかけられる。わたしが何をしたでしょう。ひとつ、またひとつ、わたしは重くなってゆく。そして軽くなってゆく。もう手足は動かないのに、息をするのも苦しいのに、それでもどこかが、まっすぐにあの空をめざして、それでも何かが、音もなくするすると伸びてゆくようです。わたしが何をしたでしょう。声は無言のまま、ただどこかで息を吐き、わたしに土をかけてゆきます。この声は誰でしょう。顔もみえないのに苦しそうな、この声はいったい誰でしょう。わたしに土をかけてゆきます。わたしも土をかけてゆきます。わたしが息を吐くたびに、声が手のひらで押すたびに、わたしは重くなってゆく。ひとつ、またひとつ、わたしは軽くなってゆく。かろうじて動く首を少し横にすると、すぐそこにペチュニアの葉がみえました。水滴がゆれて光が走り、生まれたてのような柔らかい天道虫がそこにいて、極小の天道虫がそこにいて、羽をひろげる瞬間でした。ずいぶん昔にわたしはおなじようにこの瞬間をみたような気がしましたけれど、もういつのことかは思いだせない。それでもわたしは家に帰ったら夫に天道虫のことを言いましょう。わたしの家、窓の向こう、いつも鐘の音がします。部屋を出て、階段を降りて、わたしはいろんな話をしましょう。何も奪わず、ただここで静かに呼吸をしているだけの花について、わたしについて。それからあなた、あなたにも。言いそびれておりましたが、わたしは悪魔ではありません。

（「群像」二〇一二年四月号）

45°

長野まゆみ

雨宮は駅前のモスバーにいる。二階の窓ぎわのテーブル席にすわり、おそい朝食をとっていた。ライスバーガーとペットボトル入りの玄米茶を選ぶ。低カロリーで低価格のけちけちした組みあわせだ。

急ぎ足の通勤客や、ぞろぞろくねくねと連なって歩く学生たちの姿はいつしかまばらになり、買いもの客が街歩きをはじめるまでのつかのま、駅前ロータリーに静けさが訪れる。モスバーの店内にいる人の数も少ない。曇りがちの空からは、じきに雨がふりだしそうだ。

窓ごしに、医療センター行きが発着するバス停が見える。ひょろひょろした男がバスをおり、横断歩道をわたってモスバーのあるビルに向かって歩いてくる。まもなく三十歳の――まさにきょうが誕生日で、正確にはあと五時間ある。三十年前の今ごろはまだ水のなかだった――雨宮よりだいぶ年長に見えるが、四十代なのか五十代なのかはよくわからない。メタボではない中年は、体つきでの年齢の判断がむずかしい。

男は古着屋でときおり見かけるステンカラーの白っぽいレインコートを着ている。雨宮の知るところでは、流行に関係のない定番として、かつての若者は男女ともに愛用者が多かった。学生服でもデニムでも合わせやすく、ちゃんとボタンをとめれば、あらたまった場所でも通用する。雨の日以外でも着て歩けるうえ、袖を折りかえすなどしてルーズに着くずす自由もある。足もとも、自在に選べた。革靴でもスニーカーでもローファーでもモカシンでも、むろんレインブーツでも相性はよかった。

ステンの意味は、着まわしの数とおなじくらいに多彩だ。茎をあらわすstemが語源だという説、立ち衿を意味するstand fall collarの短縮形だという説、そのほかフランス語で支柱を意味するsoutienに英語のcollarを合体させた和製語だという説もある。

いずれにしても衿の折り返しに特徴があるのだとわかる。だが、いつしか若者に選ばれなくなった。いまどきそれを着るおとなもめずらしい。先ほどの人物は、世間の流行などおかまいなしに何十年もそれを着つづけているか、古着屋で見つけて昔を懐かしんで買いこんだか、そんなところだろう。ある種の異分子にはちがいない。だから雨宮も気にとめて、なんとなく目で追ったのだ。同類には親しみをおぼえる。

一階の自動ドアの振動音が聞こえた。「いらっしゃいませ。ご注文をどうぞ。」と店員の声がする。雨宮がいるのは二階のホールだから、一階でのオーダーのやりとりはとぎれがちにしか聞こえてこない。

しばらく間があって、先ほど横断歩道をわたっていた男が階段口に姿をあらわした。ステンカラー人、とノリで名づけた雨宮は、そのゴロあわせのバカバカしさが気にいった。

男はドリンクを手にして、少しだけあたりを見まわした。雨宮の脇を通ってすぐうしろの席につく。待ちあわせであったようだ。先にテーブルにいた人物とあいさつをかわしている。おたがいに名乗りあっているようすでは、親しいあいだがらではなさそうだ。

雨宮の背中ごしなので、ふたりの姿は見えない。うしろのテーブルにあらかじめどんな人物がいたのかも思いだせなかった。かたほうは浜田と名乗り、かたほうはカタロギと風変わりな名を告げている。どの漢字をあてはめればよいのか、雨宮には見当もつかない。浜田と名乗ったほうが、遅れた詫びを云っているから、それがステンカラー人の名字のようだ。

「お呼びたてして、すみません。」カタロギの声が云う。耳で聞くかぎりは、男性だ。ただ、いくぶん高音なので、中年婦人の声であってもおかしくはない。いつも大声を出しているうちに喉をつぶしてしまった小学校の女の先生などに、ときおりこんな声の人がいる。

「いいえ、お気がねなく。私でお役に立つことがあるなら、ご協力します。きょうは時間もありますし。」

ステンカラー人は友好的に応じた。こちらは、わりあいふつうのテノールだった。

「ありがとうございます。古い話なのでご迷惑かとは思いますが、私としてはわずかな手がかりでも、ありがたいのです。……手紙にもざっと書きましたが、」

「ええ、読みました。三十年まえの夏のことを調べておいでとか。私についてはカタロギさんがお書きになっているとおりですよ。吉祥寺にあったアドバードという広告会社でアルバイトをしていたことがあります。」

「夏休み中のアルバイトですか？」

「そうです。大学の掲示板で見つけた仕事でした。時給がずいぶんとよかったのです。フヨウイン募集と書かれていて、もちろんそのときはどんな仕事なのか想像もつきませんでした。」

雨宮にもまるで想像がつかなかった。漢字も思いつかない。扶養なのか不要なのか芙蓉なのか。聞くつもりはなかったが、ステンカラー人を目にとめてしまった行きがかりで、耳までロバになる。コトバをただちにビジュアル化できないという点において、おおいに興味がわいた。

「怪しい仕事かもしれないとは？」

「少しは疑いましたよ。でも、アドバードが実体のある会社なのは知っていました。もとはセレモニー用の鳩を貸し出す会社でした。社屋がまだ二階建てだったころ、中央線の窓から、屋根に取りつけた鳩小屋が見えたのです。」

「スポーツの開会式などで風船といっしょに飛ばす、あの鳩ですか？」

「ええ、あれは巣へもどるように訓練した鳩をつかっているんです。とはいえ、もどらない鳩も多いそうですが。」

「なるほど、それで社名にバードがつくのですね。」

「そのようです。でも、フヨウインというのは初耳でしたから、どんな仕事なのか問いあわせてみました。すでにご承知かもしれませんが、浮力のフに、国旗を掲揚というときのヨウと書きます。たんに監視員と呼ぶ場合もあります。アドバルーンの下で待機をする仕事です。ぷかぷかと空に浮かぶあれがどんな仕組みになっているのか、それまで気にしたことはありませんでした。実は、無人でも自動制御でもなかったのです。たえず天候の状態を気にかけながら、人の手で揚げたり下げたりするのです。アドバルーンがあがっている屋上には、最低でもひとりの浮揚員がいました。安全上、義務づけられているのです。直径は二メートルほどありました。大きいものだと直径三メートルにおよびます。あの時代には、東京だけでも年間に数万個のバルーンがあがっていたらしいのですが、そのそれぞれのバルーンの下には必ず浮揚員がいたわけです。ひとりで複数個のバルーンを受けもったとしても、かなりの数にのぼる人間がかかわったはずです。そのわりに、知られていない仕事なのは、なんとも不思議な気がします。」

「たしかに、そうですね。私も最近になってアドバルーンには番人がいるのだと知ったひとりです。そうして、あることに気づいたのです。もし、あのときアドバルーンが揚がっていた向かいのビルの屋上に人がいたのなら、私が求める目撃者も存在するかもしれない。暗いタテ坑に落ちた人間が、登れないと思っていた垂直の壁をさぐるうちに、小さなくぼみを見つけたようなものです。かすかな希望を持ちました。」

芝居がかったことを云う男だ。盗み聞きをする輩《やから》をからかっているのかもしれない。そう疑いつつも、浮揚員なる仕事が気になって、雨宮は浅ましくも聞き耳をたてるのだった。

「私が、その目撃者になり得るのですか?」

「ええ。けれどもそれは、あなたにとっては重要な意味を持たないかもしれません。一九八二年の夏です。きっかり三十年前になります。」

雨宮の生まれた夏だ。

「……古い話ですね。というより、遠い昔だ。浮揚員のアルバイトをしたのは、ひと夏かぎりでした。当時のアドバルーンの数から考えて、人手は常に不足していただろうと思います。時給がよかったのは、人集めのためかもしれない。夏休みが終わったのちは、休日だけ働くこともできたはずです。そうしなかったのは、私が重労働に懲りたからでしょう。夏の盛りに、暑さと湿気にあえぎながら屋上で過ごす仕事でしたから。もっともあの夏は冷夏でした。曇りや雨の日が多く、晴天は長続きしませんでした。冬もつらい仕事になる。寒さと乾燥に耐えなければいけない。……私のことを語ってもしかたがないですね。それで、場所はどこなんですか？」

「M駅の北口通りに──駅前の十字路から東西にのびてゆく道のほうです──壁面の一部をブロックガラスで装飾した五階建てのビルがありました。名称はトーゴビルです。一帯はバブル時代の再開発で、高層マンションに建てかわっています。風景はすっかり様変わりしましたが、三十年前のあのあたりは、三階建てくらいの低層ビルが中心で、トーゴビルの五階建ては目立つほうでした。とくに中央線の窓からよく見えました。アドバードではオーナーと契約をかわして、屋上を借りきってバルーンを揚げていたそうです。古い写真でトーゴビルの上にアドバルーンが浮かんでいるのを見つけたのが、あなたにたどりつくきっかけです。といっても、簡単ではありませんでした。関係者も高齢になっていて、記憶があいまいなのです。かつてのトーゴビルのオーナーはすでに亡くなっていました。親族を通じて、アドバードとの契約があったことをつきとめるまでに、半年かかりました。トーゴビルのことは、おぼえておいでですか?」

「ええ、その名称ならおぼえていますよ。一階に後藤商事という、人の出入りは頻繁なのに目隠しのカーテンでなかのようすがよくわからない会社があって、ウラ稼業の筋かと怪しんでいたのですが、あるとき、後藤を逆さに読んでトーゴビルとシャレているのだと気づき、なんだか拍子ぬけしてひとりで笑いながら屋上までの階段をのぼりました。医薬品の卸し業だったのです。商品の保護のために常時カーテンをひいていたようです。浮揚員のアルバイトは、盆休みをはさんで二ヵ月ほどの予定でした。七月だけでも、中央線と京王線沿線の五、六棟のビルの屋上にのぼりました。どのビルに出かけるかは、広告主との契約によってそのつど変わるのです。たとえばアサヒフード——京王線のS駅前の大きなスーパーでしたが——のグランドオープンのバナーをつけたバルーンを十日間あげたときは、そのスーパーの屋上へ十日つづけて通いました。または建築中だったF駅近くのスカイマンションの入居者募集のさいは、電車の通勤客の目にふれやすい沿線のいくつかの中層のビルの屋上を転々としながらバルーンを揚げました。アルバイトの私はいっしょに組んでいた社員の指示で現地へ向かうのです。当時は携帯電話など持っていませんから、吉祥寺駅の北口の伝言板を連絡用につかっていました。そこに私あての伝言があって、何駅何ビルで何時と、書いてあるのです。トーゴビルに行ったのはお盆の直前だったと思います。いっしょに仕事をしていた社員の人が、郷里に帰ったら、みやげに旨い野沢菜を買ってきてやるよ、と当日の弁当に入っていたまずい漬け物をよけながら話していたのをおぼえています。正確な日時や、揚げていたバルーンの依頼主がだれであったのかなど、そういう細かいことは忘れてしまいました。あいにく、私は日記をつけないんです。……それで？　トーゴビルの屋上で私が目にしたありふれた日常のひとこまが、あなたにとっては重要な何かであるかもしれないのですね。」

「ええ。私はトーゴビルの向かいにあったビルの三階の窓から転落したのです。でも、自分ではなにもおぼえていません。気づいたときには病院のベッドにいて、目のなかに入る髪の毛がじゃまだ、という意識にとらわれていました。でも実は治療のために剃られていて、髪の毛などなかったのです。三階の窓から落ちたのですが、一階入口の日よけがクッションになって、さいわいに外傷はほとんどなかったのです。人づてに、そう聞かされました。私自身はショックによる意識障害で、転落したことさえ記憶にありません。」

うしろのテーブルをふりかえりたい欲望をおさえつつ、雨宮は雑誌を読むふりをつくろった。カタロギの話はいよいよ怪しい。それに、女である可能性もさらに強まった。いますぐ確かめたいが、そうもゆかない。

声で人の姿を思い描くのは、意外にむずかしい。人はあんがい、風貌とことなる声を持っているものだ。吹き替えでなじんでいた海外ドラマの俳優の肉声にとまどうことは、めずらしくない。カタロギが男なのか女なのか、雨宮はせめてそれだけでもはっきりさせたいと思いながら、ふりむけずにいた。

「……それはまた、たいへんな経験をなさったのですね。残念なことに、向かいのビルのことはほとんど思いだせません。日よけとおっしゃいましたよね。そうそう、それはおぼえがあります。フルーツパーラーについているような、白とマゼンタピンクのパラソル型の、ハデな日よけがビルの入口についていました。でも、パーラーも喫茶店もない。ただのビルでした。それなのにどうしてあんな日よけをつけたんだろう、とちょっと気になりましたね。でも、それだけです。屋上にいるあいだは、まじめに仕事に打ちこんで、頭上のバルーンと雲の流れを交互に見張っていました。突然の雨がこわいんです。北関東で雷雨があれば一時間もしないうちに雷雲は東京の上空まで飛んで来ます。雨がふりだすギリギリまでバルーンを揚げておき、いよいよ近づいてきたところで下ろすんです。突風に飛ばされたら大損害ですからね。かたむきが45°になったら、バルーンを下ろすきまりでした。それ以上にかたむくほどの風になると、ひとりでは手に負えなくなる。かといってわずかな風のうちに下ろせば、広告主にクレームをつけられます。一週間とか十日とか日割りの契約で、雨天の場合は返金か延長になります。一度でも揚げてしまえば一日分とみなします。そのあとで強風が吹いて三十分ほどで下ろすことになっても、浮揚員の日当は発生しますからね。屋上と地上では風の具合もちがいます。このていどの風で、どうしてバルーンを下ろすんだ、と云ってくる広告主をなだめるのにも、45°という目安があれば、ほら、ごらんなさいと云えるわけです。」

「なにか根拠のある数字なんですか？」

「空気抵抗とかなんとか、力学的にはあるんでしょうけど、ご承知のとおり、役所は基準をきめて数字できっちりわけたいだけなのです。ただ、坂道の勾配で45°といえば、それ以上はありえない急坂ですから、バルーンの45°というのもかなりのものです。ベテランの浮揚員ならともかく、アルバイトでは下ろせません。私の知りあいで、ロープに巻きこまれて肋骨を折ったのがいます。」

たしかに45°は、空中では横に流れているくらいに見えるだろう。聞き耳をたてる雨宮にとっても、45°の壁は大きい。うしろのテーブルをふりむかないまでも、からだの向きを45°ぐらい回転すれば、浜田とカタロギの姿を目の端にとらえることはできる。顔だちは無理としても、服装や体型はわかるはずだ。

だが、盗み聞きを疑われたくない雨宮は、窓の外の景色をながめるのすら、うしろのふたりを気にして慎重だった。彼らが話を打ち切って立ち去るのを恐れていた。こんな中途半端で放りだされては困るのだ。

「屋上には、一日中いらしたのですか?」

「朝から日暮れまでです。日没後にバルーンを下ろし、飛ばないように固定して、それで終了です。組んで仕事をしていた社員はそのあとで会社へもどって日報を書きますが、私は直帰です。むろん、まっすぐ家に帰ることはなくて、安食堂で腹ごしらえをしたり、友だちと合流して飲みに出かけたり。……ところで、ちょっと気になったのですが、私が浮揚員をしていたことは、どうしてわかったのですか? トーゴビルはもうないのですよね。アドバードはまだあるんですか?」

「失礼しました。個人情報をどこで手に入れたのか、まっさきにお話しすべきでした。あの夏、あなたと組んでいたのはアドバードの社員のアンポさん——すでに名前をお忘れかもしれませんが、安全保障条約の安保と同じ漢字です——というかたです。写真が趣味で、しかもちょっと変わったテーマを選ぶ人だったんです。アマチュアですから、長いあいだ撮りためるだけでした。退職して時間ができたのを機に、昔の写真をパソコンにとりこんでそれを製本して自費出版するということをはじめられました。かんたんな写真集なら、いまはわりあい低コストでつくることができます。安保さんは撮りためたなかから、テーマごとにまとめていくつかの写真集をつくりました。そのうちの一冊が地元の書店においてあったのを、私は偶然に手にとったのです。いろいろな駅の伝言板を撮影したものでした。ご自分で伝言を書いたそのあとで、記録のために撮影をしていたのですね。編集するにあたって、個人名や住所、電話番号がハッキリとわかるようなところはぼかしたり、カットしたり。あの時代は、だれしも無防備に個人的なことを書きこんでいたのです。安保さんは、季節ごとに一週間分くらいを選んで連続して載せました。十年分を一冊にまとめてあります。圧巻ですよね。」

ページをめくる音がする。駅の伝言板を活用したことのない世代である雨宮は、その写真集に手をのばしたい思いにかられた。そこでどんな情報がやりとりされていたのか、読みこんでみたかったのだ。

「なるほど、それで私がトーゴビルに出かけた日もわかるのですね。」

「ええ、そうなのです。八月十日午前九時。浜田へ、M駅北口より西へ徒歩三分。大通り沿いトーゴビル。飲料自販機あり。タバコ自販機なし。↑アンポ、という具合です。」

「そうそう、近くの自販機の有無をコメントしてくれる親切な人でした。」

ふたりの会話は、過剰に日常性をつくりこんだフィクションのように無数の伏線をかかえこんでゆく。ひょっとして彼らは新手のパフォーマンス集団の一員で、これはライブの一手法であり、「聴衆」がいることを前提に語っているのではないかと、雨宮はそんな気がしはじめた。ためしに席をはずして追加の飲みものを頼みにゆくことにした。そのさいにふりかえるのは、わざとらしいとしても、一階のカウンターからもどるときに、ふたりのテーブルへ視線を向けることができる。

追加の飲みものを手に階段をのぼってきた雨宮は、さりげなく、ステンカラー人と連れがいるテーブルをながめた。すわっているのはステンカラー人だけだ。雨宮と背中あわせの席にいる。向かい側にはだれもいない。ドリンクはある。トイレへでも行っているようだ。雨宮はゆっくり歩いたが、カタロギと名乗る人物がもどる前に、自分のテーブルにたどりついてしまった。

おなじテーブルで席がえするぶんには、わざとらしさもいくらか和らぐ。雨宮は後ろのテーブルが見える席に移ろうかと迷ったが、そこまでして人の話を聞きたいわけではないのだ、という意識がはたらいてもとの席に落ちついた。欲望のままに動けばよいものを、なんのためのためらいなのか、自分でもよくわからない。

気弱なのは性分ではなく、ここしばらくの耳の不調のせいだった。もともと、雨宮は聞こえすぎる耳のことで、ひそかな悩みをかかえていた。線路や道路沿いで暮らす人が、はじめは電車や車の音が気になって眠れなかったが、しだいに慣れた、と話す例の通り、人は日常生活において無意識によぶんな音を選別し、聞かずにすませることができる。雨宮の場合、その機能がうまくはたらかないのだ。

このところの彼は、越してから半年ほどたつ部屋の雨樋の音のせいで、雨の晩はよく眠れない。樋を流れる雨音が、頭上から注ぐように響きわたるばかりか、鳥のさえずりに聞こえるのだ。

雨音なのだと、ちゃんと認識できれば眠れるだろう。雨宮も理屈ではわかっている。だが、まぶたを閉じれば鳥たちが耳もとへ群がってくる。

背中ごしのテーブルでは、ステンカラー人の連れがもどって「お待たせしました。」と詫びを云った。ふたたび会話がはじまった。

「私が転落したビルは、トーゴビルの真向かいにありました。伯父がオーナーで、一階と二階を稼業の設計事務所として使い、三階にはテナントがはいっていました。私が三階にいたのは、そこにトイレがあったからです。転落した窓もトイレの窓でした。私はあの夏、大学の夏休みを利用して伯父の事務所でアルバイトをしていました。電話応対やコピー取りや、得意先へ図面を届けたり、受けとりにいったり、そんな使い走りです。……といっても、自分ではなにも思いだせません。ただいま申しあげたようなことは、伯父や家族の話なのです。先ほどもお話ししたとおり、転落したさいのショックで意識障害におちいり、それ以前の記憶を失くしてしまったのです。さいわい、新しいできごとは記憶できるので、いまはふつうの生活を送っています。ただ、人生の最初の二十年が空白なのです。あの八月十日は、少し気分がすぐれないのを理由に午后の四時ごろ事務所を早退しました。三階のトイレにいったのはそのあとです。そうして、なんらかの理由で窓から転落しました。家族の話ではそうなるのですが、その人々が父母であり姉であると、納得するまでには長い時間がかかりました。少しずつ地道に、あらたな信頼関係を結ぶことからはじめました。自分の名前や年齢はむろん、伯父の設計事務所でアルバイトをしていたことも、友人の顔も名前も何ひとつ思いだせませんでした。現在の私がたどれる過去は、病院で目ざめて以後のことだけなのです。もはや、転落後の年月のほうが長くなりました。この先は、同年代のだれもが忘却とともに暮らすわけですから、私は経験者として心がまえを指南しようかと思っているくらいです。ただ、三十年たってみて思うことは、私にはべつの人生があったのかもしれない、ということですね。」

「記憶を失くす以前のことは、まったくおぼえていらっしゃらないのですか?」

「当初はそうでした。いまは少しあいまいです。というのも、記憶はつくられるものだからです。子どものころの写真を見せられたり、家族の話を聞かされたりで、あなたはこういう人物だった、食べものは何が好きで、趣味は何々で、だれそれと親しくしていた、と云われれば、なんとなくそんな気がしてしまうものです。なにしろ、自分ではなにもかもがハッキリしないのです。文学的には無であるとか霧のなかにいるようだとか、そんなふうに表現するのかもしれませんが、私の実感としてはそのように静謐なものではなく、もっとゴタゴタして入り乱れた感覚です。不謹慎を承知であえて云えば、がれきです。テレビであの光景を目にしたとき、まさに私が経験したのもこれだ、と思いました。すべてを失ってしまったのですが、それは無になったのではなく、がれきになったのです。それまで、おさまるべきところにおさまっていた記憶の数々が根こそぎにされ、崩れてかたちを失い、粉々になったもの同士が場当たり的に結びつきました。奥底にそっと包みこんでおくべきものと、乱暴にあつかってもかまわないものとが、それぞれ砕かれ粉々になったあげく同列になってしまったのです。しかも、癒着して境界もあいまいです。パズルのように、もとのピースに分解することはできません。わずかな手がかりにでもなればと思って、ひとつのかけらを取りだそうとする。ところが、どうしようもなくからまった毛糸とひとしく、ぐらせてもぐらせても糸の塊はほぐれてくれません。それどころか、かえってからまりを強めてしまうのです。どこをさがしても、糸口すら見えてこない。あるいは解体工場のスクラップとおなじです。個々の性質はもとのままなのに、圧縮されて変形したそれらは、もう元へはもどせません。鉄屑として手放すほかないものです。人は、あきらめという感覚を持った生きものです。それは生きる術のひとつなのでしょうね。家や家財道具を失った人が、かわりとなる家具や身の回り品のそろった仮設住宅へ身ひとつで入居したように、私もがれきを置いて仮住まいをはじめました。記憶を失くしたことによって別れを余儀なくされた人の数とおなじだけの――それ以上の――人たちに助けられて、一歩ずつ歩きだしました。まだ年齢が若かったので、新しい環境になじむのは、それほどむずかしいことではありませんでした。やがて私は家を建て、いそいそと移り住みました。すると、その家こそ自分にふさわしいと思うばかりでなく、そこで生まれ育ったのだと信じるようにさえなっていったのです。」

カタロギの口ぶりには、ある種のあつかましさが混じる。その感じを雨宮は具体的にとらえているわけではなかったが、背中あわせの浜田もまた同様の違和感を抱いたらしく、問いを投げかけた。

「自分のものではない偽りの記憶だとは考えなかったのですか?」

「たとえば近所の猫に秘密でつけていた名前のことや、姉の机の引きだしから盗んだ瑪瑙《めのう》のペーパーウエイトの隠し場所など、私でしか知り得ないことを思いだしました。失くした記憶のあとに、ぽっかりと穴があくのかと考えがちですが、家のなかの不用品を片づけてスペースをつくってもすぐにふさがってしまうのといっしょなのです。かわりになるものはいくらでもあるし、すきまを埋めるものも無尽にある。洗濯機のドラム内のかたよりを自動補正するとか、グラタンの表面の焼き色を均質になるように調整する電子レンジとか、電気製品のおせっかいな機能は人間のそれを模倣しているのです。がれきのことは、もはや夢の産物となっていました。風邪などで熱にうなされたときに、子どものころに見た怖い夢がよみがえってくるようなものです。平熱になれば、ああ、ただの夢だったと安堵し、日常生活にもどるのです。そうして、三十年が過ぎました。そのまま終われば、よかったのかもしれませんが、めぐりあわせというのは皮肉なもので、夢を夢として終わらせてくれません。思いがけないところで、真実への手がかりを用意して私を待ちかまえていました。それもまた、例の安保さんの写真の一枚なのです。こちらは趣味で撮ったというよりは、仕事の記録です。安保さんは自分が担当したアドバルーンを写真に撮っているんです。ならべてみると、これもなかなか面白い記録になっています。バナーの文字はだいたい十五文字くらいが読みやすいそうです。俳句よりも短かい。戦中のプロパガンダがよく知られていますけれど、三十年まえですと、スーパーや商業施設のオープンや新装開店というのが主だったところです。選挙の投票日を知らせるものや、交通安全をうながすものも多いですね。あの夏の八月十日の日付がはいった写真もありました。浜田さんはトーゴビルで担当したバルーンのバナーの文字をおぼえていらっしゃいますか？」

「それが、まるっきりおぼえがないのです。」

「安保さんに写真をお借りしてきました。……これがそうです。少し読みにくいですが、カルチャーセンターの秋期講座の受付開始案内でした。」

「日ざしが強くて、全体に白くぼやけてしまったのですね。」

浜田は感想を述べた。安保氏はカメラを趣味にしていたはずだ。日常的にカメラを使いなれた人が、そんな写真を撮るだろうか、と雨宮は首をひねった。

「その日は晴天だったそうです。私が気になったのは、その写真だけが日付入りだという点です。安保さんは当時のアナログ一眼レフカメラの愛用者です。日付が入らない機種だったそうです。それで、思いだしたとおっしゃいました。安保さんのカメラはあの日、故障したのです。シャッターが切れなくなったそうです。伝言板を撮影するときまでは、正常でした。それで、残りのフィルムは巻きあげて、仕事帰りにカメラ店によって修理を依頼したそうなのです。翌日からしばらく伝言板の写真は予備機で撮ったものになります。日付入りのバルーンの写真はアルバイトの学生にインスタントカメラで撮ってもらったんだ、とのことでした。安保さんにはすでに、あの日に向かいのビルで変わったことはなかったかとお訊ねしましたが、特別なにも、とのお答えでした。私が転落したこともご存じなかったのです。実は軽い脳梗塞で入院なさったことがあり、記憶がまだらなのだそうです。そのリハビリもかねて、写真の編集に取りくまれたとのことでした。あきらめの悪い私はアルバイトの浜田さんにも、お話を伺いたくなりました。安保さんの会社の古い記録にあった住所をひかえ、そのお宅に、まだ浜田さんの表札が掲げられているのをたしかめたうえで、あらためてお手紙をさしあげたしだいなのです。不審な郵便物として捨てられる懸念もありましたが、運がよければ、ご連絡がつくだろうと思いました。」

「手紙をいただいたのは、実家をさら地にする直前でした。ですから、運がよかったのはたしかです。すでに不動産会社が管理をしていました。手紙類も彼らが受けとって保管してくれます。それ以前だったら、あなたの手紙はあの家でひとり暮らしをしていた老母のもとへ届き、冷蔵庫か食器だなのどこかへしまいこまれ、忘れ去られたことでしょう。母は、一見まともなのですが、ものごとを片づける手順が、もはや機能していませんでした。片づけはするものの、脈絡がないために、身内の者でさえ、母がなにをどこへしまったのかがわからず、見つけだすのにたいへんな苦労をします。ああ、すみません。話を脱線させてしまいましたね。つづきをどうぞ。」

「おそれいります。私が申しあげたいのは、ただ真実を知りたいのだということです。あの日、私の身になにがあって窓から転落したのか、その状況を知りたいだけなのです。伯父も母もすでに亡くなり、父は認知症です。いまはひとりでも多くの関係者の証言をあつめたいのです。」

「だれが大嘘つきなのかをあきらかにしたいと、そういうことですね？」

「……そうです。だれかが嘘をついているから、つじつまがあわないのです。あの日よけはトイレの窓の下にはありませんでした。」

「ええ、私は皆さんが真実を語らない理由を知っていますよ。口止めもされていません。でも、あなたの耳には入れないほうがよいだろうと思うのです。」

「なぜですか？」

「なぜ？」

浜田の口調に変化があった。それまでは常に友好的だった――というより、神経を患った人の相手を根気よくつとめる傍観者としてふるまっていた――が、ここではじめて彼の声に感情があらわれたのだ。それも、あきらかに険のある調子だった。

「午后三時ごろ――たしか十分ほどすぎていました――休憩していいぞ、と安保さんが声をかけてくれました。雨の多い夏だったのに、あの日はめずらしく朝から晴れて、気温も高めでした。どこかの店でしばらく涼んで来いよ、と送りだされたのです。ついでに、バルーンの写真も撮ってきてくれ、とインスタントカメラを渡されました。わたしは腹ごしらえをかねて、当時駅前にあったローカルなバーガーショップに立ちよって三十分ほど休んだのち、トーゴビルの向かいの歩道へやってきました。アドバルーンの写真を撮るためです。インスタントカメラは人物と近景と遠景の三種類くらいの距離しか選択できません。さらに露光もおおざっぱにしか調節できませんから、レンズを頭上に向けるとよぶんな光までとらえ、画面全体が白くぼやけてしまうのです。そのため、しゃがんでみたり、歩道ぞいの建物の軒さきまでさがってみたり、アングルを決めるのにしばらく苦労していました。ようやく、ここならどうにかフレームにおさまるだろうという位置を見つけてシャッターを切りました。その直後、私の人生も断ち切られたのです。歩道に面した建物の三階から飛び降りた人の巻き添えになりました。意識不明のまま病院に搬送されましたが、何が起こったのかを知ることもなく不本意にも旅立つこととなりました。……一命をとりとめたあなたは、実に都合よく記憶を失くされ、ご自分の過ちも悩みも忘却なさって、この三十年を平穏に生きていらした。……私としては、命を返していただきたいと思うのみです。がれきといっしょに片づけられたのでは、浮かばれません。」

席を立つ気配がして、雨宮の横の通路をぬけてステンカラー人が歩き去る後ろ姿が見えた。直前の緊迫した会話など嘘のように、ごくふつうの足取りだ。そのまま、やや急ぎ足で階段をおりてゆく。雨宮も席を立った。上着をはおりながら、後ろのテーブルをふりかえった。

だれもいないテーブルに、ドリンクのカップがひとつ残されていた。はじめからひとつだったのか、ステンカラー人がひとつだけ片づけたのかは不明だ。雨宮はぼんやりと、そのカップをながめた。窓から見えるバス停では、医療センター行きのバスが乗客を乗せているところだ。順番待ちの列の最後尾にステンカラー人がならんでいる。雨がふりだした。ささやくような雨音が聞こえる。しだいに雨宮の耳もとに鳥が群がってくる。

（「群像」二〇一二年五月号）

大盗庶幾

筒井康隆

　今日は帝劇、明日は三越。母の日常はその頃のそのような流行語の通りだった。栗島文麿の母は幾代と言い、美しかった。十五歳だった文麿は、流行のパーマをかけた美しい母に恋していたと言ってよい。

　華麗な和服に着飾って幾代が共に観劇や買物へ出かけるのはたいてい高等女学校時代からの友人で、彼女たちもまた有閑階級の夫人だったのだが、幾代には他に二、三人の男友達もいた。勿論彼らと逢っているところが世間の眼に曝されてはならないので、男たちは夫の留守に栗島邸を訪ねてくるのだ。文麿はその男たちの存在や来訪を母から堅く口止めされていた。母は淫蕩な浮気女だったのである。伊藤野枝「貞操に就いての雑感」が発禁になったのはちょうどその年だった。

　父の豪造もまた、自宅にいることはほとんどなくて、どこで何をしているのか文麿は知らなかったが、幾代にすっかり手なずけられてしまっている婆やや姐やと話す母の口からは、夫の放蕩を暗示するようなことばがしばしば洩れ聞えてくる。そんな家に育った文麿が通常の倫理観と無縁だったことは言うまでもない。

それでも文麿が忘れられないのは、父が文麿をカフェーへつれて行ってくれた時の甘ったるい思い出だ。幼い頃から美少年だった文麿をカフェーの女給たちに自慢したいからでもあったのだろうか。大正になってからのカフェーは、もはや珈琲を飲ませるための店ではなく、バーとレストランを兼ねた、女たちのいる店になっていたのだが、なんて綺麗なの、あら可愛いと女給たちにちやほやされた記憶はいつまでも文麿の脳裡から離れなかった。しかし思春期になってても文麿はそうした女たちや同年代の少女に魅力を覚えることはなく、あいかわらず唯一恋うる人は母の幾代だったのである。

栗島邸は千駄木にあったが、夏になるといつも近くの広場にサーカスがやってきた。グランド・サーカスというそのサーカス団は毎年夏と冬にやってくる。文麿は小学生の時からこのサーカス団の太郎という綱渡りの少年と友達だった。小学二年の夏、他の子供たち以上のサーカスに対する執着から、ある日巨大なテントの裏にまわってみると、そこには地上低くにロープが張られ、太郎というその少年が綱渡りの練習をしていたのだ。文麿は太郎に話しかけ、ちょうど同い年だったこともあってたちまち仲良くなった。以後、夏休み、冬休みごとに文麿は毎日テント裏に通ってこの少年から綱渡りを教わり、さらには玉乗りや、太郎に紹介された一寸法師に教わって道化師のやるとんぼ返りなどの技も習得する。太郎を可愛がっている初老の魔術師からは簡単な手品も教わった。

ステージで綱渡り、玉乗りなどを演じる時に、太郎は女装して可愛い少女に化けた。それらはもともと少女の演じる芸だったからである。四年生の時に文麿はテントの中にある彼の楽屋に入り、太郎にすすめられるまま、面白がって少女に変装してみた。たまたま楽屋にやってきた団長がその美しさに驚き、文麿の名を訊ねた。それまで太郎にもちゃんと名乗ったことがなく、自分を平ちゃんと呼ばせていた文麿は、栗島文麿といういかにも貴族的な名を恥じ、遠藤平吉と名乗ったのだった。事実父の栗島豪造は男爵という爵位を持つ貴族だったのだ。太郎のフルネームが笠原太郎であることを知ったのもこの時だ。

そんなことが家族に知れたら大目玉だからといやがる文麿に頼み、団長は彼を円形ステージに立たせた。まず玉乗りをやらせ、次いで綱渡りをやらせた。濃い化粧をした女装のため、まあ可愛いと喝采を浴びる文麿の正体は誰にも知られず、小学校の同級生たちが観客席にいても見破られることはなかった。以来、学校へ行かなくてもよい夏休み冬休みごと、毎日文麿はステージに立つこととなる。僅かばかりの日当を貰ったが、むろんそんな金など、潤沢に小遣銭を持っている文麿にとっては何ほどのものでもない。

中学生になると、遠藤平吉の文麿と笠原太郎はコンビを組んで空中ブランコに挑戦することとなる。もうひとり少女が加わっていたので文麿たちは女装しなくてよかったし、はるかな高みでの演技だから知人に間近で顔を見られる心配はさほどなかった。またあの魔術師からは魔術の助手を頼まれ、これはうら若い美女に扮装して演じたのだったが、このステージによって文麿はブラック・マジックの技術も体得することになる。

十五歳になった文麿の楽しみは、今や女装である。サーカス団の楽屋から、彼のために作られた鬘などを持ち帰り、母の衣裳戸棚から婦人服を持ち出し、化粧をする。並の女性を凌駕するメークアップの技術を自らの顔に施すのは快楽でもあった。自ら注文して作らせた流行の女優髷の鬘に和服という女装もした。そして夜ともなれば、庭園に面したヴェランダから外へ、そして夜の町へと出る。そこは魔都、東京である。

赤い灯青い灯。夜の銀座を歩くモボ、モガが眼を丸くして文麿を見つめ、男たちは寄ってくる。まあキュートだわね。まるで百合の花だ。おう姐ちゃん、あんたの瞳はあの夜空の星みてえにきらきら輝いてるぜ。あっ。お嬢さん。きっと高貴の人に違いない美しい美しいお嬢さん。いったいどんな男があなたを抱くのか。ああ。想像しただけでぼくは嫉妬に狂いそうだ。

変装に魅力を見出した文麿は、美女だけでなく老婆、禿頭の親爺、ルンペンなどにも扮して帝都を徘徊した。一寸法師から教わったピエロのメイクを施しサンドウィッチマンに化けたこともある。人目を晦ます夜と限らず時には白昼に出歩く冒険もする。このような毎日毎夜の外出、休暇ごとのサーカス出演が家の者に発覚しなかったのは、両親が一人息子のことなど抛ったらかしだったこともあるが、ひとつには文麿の学業成績が優秀なので家族が安心しきっていたからでもあった。頭がよかったし、それなりに勉強もしていたのだ。

文麿のもうひとつの楽しみは、母幾代が若い男を相手にくり広げる情事の窃視だった。しばしば応接室のソファで行われるそうした性行為を、文麿は母の情人が訪れるたび、天井裏から覗き見ていた。軽業に長けた文麿にとって、自らの部屋の押入れから天井裏に入り、音もなく梁の上を移動するなどは容易いことであったし、重厚な格天井には室内を窺うのが可能な隙間はたくさんあったのだ。自分の息子が天井裏から母と情人の痴態を盗み見て自慰に耽っているなど、幾代は想像すらしていなかったであろう。

深夜、女中部屋へ忍んで行く父、栗島男爵の姿を廊下で目撃してからは、十七歳になる可愛いクメという姐やの部屋を天井裏から窃視する楽しみも増えた。豪造に無理強いされて犯されるクメの姿は新たな刺戟だ。そのため同年配の女性として文麿はクメに恋心を抱くようになった。ただし実際に父男爵を真似てクメを犯そうとは思わなかったし、両親の寝室を覗こうという気も起らなかった。彼の興味の対象はあくまで反道徳的な不倫行為にあったのだから。

高等学校に進学した文麿は、若い会社員の服装でしばしばカフェーに入り浸った。父に連れられて行った甘やかな記憶と、その頃からエプロン姿となった女給たちに魅力を覚えてのカフェー通いである。エプロンなどしたこともない母とは異なる、家庭的な女性に憧れていたのだったろうか。共にカフェー通いをするような学友はまったくいなくて、学校では人嫌いと噂されていたのも、自分のいろいろな秘密を彼らに気づかれないためだ。文麿の初体験はカフェーの、ややクメに似た女給に誘惑されての一夜であった。

その頃の家族の団欒といえば、たまの夕食に親子三人が揃う偶然のみだった。そんな時話題になるのは貴族社会の誰それの噂だ。少し前に起った芳川伯爵家の若夫人がお抱え運転手と心中をはかった事件以来、食卓での話題は上流社会の情事に尽きていて、幾代にいたっては口を極めて彼らの莫迦さ加減を罵倒し、それでいながら互いの配偶者の情事については知っていながら匂わせもせず、いわば危険な会話を楽しむふうであり、文麿もまたそんな話題を聞き流すふりで内心では秘かに愉しんでいたのだ。

髙島屋、松屋、白木屋などの百貨店が次つぎと開店して、幾代の外出はますます頻繁になった。そんなある日のこと、九月初旬の蒸し暑い夜だったが、例によってカフェー遊びが深夜に及び、帰宅しようとしていた文麿が家の近所の団子坂を通りかかったのはもう一時を過ぎていて、そんな時間だというのに足袋屋、古本屋、時計屋と三軒並んだ商店の前に人だかりができ、警察官なども立っていて物ものしい雰囲気になっている。

「古本屋さんのおかみさんが殺されたんだってさ」

主婦たちのそんな会話を聞き、ははあ殺人事件かと納得したものの、滅多にないことなので興味を持ち、野次馬に混じってしばらく古本屋を眺めるうち、店の中からどう見ても警察関係者とは思えないふたりの男が出てきた。ふたりとも二十四、五歳と見える和服姿の男たちであり、ひとりなどは棒縞の浴衣をだらしなく着ている。和服姿の私服刑事もいるにはいたが、まさか浴衣を着てはいないだろうし、そのふたりが容疑者などでない証拠には、彼らに注意を向けたり監視しようとする警察官はひとりもいなかったのだ。ふたりとも、大学は出たものの就職ができない、その頃多かったいわゆる高等遊民という人種に違いなく、きっと参考人なのであろうと判断したものの、文麿には浴衣を着た男がちょっと気になった。もじゃもじゃ頭のその男は不謹慎にも、何が面白いのか意味不明のにやにや笑いを笑い続けているのである。変なやつだとその時は思っただけのその男の風貌は、文麿の頭にいつまでも残っていた。

翌年、アメリカ帰りの松旭斎天勝を浅草帝国館で見た文麿は、日本の奇術にはない演出に度胆を抜かれ、彼女の露出した肉体美の魅力にとり憑かれ、自らも天勝の域に迫ろうとひそかな決意をし、時にはグランド・サーカスの巡業にまで参加し、ますます肉体訓練に精魂込めるのだった。その一方で文麿は大学に進み、美学を学ぶことになる。奇術に役立てるため心理学を学ぼうかとも思ったのだが、当時の心理学はネズミを相手にした実験心理学の段階にとどまっていたので美学を選んだのである。

失業者が尚も増加し、「枯れすすき」というなさけない唄が巷で歌われているそんな世相のさなか、なぜ美学などという浮き世離れした学問を文麿が選んだのかというと、実は父栗島豪造の趣味が美術品の蒐集であったからだ。栗島邸の地下には男爵が買い集めた美術骨董品、それは例えば安阿弥作と伝えられる鎌倉期の観世音像、谷文晁の山水画、尾形乾山の陶芸品などいずれも国宝級のものが並べられていて、文麿もまたそのような古美術に親しみ、ひとり地下に降りては気持の安らぎを得たりもしていたのだ。だからいずれは自分が継ぐことになるであろうそれらの美術品に対する知識や観賞眼を得ておく必然があるのだった。

地下室にあるのは古美術ばかりではなかった。片隅の大金庫の中には美術刀剣類、宝石類、貴金属類が少なからず収められていた。その中には曾てロマノフ王朝の宝冠を飾っていたといわれる六個のダイヤモンドもある。ロシアの帝政没落ののち、ある白系ロシア人がこの宝冠を手に入れ、飾りの宝石のみを取り外して中国人に売り払ったものが男爵の手に渡ったのだ。父が見せてくれた価格にして二十万円というそのダイヤは、文麿の眼には電燈の明りのもと、何かしら不吉な光芒を放っているかに思えたのだった。

婦人の断髪が流行すると、幾代はただちに髪を切ってモダンガアルに変身した。彼女は年を重ねるごとに若返っていくようだった。大正十二年九月一日の関東大震災も、一時の大混乱が収まってみれば幾代にとっては何ほどのことでもなく、壊滅した下町の繁華街にかわって新たに繁栄している渋谷道玄坂、牛込神楽坂などへ友人と連れ立ち、嬉嬉として繰り出すのである。だが、幾代のそんな享楽的な生活もそれまでだった。震災の影響で豪造が出資していたレコード会社など四社が倒産し、巨額の借財を背負った栗島家は破産する。

豪造はすべての古美術品、貴金属宝石類を売却した。高価な家具類もすべて売り払い、残ったのは広壮な邸宅のみである。そして幾代は、十歳以上も年下の情人を伴って出奔した。特に彼女を捜そうとする様子もなかった男爵は、やはりそれが大きな心の痛手であったらしく、自分の書斎で縊死したのである。栗島家の爵位は没収された。

文麿はすでに大学を卒業していたのだが、この苛酷な運命が不満でもあり、残念でしかたなかった。栗島家の再興を目ざして働こうにも、彼には就職先もなければ実業的な知識も能力もない。クメに暇を出し、行くあてのない婆やとふたり、がらんとした邸内で過す毎日だ。

そんなある日、女装したピストル強盗として世を騒がせていた通称ピス健が女装のままで逮捕された。新聞を読み、始まったばかりのラジオ放送を聴き、その乱暴な犯行と稚拙な女装の技術にあきれ返るうち、文麿は盗賊としての自分の才能をじわりじわりと認識しはじめていた。
盗賊。自分にとってこれほどたやすくできる仕事はないではないか。今までに習得したすべての技や知識が役立つ行為なのだ。もう家にある財産も残り少なくなっていた。ほとんど切羽詰っている貯金の残額。もう数十日後にまとまった金を得ないことには、生活が不可能になる。

盗賊になるという決断をさすがに下し兼ねて思い惑ううち、なぜ遠藤平吉の正体を栗島文麿と知ったのか、グランド・サーカス団の笠原太郎が栗島邸を探し当てて訪ねてきた。団長が急死したのだと言う。意外なことに文麿の正体はもうだいぶ以前からサーカス団二十数人の全員に知られていた。あの魔術師が町中で学生服姿の文麿を目撃し、興味に駆られて尾行したらしい。男爵家の令息であることも、そしてその男爵家が没落したことも、彼らは知っていた。今日笠原が訪れたのは、サーカス団全員の意志として、暇になった筈の文麿にぜひとも団長を引継いでもらいたいという頼みであった。不況のためグランド・サーカス団は解散寸前であり、ここで強力な指導者のもと、思い切り大胆な興行に打って出なければ破綻だというのである。

「本来ならおれが引継ぐべきなんだが、なにしろおれには学がないし、人望もないからなあ」

いささか悔しげにそう言う笠原を見て、この男は本気で団長をやりたがっている、と文麿は判断した。できる限りの協力は惜しまないし、サーカス団を支えよう、ただし、と文麿は言った。「団長は君がやれ。おれはその助言をする。団員にはおれが了解を得てあげよう。そのかわり」

文麿が提示したのはサーカス団全員が盗賊行為の手助けをすることだった。幼い頃からの友人。ふたりは悪戯半分ではあったがさまざまな悪事をしてきた仲間でもあったのだ。サーカス稼業などというやくざな世界。犯罪すれすれの危ない橋渡しも平気でやる団員たち。時には一寸法師、魔術師などを加えてのでかい人騒がせもしたのである。笠原太郎は団長になれるのならと大喜びでこの提案に乗った。

猟奇探偵小説が流行しはじめていた大正末期、文麿の盗賊団は活動を開始する。金持の家から財貨、財宝を盗み出すその手口をいちいち詳述するのは面倒なので、ここでは彼らが盗みに使った小道具、トリックなどを列挙するにとどめよう。それは即ち電線綱渡りなどの軽業、ブラック・マジック、美女や警官やサンドウィッチマンや乞食などへの変装、早変わり、一人二役、一寸法師による壺や椅子や仏像など閉所への潜伏とそこからの出現、気球による宙空への逃亡、その他、その他である。大掛りな盗賊として新聞の片隅には載ったものの、新たに説教強盗なるものが世を騒がせていたことや、決して殺人を犯さないという文麿の方針が守られたこともあって、この頃にはまだ通常の泥棒集団と思われていたのだった。

生活費を潤沢に得て、各地を巡業するグランド・サーカス団も文麿によるモダンな演出と援助金により無事に立ち直った。そんな時期、文麿は一冊の私立探偵の探偵談を買い求めて読み、扉に載っている写真を見て、あの団子坂で眼にしたもじゃもじゃ頭の男こそが今や世評に高い有名な探偵になっていることを知ったのだった。その本には団子坂殺人事件の真相を犯人の自首よりも早く悟っていたこと、以後いくつかの困難な犯罪事件に関係してその珍しい才能を現わし、警察からも私立探偵として立派に認められたこと、例えば官吏未亡人の殺人強盗事件、実業家令嬢の誘拐事件、幽霊生捕り事件、その他その他であり、論理的な推理によってそれらを解決したことをさも自慢たらしく書いているのだ。文麿には理屈っぽいばかりと思えるこの探偵への敵愾心が生まれた。お茶の水の「開化アパート」の二階に住まいを兼ねた事務所を構え、フィガロなどという珍しい紙巻煙草をふかしているこの男は文麿にとってどうにも鼻持ちならないやつである。しかしこの時にはまだ、どんな方法でこの探偵に挑戦するかを考えることはなかった。

そんなある日、彼はサーカスの新たな演出方法を求めて近頃評判の、エノケンを中心にした第二次カジノ・フォーリーを見に浅草水族館の余興演芸場に出かけたのだが、すぐ近くの観客席に、二人の男性に伴われて見にきている清楚なひとりの女性を眼にとめた。十八ばかりの美しいその少女はふたりの男から愛情を込めて文代ちゃんと呼ばれていたから、おそらくは男たちの妹なのであろうと想像することができた。ああ。こんな可愛い人を誰が愛さずにいられようか。忘れることができない人になりそうだ。直感でそう悟った文麿は、終演後に三人を尾行した。資産家の一族らしく彼らはタクシーに乗ったので、文麿もタクシーを呼び止め、その後を追わせる。三人は大森の山の手にある豪邸の前でタクシーから降り、邸内に入っていった。その邸宅は人家を離れた丘陵続きの広大な土地の真ん中にぽつんと建っていて、表札には「玉村」とあった。邸宅は夜目にも広壮であったが文麿は次の日の昼間に邸前を再訪し、それが煉瓦づくりの西洋館や御殿造りの日本建てという大きな屋敷であること、洋館の屋根に古風な時計塔があることなどを確認する。この玉村家について文麿が聞込み調査をした結果、当主であった玉村氏はすでに亡く、東京の有名な玉村商店という宝石を売買する大きな店を継いでいるのは一郎、二郎という二人の息子であり、さらにその妹で文代という娘がいることを知ったのだった。

それを知ったからといって、文麿にはどうすることもできない。ああ世が世であればと嘆くしかないのだった。自分がまだ男爵家の一人息子であれば、人を仲立ちにして結婚を求めることもあるいは可能であっただろう。宝石貴金属の蒐集が趣味であった父男爵が存命であり没落もしていなければ尚さら彼女との交際は容易であったろう。だが彼は今や世間的に無為徒食の身であり、その正体はといえばなんと盗賊なのである。とても正面から交際を求めるなどできる筈がないのだ。それでも文麿は「文代さん」を諦めることができなかった。

白木屋の火事があったその年、魔術師が老齢になり演技が困難になってきたので文麿は彼に替り、髭をつけてブラック・マジックの舞台に立つようになった。そんなある日彼は、相変わらず新たな演出法を学ぶためにちょうど来日していたドイツ・ハーゲンベックのサーカスを見にでかけた。前景気をつけようとレコード会社が売り出した西条八十作詞「サーカスの唄」が大流行していたのだ。グランド・サーカスなど日本のサーカス団には存在しない猛獣を見られるとあって興行は大成功を収めているらしい。

文麿が家から乗ったタクシーが千駄木を出はずれた時、すぐ隣を走る車の後部座席に乗っているのがあの文代さんであることに彼は気づいた。タクシーではなかったから、自家用車でもあろうか。文麿はすぐ運転手に命じてその車のあとを追わせる。車は両国国技館の前で停まり、文代さんは入口で待っていた男に伴われて、菊人形開催中だった館内に入って行く。ちらと見たその男は、襟を立てた黒の外套、黒ソフト、黒眼鏡というなんとも怪しげな人物であり、文麿が危惧の念を抱くに充分だった。あいつは何者だ。文代さんはなんだってまた一人でこんな所へ来たのだ。彼はすぐに切符を買い求め、彼女のあとを追って館内に入ったものの、数十丈の懸崖を落ちる人工の滝つ瀬、義経千本桜の生人形と満開の桜の山、どこを捜しても彼女の姿も男の姿もない。捜し疲れた文麿が少女たちの素足踊りを見せている余興舞台の前の広場で佇んでいる時、突然電燈が消えてあたりが真っ暗闇になってしまった。

最初は誰もあやしまなかった。この見世物は転換のたびに暗転していたのだ。ところが舞台は変らず、踊子たちも立ちすくんだままだった。電燈だけがいっせいに何度も何度も点滅した。踊子の立ちすくんだ様子が滑稽だったので見物客がどっと笑う。そのうち電燈の明滅がおさまり舞台が続けられると見物も安心し、ふたたび踊子の素足に見入るのだ。しかし文麿だけはこの現象の意味を悟っていて、不安に襲われた。今の点滅はあきらかにSOSではないか。誰かが救いを求めているに違いない。彼にはそれが文代さんだという確信があった。彼は広場を歩きまわって制服制帽の場内整理係を見つけ、訊ねた。「この舞台の照明係はどこにいるのです。その人に会わせてください」

係員はぶっきらぼうに言った。「仕事中は面会させないことになっています」

そっぽを向いた係員に、文麿は尚も懇願する。「いや。ぜひ会わせてください。なにかしら非常なことが起っているのです。君は今電燈が消えたのを停電か何かだと思っているでしょうが、あれは恐ろしい信号です。救いを求める非常信号です」

「百姓、だまれ」という大声は耳障りな話し声に腹を立てた熱心な見物客のものだ。

尚も言い募る文麿の興奮した顔をじろじろ眺めた末、係員は黙って立ち去ろうとする。文麿は引き下がるしかなかった。ひそかに照明室、配電室を捜せないものでもなかったのだが、その時数人の警察官が大急ぎでこちらへやってくるのを認め、盗賊である身のやましさからその場を離れざるを得なかったのである。それに彼らもまた、今の電燈の明滅に何らかの犯罪を嗅ぎつけたに違いなく、ならば自分はこの場に無用と判断したのだった。

のち、この時の騒ぎは新聞で報道され、誘拐され配電室に閉じ込められた玉村文代という令嬢が、咄嗟の機転でスイッチを操作し救いを求めたのであったことを文麿は知ったのだが、その前後のいきさつは「事件未解決のため」という理由で書かれていなかった。文麿はただ文代さんの無事をひそかに喜ぶだけだ。

その事件が解決したのかどうか、サーカスの運営と盗賊行為に明け暮れていた文麿が何も知らぬままに数日が過ぎたある日のこと、美女消失の技をステージで披露していた文麿は、観客席にいる男女の姿を見て驚愕した。女性は文代さんだった。そしてその横に、さも親しげにして共に文麿演じる魔術に見入っているのは、昔団子坂で見かけ、その後著書の扉で写真を見たあのもじゃもじゃ頭の私立探偵ではないか。吃驚したはずみに危うくトチりそうになりながらも懸命に誤魔化して舞台を続け、楽屋に戻った文麿の心は今や嫉妬と憎悪で煮えくり返っていちくしょう、あいつはもう四十近い歳の筈ではないか。それがなんであの若い文代さんとあんなにも親しげなのだ。

団員数人に尾行や調査をやらせた結果、文麿はやっと二人に関する詳細を聞くことができた。文代さんはあの私立探偵の助手になっていたのだ。だからこそ事件に巻き込まれ、国技館に誘い出されて誘拐されたのだった。文麿が気づいたあの電燈の点滅は、国技館の巨大な丸屋根に輝くイルミネーションをも明滅させ、それを遠くから眺めた私立探偵や警察官たちによって文代さんは無事、救出されたのである。吸血鬼事件と呼ばれたその怪事件はあの探偵の活躍で解決していた。それ以前、そもそも父玉村氏の死にかかわる魔術師事件と呼ばれた難事件を解決したのもあの探偵であり、文代さんとはその時からの知り合いだったのだ。愛しあうようになった二人は今、探偵とその助手としてあの開化アパートの二階の三室を住まいと事務所に使い、仲良く暮しているという。しかも文麿が仰天したことには、最近の新聞には近近、名探偵と恋人の文代さんが結婚式をあげるだろうと記されているというではないか。

あの可憐な文代さんが、なぜあんな四十近い貧乏探偵と結婚するのだ。それくらいならばこちらだって、あいつより四、五歳は若い上に、男爵家の血を引く御曹司である。探偵と盗賊にそもそもどれ程の違いがあるか。似たようなものではないか。文代さんはどう考えてもあんなやつよりはおれに相応しい女性なのだ。

あの探偵と対決しよう。文麿はそう決意した。まずこの元男爵邸をもとのままに戻すのだ。そのためには各所に散逸した地下の古美術品や貴金属宝石類をすべて取戻さなければならない。安阿弥作と伝えられる鎌倉期の観世音像、谷文晁の山水画、尾形乾山の陶芸品などの古美術、片隅の大金庫の中にあった美術刀剣類、宝石類、貴金属類、特に、曾てロマノフ王朝の宝冠を飾っていたといわれる六個のダイヤモンドなど、すべて現在の在り処を探し出して奪い返し、地下に並べるのだ。それはただ昔のような心の安らぎを得ようとしてのみの行為ではない。それこそがあの探偵への挑戦なのである。

探偵を事件に乗り出させるためには、彼の興味を掻き立てねばならない。そのためには古美術品や高価な宝石貴金属類ばかりを狙う盗賊として新聞などに書き立てられる必要もある。だが、それだけでは警察が彼に協力を求めるかどうか甚だ心許ないのだ。しかし確実にかの探偵を引っぱり出す手だてがある。探偵はさまざまな事件で真犯人から、時には何月何日何時何分これこれの品を頂戴に推参するという犯行予告の形で、あるいは探偵を揶揄する言葉を書き連ねたメモや手紙の形で挑戦状を受取っていて、そんな時こそ彼はあからさまに闘志を燃やすのだ。その性を利用しない手はなかった。警察はおろか、そんな私立探偵などに正体を暴かれ、逮捕されるなどという失態は考えられなかった。

文麿は曾て父の所蔵していた品の行く先、博物館であったり美術館であったり、宝石商の店であったり個人の邸宅の金庫であったりもするそれらの所在を突き止め、さまざまな形で犯行を予告し、次つぎに盗みを成功させていった。警察はこの美術品好きで犯行を予告する盗賊に振りまわされた。新聞も大きく扱いはじめ、警察があの探偵に協力を求めるのはもはや間違いなかった。その探偵はといえば、今や港区龍土町の閑静な屋敷町に邸宅を持って文代夫人と住み、事務所は同じ開化アパートという名ではあるが千代田区采女町という都心部に移り、小林という少年を助手にしておさまり返り、名声を誇っているというではないか。おのれ探偵。今にひと泡吹かせてやるぞ。文麿は今、探偵の出馬を手ぐすねひいて待ち構えているのだ。

そのころ、東京じゅうの町という町、家という家では、二人以上の人が顔をあわせさえすれば、まるでお天気のあいさつでもするように、怪人「二十面相」のうわさをしていました。

（江戸川乱歩「怪人二十面相」）

（「群像」二〇一二年七月号）

台所の停戦

津村記久子

日曜の夕方前に昼寝から起こされ、娘に、今日は台所を使っていいかと訊かれた。私はまた、できもしないクッキー作りなどに付き合わされるのだろうか、と少しうんざりしながら、いいけど、お菓子を作るにしてもバターがないよ、と答える。娘の読む女の子向けの雑誌には、ときどき焼き菓子の作り方などが掲載されていて、私はそれをちょっと疎ましく思っている。焼き菓子を家でいちから作るのは不経済でめんどうだ。娘に言ったように、うちはパンを食べる習慣がないので、意識しないとバターが冷蔵庫にない状態だし、やたら時間が掛かるし、子供はお菓子を作るのに、ただ材料を混ぜて黄色く焼いただけでは満足しない。必ず、雑誌の華美な写真のように、クリームやアラザンやデコレーションペンで飾りたがる。お菓子本体より、飾りのほうがお金がかかる。小学五年は、混ぜてフライパンで焼くだけのホットケーキみたいなものは、単純すぎてつまらないと思っているのだ。女の子雑誌には、もっと簡単で実際的な料理を提案して欲しいと思う。

娘は、私の予想に反して、お菓子を作るんじゃないよ、と言う。学校の家庭科の授業で、ほうれん草とベーコンの炒め物を習ってきたので、それを晩ごはんにしたいのだそうだ。

「だからお金ちょうだい」

「ほうれん草とベーコンのお金？」

「うん。とりあえず五〇〇円ぐらい？」

私は、そんなにかからないよ、という言葉を飲み込んで、ソファの隅からバッグを引き寄せる。

「たぶん余るから、おつりは返してね。他のお菓子とかは、おこづかいから買って」

そう言いながら五〇〇円玉を渡す。娘は、わかった、と言って、どこか弾んだ調子で家を出ていった。私はすぐに、昼寝を再開するために目をつむる。娘はきっと、五〇〇円を使い切って戻ってくるだろうと思う。そのことは咎めまい。ひとまず、料理に興味を持つのはいいことだ。うまくしたら、週に一度ぐらいは、平日会社員をやっている私の代わりに、晩ごはんを作ってくれるようになるかもしれない。そうなったらこっちのもの……。

次に私を起こしたのも娘だった。へらはどこ？　と言うのだ。ほうれん草とベーコンをフライパンで炒めるのに必要なのだという。学校でも使ったし、教科書にもそう書いてあるらしい。へらはないよ、と私は答える。娘は焦った様子で、じゃあどうするの？　と訊いてくる。

「菜箸を使えば？」

「さいばしってなに？」

私は、少しずつ気が立ってくるのを感じながら、ソファから降りて、台所の引き出しを開け、菜箸を出して娘に渡す。娘は、いきなりやる気をくじかれた様子で、もたもたとまな板を下ろし、ほうれん草を洗って切る。茎の部分をほとんど切り落としてしまっているのを見て、私は、そこ食べられるよ、と指差す。娘は、何も言わずに、切り落とした茎をよけて、葉の部分を恐る恐る刻んでゆく。しっかり野菜を持って、ゆっくり包丁を動かして、指には気を付けてね、と私は念を押すように言う。娘はうなずく。

じっと見ていられるのもいやだろうと思ったので、私は、スーパーの袋から娘が買ってきたベーコンを出して、値段をチェックする。使い切りのハーフサイズのものを三個パックにした商品じゃなくて、レギュラーサイズの十枚入りのパックを買ってきている。私は、これじゃこのまま保存しにくいから、これからは三個に分かれて二八〇円とかのを買ってきて、と言う。やっとほうれん草を切り終わった娘は、うん、と返事をして、私からベーコンのパックを受け取る。肉と野菜では野菜を先に切る、ということは教わってきたようだ。

一枚一枚ベーコンをはがして、大きめに切り終わった娘は、フライパンを出してきてガス台に置き、そこにサラダ油をなみなみと注ぐ。私は、そうじゃなくて、そこにキッチンペーパーを油に浸したやつがあるから、それで油をひいて、と言う。娘は、だんだん余裕がなくなってきたのか、うなずきもせずに、ベーコンをフライパンに置いて、ガス台に火をつける。

「ベーコンから脂が出るから、そんなにサラダ油を使わなくていいの」

私が言うと、娘は、だって、学校でこうやったし、と小さい声で反論する。私は、そう、とだけ返して、娘がよけたほうれん草の茎を洗って、根本から切り分け、娘が切ったほうれん草の山に混ぜる。娘は、真剣な顔つきでフライパンを見つめながら、慎重にベーコンを裏返している。私は、フライパンを娘の肩越しに覗きこんで、そろそろほうれん草を入れてもいいんじゃないかな、と言う。娘は、一瞬混乱したように私の顔を見て、傍らに置いた教科書に視線を落とし、ほうれん草をフライパンに投入する。一度に全部入れてしまったので、娘はほうれん草の山に手こずりながら、やりにくそうに菜箸でかき混ぜる。

私は、今日のおかずは貧弱になるなあ、と思いながら、冷蔵庫から冷えたごはんを出して、茶碗に分けてレンジで温める。娘は、何度も何度も、神経質なぐらいにほうれん草とベーコンをかきまぜて、しんなりしてくると火を止め、食器棚にお皿を取りに行く。

「先にお皿を出しておくと料理がさめないよ」

娘は、うんとうなずいて、テーブルの上にお皿を置いて、フライパンを持っていく。私は、それはテーブルの上でやらないで、ガス台の上でやって、テーブルが汚れるから、と言う。娘は、だんだん混乱してきた様子で、いったんフライパンをガス台に戻し、お皿をそちらに持っていく。私は、だんだん見ていられなくなってきて、貸して、とフライパンを取り、二枚のお皿に分ける。娘は、どこか肩の荷が下りた様子で、椅子に座る。私は、保存食品の引き出しを開けて、缶のスープを取り出す。日曜の夜のおかずが、ほうれん草とベーコンの炒め物だけではあまりにつらいから。

娘の初めての、お菓子作りじゃない料理は、あまりおいしくなかった。ほうれん草は油っぽいし、味付けの塩とコショウも忘れていたから、後で足した。娘は、ちょっとまずいね、と顔をしかめながら、情けなさそうに言った。学校ではもっとうまくできたのに。

「木瀬さんが班にいたからかな」

「そんなことないよ。一人でやるのは大変ってことよ」

娘が、クラスでもいちばんぐらいにませた女の子の名前を出したので、私はその子が嫌いだから、学校での料理の成功の原因として強く否定する。

「誰だって始めは失敗する」

私は、自分が初めて料理をしたときのことを思い出しながら、母親にかけて欲しかった言葉を口にする。どうだっただろうか。母親は、私の料理は食べなかったと思う。

料理を作るだけ作って満足した娘は、食べ終わると食器を流しに置いて、そのまま部屋に帰ってしまった。私は、やりっ放しにしないでね、と娘を呼びに行き、調理に使った器具と食器を洗わせた。それなりに一所懸命やっていたが、フライパンにはほうれん草がくっついていたし、お皿の端は油で汚れていた。私は、そのことまでは言わずに、娘を部屋に帰した。

夜の八時になると、母親が日帰りのバス旅行から帰ってきた。ただいま、という言葉の後に、やかましくその日の旅行の感想をまくし立てて、私の相槌も待たないうちに、ところで何作ったの、部屋の空気が油っぽいんだけど、と顔をしかめた。凪子が晩ごはんを作ったの、ほうれん草とベーコンの炒め物、と答えると、母親は、そ、と何の感慨もなくうなずき、また、油っぽい、と言いながら首を振って、冷蔵庫を開けた。

最初の失敗にも娘はめげずに、しばらくすると、粉ふきいもを作りたい、とおこづかいでじゃがいもを買ってきた。ケストナーの『点子ちゃんとアントン』を久しぶりに読み返して、アントンの作る塩ジャガイモなるものを食べたくなったらしい。私はじゃがいもが特別好きでもないので、肉じゃがやカレーの時にしか入れないし、娘の作りたいものの作り方は知らない。娘によると、家庭科の副読本に作り方が掲載されていたのだという。

その日は、私も台所を使うつもりだった。会社の昼休みに、豚肉と水菜の鍋をした、という話を聞き、午後は仕事をしながら、ずっとそのことを考えていたのだ。明日にしてくれる？と言うと、娘は、ちょっとだけだから、と退かなかった。私は仕方なく、娘と台所を共有して料理をすることになった。

娘にじゃがいもを剝かせることは骨が折れた。どうしたらいいの？とたずねられても、ピーラーの金具を表面に当てて動かすだけだと思うので、その通りにしか答えられない。私は水菜を刻みたかったが、娘はピーラーを手にしながら、じゃがいもを動かしたらいいのか、それともピーラーを動かしたらいいのか決めかねる様子でまな板を独占し、のろのろ皮を落としている。隣でそんな要領を得ない動きの気配がするだけでも、私はやきもきした。そのうえ、自分が動きたいように動けないし、おなかもすいてきていた。

仕方なく、気を取り直して、お茶でも飲もうと冷蔵庫を開ける。ドアの取っ手をつかむと同時に、中で何かがふらつく感触がしたので、そちらに手をやると、母親が押し込んだと思しき汁物のお椀が、今にも棚から落ちそうになっていた。落っことすと母親はものすごく怒るので、私は、歯を食いしばってそれを棚に戻す。お椀の奥には、もう一年ほどそこに置きっぱなしになっている羊羹があって、その上には、半分だけ使った豆腐が乗っている。同じ段には、消費期限が切れた食べかけの惣菜のパックがいくつかと、中身の分からない佃煮が何種類も詰め込まれている。その下の段にも、汁物の入った器がいくつか置いてある。なんでも片っ端からとっておくため、保存容器がいつも足りないので、食べ残しは、溜め込んだ小さな器に入れて冷蔵庫にしまうのである。

やっと皮を剝き終わった娘は、じゃがいもを慎重に四つに切り分けている。私が鍋を食べられるのはだいぶ先になりそうだ。娘がもう一つのじゃがいもに取り掛かっているところを見ながら、鍋にじゃがいもを焦げ付かせないでね、と私は言う。娘は、おそらくどうしたら焦げ付かせないでいられるかということがわからないまま、うんうんとうなずく。私は、説明をしようにも疲れが勝ってしまい、そのまま冷蔵庫に視線を戻す。

冷蔵庫にはいちおう、母親の棚（一番下と下から二番目）、娘の棚（上から二段目）、私の段（一番上）があって、そこにそれぞれのものをしまっているのだが、少しでも気を抜くと、母親の買ってきたものが私と娘の段を侵食してくる。冷蔵庫のドアの方は、娘の入れたジュースや私のお茶以外のすべての部分は母親のもので、数種類のめんつゆや、ドレッシングの瓶や、しょうが、にんにく、わさび、からしなどのチューブで埋め尽くされていて、だいたい半分の賞味期限が切れている。チューブものに関しては、使っていたことを忘れてしまうのか、同じ種類のものが三つぐらいあったりする。危なそうなものは折を見て捨て、場所を空けるのだが、母親はすぐさまその場所を他のもので埋めてしまう。

二つ目のじゃがいもも切り終わった娘は、食器乾燥機からやりにくそうに小鍋を出している。気持ちはわかる。食器乾燥機は、母親の第二の食器棚と化して、いつもぎゅうぎゅうに詰め込まれている。なので私は、中の食器に気をつけてね、と声をかける。娘はうなずいて、やっと小さい鍋を取り出し、水をはる。

冷蔵庫の娘の段には、娘が今日おこづかいで買ってきたと思しきプリンが置いてあるのだが、私は、母親の汁物のお椀を安定させるために、それを奥の方に押しやって、娘の段に母親のお椀を置く。娘の段には余裕があるので、母親の他の溢れそうな物も、そちらに移動させる。あまりいいことではないのはわかっていたけれども、娘がいちばん物持ちではないのは自明のことだから、我慢してもらおうと思った。だって台所を使わせてあげてるんだし。

ガス台の方からは、どうも苦いいやなにおいがしてくる。私は冷蔵庫を閉じ、そちらを見て、焦がしたの？　と訊く。娘は、どうだろ、わかんない、と言いながら、火を弱めたり、鍋をガス台から離してみたりとおろおろする。

「いやなにおい。ほら、換気扇回して」

私が言うと、娘は換気扇のスイッチを入れ、ガス台の火を止める。私は、頭痛がしてくるのを感じながら、たぶんもうそれ食べられるから、台所使わせてくれる？　と娘に訊く。娘は、わかった、と食器棚から器を出して、そこにじゃがいもをよそう。私は、鍋に適当に水とだしの粉末を入れて、火にかける。そして、野菜室から水菜を取り出してやはり適当に刻む。

つらい、と思う。娘が焦げ付かせたもののにおいがつらいし、作りたい時に料理ができなかったことがつらいし、冷蔵庫の中が溢れかえっていることもつらい。母親にそれを何度言っても、私の買った冷蔵庫だから、と開き直られるのもつらい。私は出戻りなのだ。娘が小学一年の時に離婚し、実家に戻ってきた。母親は父親と、私が十歳の時に別れたので、実家とはすなわち母親の両親の家を指す。祖父母は十年前に他界した。母親は、六十を過ぎた今もフルタイムで働いていて、だからこそ冷蔵庫に詰めるものもほぼ無限に、自分の判断で買える。

しょうゆ、酒を大さじ二杯ずつ、みりんをそれより少し多めに鍋に流し込み、沸騰したら火を弱めて、水菜を入れる。少し煮たら豚肉を足す。本当に簡単な料理だ。娘の家庭科の授業でも教えたらいいのに、と思う。

娘がじゃがいもを焦げ付かせた苦いにおいは、まだガス台の付近に漂っている。流しを見遣ると、焦げ付いたままの鍋が置いてある。娘は、皿によそったじゃがいもに塩を振り、フォークで刺して食べている。よもやそれだけを晩ごはんにするわけにもいくまい。

「においがこれだし、それ、まずくない?」

私が訊くと、娘は首を振って、おいしいよ、と言う。私はなぜだか少し苛立って、じゃあ鍋もちゃんと洗ってね、と指示する。娘は、洗うよ、とうなずいて、山盛りのじゃがいもをおいしそうにどんどん口に入れていった。

豚肉と水菜を分けてやろうとすると、娘は、いらない、と言って、私と入れ替わりにテーブルを離れ、流しに鍋を洗いにいった。私は、野菜と肉と炭水化物のバランスについて一席ぶちたい衝動に駆られたけれども、また今度にしようと決める。

じゃがいもを焦げ付かせた鍋を自分なりに洗った娘は、リビングに移動してテレビをつけ、前に放送していて録画した『魔女の宅急便』を観始める。よく観ているような気がする。好きなの？　と訊くと、べつに、とは言っていたが。

自分が食器を洗う段になって流しに立つと、娘が洗ったと称する鍋が伏せて置いてある。そこそこちゃんと洗っているようなのだが、よく見ると、隅に洗い残しがあったり、しつこくこびりついている焦げがある。

「鍋」私は、隣のリビングにいる娘に聞こえるような大きな声で、気付いたことを言う。「洗ったつもりでもまだ汚れてる」

お母さんがそこをどいたらやるよ、という娘の声が聞こえてくる。私は、確かに自分がここを離れないと娘が鍋を洗えないのはわかるので、娘のその返事を尊重する。

自分が使った食器や調理器具を洗いながら、私が娘の立場だったなら、ということを思い出す。私の母親なら、もっとくどくど言っていただろう。もっと、というか、ずっと。私が鍋を洗うまで。洗っても、母親の基準で完璧なものになるまで。そして完璧に洗える時が来たとしても、今度は洗剤や水の使用量だとか、こすりすぎで鍋の底に傷がついただとか、料理をする時間が悪いだとか、そもそも料理をすること自体に文句を言うだろう。母親は、どれだけ私が物事を正しく進めても満足せず、絶対に何か微細な瑕疵を見つけ出してそれをあげつらう。それは、母親が完璧主義者だからというわけではなくて、母親が単に母親として振舞っているからだ。子供の中に不完全な部分を見つけ出し、それを補完するのが母親の生涯の仕事だから。

考え事をしながら、のろのろ洗い物をしていると、娘がやってきて、冷蔵庫を開ける。娘も、母親がしまっている汁物をこぼしたらどれだけ怒るか知っているので、慎重な手付きで中を探るのだが、目当ての物は見つからないらしい。

「なんで私の段におばあちゃんのものが入ってるの？」

「おばあちゃんの冷蔵庫だからよ」

「でも、私の段って決まってたのに……」娘は納得いかない様子で、じっと中をのぞき込んでいる。「お母さん、私の入れたプリンは？」

「知らない。探しなさい」

本当は行方を知っている。でもいちいち言いたくない。私はそれを移動させた。でも私は、それの場所を正確に答えることができない。記憶喪失じゃない。母親の物が多すぎて、一度動かすと何をどこへやったかわからなくなるからだ。でもそうしないと、冷蔵庫に物が入らなくなる。

娘は溜め息をついて、首を振りながら冷蔵庫を閉じる。

「ねえ、おばあちゃんのもの、私の段に置くのやめてよ」

「それより、鍋をちゃんと洗いなさい」

「鍋と冷蔵庫は関係ないじゃない」

「そんなことない」私は、娘が洗った鍋を取り出して見せる。「この端っこにも、ここにも洗い残しがある。洗い方が悪いのよ」

娘は、眉間にしわを寄せて、何か言おうと口を開いてやめる。私が、後でちゃんと洗いなさい、とすでに娘が宣言していることを念押しすると、娘は、わかってるよ！　と強く言って台所を出ていく。そして、心持ち乱暴な足取りでリビングに戻り、一時停止していた『魔女の宅急便』を再生する。

私は、洗い物を終えて水道の蛇口を捻りながら、むやみに悲しい気持ちになる。母親の、使っているのかいないのかわからない食器が隙間なく詰め込まれた食器乾燥機を開け、中の物を最小限出して、自分の使った食器をしまいながら、私は不意に動きを止め、うなだれる。これは何かに似ている。私は母親からされてきたことを娘にやっている。


母親は、冷蔵庫の中の物を週に何度も移動させる。常にその中をいっぱいに満たしておくために、私のものを、自分の頭の中で食べるものとして認識されなくなった漬物や佃煮を、処理が面倒になった残り物を奥に追いやり、その日の食べ残しを器に入れ、ラップもかけないで前に置く。充分なスペースもないままに押し込まれた不安定な器は、冷蔵庫を開けるたびに前にやってきて、冷蔵庫の底面に落ちようとする。まるで罠のようなのだが、母親にそのつもりはない。足の早い食べ残しは手前に置いておかないとわからなくなるし、蓋のある保存容器は常にいっぱいだから、そうやって前に出しておくのが、母親にとっての最善の策なのだ。

私が食材を探すために、いつも手前に置かれている母親の器を冷蔵庫の底面に下ろして中をじっと検分していると、決まって母親は、中のものが冷えなくなる、と咎めた。だからといって、私のあれはどこに行ったの？ と訊くと怒った。激怒したと言ってもいい。母親は、私の成績が下がったり、友だちと話が弾んで午前十二時を回って帰宅したりしても、強く注意するだけにとどまる鷹揚な人だったが、とかく、冷蔵庫の中のことに関しては神経質だった。今になるとよくわかる。母親は、「あれどこ？」と訊かれるのが恐ろしく苦手だったのだ。冷蔵庫にどんどん詰め込んでいるうちに、何がどこにあるのかわからなくなるのだろう。それは、母親が母親である矜持を台無しにしてしまう質問事項だった。

それを補うためか、母親は、冷蔵庫を含めた台所のことに関しては、自分がルールであるという態度を貫いた。なので、台所回りのことに関してはいつも、料理などまったくしない兄の勝利だった。社会人になっても、あれを作ってくれこれを作ってくれと言い、気に入らなければ外食をするような人間であっても、母親の領地である台所と冷蔵庫に侵入しない人物こそが、母親の最大の寵愛の対象だった。兄の「あれを作ってくれ」に叶うものが作れなければ、母親は努力したのだ。「自分でやりなさいよ」などと言わずに。兄はまんまと母親と同じような女性を探し出して、彼女と家庭を築いた先でも、家のことはやらずにすんでいるらしい。

思えば、母親は一切、子供たちに家事をしろとは言わなかった。「家事をしてやらない」というカードは何度も切ったけれども。私は、「家事をしてやらない」と言われても大丈夫なように、自分で食事を作り、洗濯をするようになったのだが、母親は私がよそで習ってきたり自分で調べたやり方を、総じて「それは私のやり方じゃない」と非難した。最初のうちは、後始末がなっていない、と言い、そこに気が配れるようになると、うちのやり方と違う、と言い、渋々それに従うと、まだここがなっていない、時間や頻度がおかしい、と段階を踏んでいく。私は無力感を植え付けられ、家の外ではいつも、何かをおろそかにして責められるのではないかという感覚に追い立てられているため、なぜか「きっちりした人」という社会的評価を得るに至った。

私は、自分の使った食器のスペース分だけ出す予定だった、食器乾燥機の中の母親の食器を、いったんすべて出して、テーブルの上に並べる。食器棚にしまうつもりだった。母親は今日は、友人たちと会食があるという。とても社交的な人なのだ。仕事もできているし、それでいいじゃないか、と思うのだけれども、家に帰ったら母親の役割を演じずにはいられない。そうするために、台所に侵入する者を責め立てずにはいられない。

そろそろ帰ってくる時間かもしれない。こんな台所のルールを乱すようなことは、きっと見咎められるだろう。それでも私は、やらずにはいられなかったので、食器乾燥機を空にした。山をなす食器を、私は、形や大きさで分類し、食器棚を開けてしまってゆく。食器棚もじきに中身がいっぱいになる。私は、その中から使わなそうなものを出して、テーブルの上に置く。捨てるか捨てないかの交渉は長くかかるだろうけれども、物置にしまっておくと言えば、なんとかその場は納められるだろう。

母親には、何を捨てたらいいのか、何を持っておけばいいのかという判断力が備わっていない。それは、認めたら致命傷になるような欠損ではないけれども、母親はそれを保持していると思いたかったようだ。理由はわからない。それが、母親の役割を演じるためには必須のものであると思い込んでいたのかもしれない。だから、それが備わっていないということが暴かれる場面に立たされると激怒するのだ。おそらくは本能的に。苦しいという自覚的な感覚すらなく、根拠をなさない不快感と不安のままに。

私も不快だった。娘の探し物の場所がわからなくなった自分が。場所を訊いてくる娘が。その、なんでもない日常の中の落とし穴のような状況が。

もうやめにしよう、と思った。これは受け継がない。冷蔵庫のことで傷付く子は私で最後にしよう。

私は、母親の残り物が入った器を、慎重に冷蔵庫の底面に下ろし、娘が冷蔵庫に入れたプリンを取り出す。自分の洗い物や娘の磨き残した鍋、不要と思われる食器はそのままにして、私はプリンとスプーンを娘が座っているソファの前のローテーブルに置く。

「プリン持ってきたよ」

「欲しくない」

「そっか。じゃあまた冷やしてくる」

私は台所に戻って、食器棚の引き出しにスプーンをしまい、プリンを冷蔵庫に入れる。今度は見やすいところに。娘の段の一番前に置いておく。私がリビングに戻るのと入れ替わりに、娘は立ち上がって、自分でプリンを持ってくる。私は、お茶を淹れるためにお湯を沸かす。

二つのマグカップを持ってリビングに行くと、娘はちょうど、映像を巻き戻している最中だった。キキの服がかわいいので、最初の方のが好きなのだと娘は言う。娘は、キキの母親のコキリが薬を調合しているところまで戻して、リモコンを放す。

「私はいつも、このへん見るとキキは損してるよな、薬のことも習えばいいじゃない、と思う」プリンのフタを剝きながら娘は、神妙な口調で言う。「私がお母さんから引き継ぐいいとこってなんだろう」

「忍耐」

「だっさ」娘は小さく笑いながら、容器にスプーンを突っ込んでプリンをひとすくいして口に入れる。「お母さんは、おばあちゃんからなにか大事なことを教えてもらった？」

それは、具体的にはよくわからない。でも私は、しっかりしているとよく言われるし、友達も多い。母親は祖母から何を継承しただろうか、または、しなかっただろうか。

祖母は意地悪な人だった。私が成績の低下を嘆くと、その見た目じゃばかは厳しいだろうね、と言ったし、母親が夜遊びをすると、あんたなんか売り飛ばされるといい、と一蹴するような人だったそうだ。私も母親も、就職の時に、あんたたちみたいな出来の悪い子がまともに働けるわけがない、と言われた。外面はいいが、家の中の人間には毒突いてばかりだった。母親も、どこかの時点で受け継がないものを決めたのかもしれない。

「借金をしてはいけないしさせてはいけない、ってことかな」

それで私は離婚したのだが。浪費癖のある元夫が、私に隠れてカードを使いまくっていたので。

「なんなの、なんかもっと人に言いやすい事ないの……」

娘は呆れたように言いながら、半分まで食べたプリンを私に押し付ける。私は、一口食べてまた娘に返す。

「あとで一緒に鍋を洗おう」私は言う。娘は、今度はチャプターをどんどん飛ばして、ウルスラが登場するあたりで止める。「鍋の底を洗うのはさ、スポンジの硬い方の面を円を描くみたいにぐるぐる動かすだけじゃなくて、縦にも、色鉛筆で塗るように動かす。それで、力を入れてごしごしっていうか、根気よく何度もこする。そしたらそのうちへたに強くこするよりきれいになって、なんていうか満足できる」

わかった、と娘はうなずく。

玄関のドアが開く音がして、ただいまぁ、と母親が慌ただしく帰ってくる。ホテルのパン屋が閉店間際でね、半額で売ってたからいっぱい買ってきちゃった、と言う。娘は、励ますように私の肩を叩き、私はソファから起ち上がった。


（「群像」二〇一二年十二月号）

かまち

滝口悠生

白黒模様の猫は道路からの階段を一段、一段と上がり、門扉の下十センチほどの隙間をくぐって玄関に入っていった。玄関の戸は開けっ放しになっていた。上がりかまちに紫色の大きな座布団を敷いて、ピンクの着物を着た伊澤さんが今日も座っていた。

よう八つぁん。

なんだい熊さんかい。

熊さんじゃないよ、あたしゃ猫さんだよ。

三階にある私の部屋の窓からは、伊澤さんの顔は玄関の枠の上端に隠れて見えないが、体の動きで上下《かみしも》の振り分けはわかる。門扉の横には日に焼けて変色したポスターが貼ってあり、区民センターで開かれた独演会が報知されているのだが、その日付はもう十五年ほど前のものだ。「アマチュア女性落語家　犬猫亭つばき（本名・伊澤はる美）独演会」とある。

近所の人たちはみな伊澤さんのことを師匠とかお師匠さんと呼ぶ。私たち夫婦が向かいの家に越してきたのは三年前のことで、一階に住んでいる大家さんから、向かいにはお師匠さんが、と聞いた時には何の先生が住んでいるのかと思ったものだった。伊澤さんは今もああやって毎日玄関の高座に上がっているのだが、そこでかけられるのは滑稽噺とも人情噺ともつかない、いくぶん錯綜気味の彼女の昔話といったものが多く、そこに突如古典のネタの断片が混ざったりもした。

伊澤さんのことを、旦那さんがなくなってから精神的に不安定になった、と言う人もいた。いや、そうではなくて旦那さんがなくなったあと何年か一緒に暮らしていた息子が家を出ていってからおかしくなった、と言う人もいた。別にあの人はおかしくない、と言う人もいた。大家さんの話では、伊澤さんが落語をはじめたのは旦那さんが病気をしたのがきっかけだった。それまで好きだった寄席通いができなくなって、伊澤さんが見よう見まねで毎日旦那さんに落語を聞かせるようになったのだという。

ちょいと、寄っておいで、と玄関から呼びかけられて本当に寄っていく人はもう近隣には誰もいなくて、私も妻も伊澤さんのことは決して嫌いではないが、悪いけど付き合いきれないというのが正直なところだった。頭がぼけている、と言ってしまえば簡単だし、実際その通りなのかもしれないが、では頭がぼけているというのはいったいどういう頭なのか。

たしかに伊澤さんが毎日玄関に座布団を敷いて語る話は、時系列や因果関係が破綻していて、それだけでなく話題が完結しないまま別の話に移りがちなので、聞いている最中も聞き終わったあともいったいどういう話だったのかがわからない。一方で彼女が語る連関性の不明な話題の各部で、細密に言及された風景や彼女自身の知覚した一瞬の音や光といった断片が、私の印象に鮮やかに残りもするのだった。その流麗な口調や、穏やかで適度に抑制されながらも豊かで小気味いい表情や仕草は、アマチュアとはいえ区民センターで独演会を開くほどだった噺家としての技術が衰えていないのだと思わせたし、景色や状況を捉える微に入り細を穿った観察眼やそれこそ犬猫並みとしか思えない嗅覚や聴覚の息づいた描写も含めて、彼女は今や落語とは異なる独自の話芸を開拓しつつあるようにも思えた。

私たち夫婦はこう言い合ったものだ。伊澤さんの話は、むしろ詩や音楽として聴くべきなのではないか。文脈を無化することで、言葉に潜在するより即物的な意味の運動を呼びおこす試み……。しかし伊澤さんの話はまったく脈絡がないというわけでもなく、どちらかというと接続しないはずの脈と脈が何かの間違いでつながってしまうような、そしてそれが単なる間違いではなく、どこかしら必然的な、ということは何か奇跡的な、出来事の話であるように、聞けないこともない……。面倒くささと同時にやっぱり私たち夫婦は伊澤さんに大いに興味があって、自分たちこそが変わり者扱いされている彼女の理解者なのだという不遜な自負もあったりして、直接玄関先まで足は運ばないものの、しばしばこうして部屋の窓から、彼女の話を盗み見、盗み聞いているというわけなのだった。

たとえばこの間聞いた話、と私は伊澤さんの家の縁側の脇にある植え込みに視線をやった。椿が一本ある。そう、伊澤さんの芸名でもある椿だ。数十年前のある日、はる美は男ふたりが駅で殴り合いのけんかをしているのを見た。片方の男は鼻から血を流して、ワイシャツの胸元に点々と赤い染みができていた。はる美はその少し前のある朝、いつもと同じように六時に起きて、顔を洗ってお手洗いに行って、夫と息子のお弁当、みんなの朝ご飯をつくり、家族を送り出したあとは洗濯、その日は三月の終わり頃、息子はもうすぐ春休みで、天気がいいから布団のシーツをはがして洗って庭に干した。今もそこにある物干しに。その時に、干した先から乾きはじめるシーツの織りが、濡れて詰まったところから少しずつ開いていって、奥が透けて見えるようになった。そこに透かし見た椿の花の赤色を、はる美は鼻血男のワイシャツの赤い染みに、重ねたのだった。大切に育てていたその椿は、子どもが大きくなって手狭になった家の増築に際して、他人に譲ることになっていた。結婚してこの家に越してきた時からずっとそこにあった椿は、家族が過ごしてきた時間そのものみたいな存在だった。

植木屋がやって来て荒々しく椿を掘り返しはじめると、はる美はその乱暴な手つきが許せず、植木屋につかみかかった。夫になだめられて引き離されると、家の中に駆け込んで居間のちゃぶ台に突っ伏してわんわん泣いた。

あんなに冷たい道具で！　やさしさのかけらもない手つきで！

はる美が顔をあげると、割烹着の袖口が真っ赤に染まっていた。口元に手をやると、涙と一緒になぜか鼻血が出ていたのだった。これはあの椿の涙、私の鼻血、赤い涙。

駅で殴り合っていた男たちは駅員やまわりの客たちに引き離された。はる美は騒ぎを横目にすでに電車に乗っていた。川を越えた県境の街へ向かう。あの椿が引き取られた家がその街にあった。はる美は施工直前に増築工事の中止を訴え、夫や大工を強引に説得して植え込みを元の姿のまま残すよう計画を変更させた。すでに引き抜かれた椿の行き先を調べてふたたび我が家に取り戻すべく、電車を降りて川べりを歩くはる美の足取りは速く、力強い。先方が何と言おうと、力ずくでも、椿は取り戻す。あの椿はうちになくてはならない。春先の、晴れてはいるが冷たい風の強く吹く日だった。川の上を通った風が横から体を叩き続けたが、はる美の歩みは弱まるどころか、いっそう迫力を増した。風に移った広く長い川の推進力が、はる美の体にも与えられるのだった。

しかしこうして思い出しながら書き起こしてみても、こんなにまとまった話ではなかったはずなのだ。実際に聞いた話のなかには、その日（といってもいったいどの日なのかもうよくわからないのだが）の朝、伊澤さんが何時に起きてまず顔を洗って、トイレに行って、朝食をつくって、といった事柄の詳細が詳しく語られていたはずなのだが、それは単に洗顔排泄調理などと表せるような話ではなく、ひねる蛇口の感触と抵抗、尿意が尿意として意識されるまでのわずかの違和感や実際の排泄時の姿勢や「無我というのにとても近い」（この言い回しだけはそのまま覚えている）心境、数々の食材から立つ香りと触感・食感がすでにあいまった色味といったものについての話だったはずで、私はもはやそれらを一連の出来事のなかに折り込んで書き記すことができず、ぼんやり思い出しながらも省いてしまうほかなかったのだ。

だから、わざわざ説明しなくても思い出すだけでいいじゃないか、という気持ちに今私はなっていて、同時にそういった数々の断片的な感覚や出来事が省かれず、むしろそちらが浮かび上がってくるように語られている伊澤さんの話は、やはり一つの芸としてとらえるべきだと思う。わからないのは、もう彼女の前には誰も（こうして向かいの家の窓から聞いている私の他には）彼女の話を聞く人がいないということで、彼女はいったい自分の話を誰に聞かせているのか、それともそもそも他人に聞かせる気などないのか。冬のよほど寒い日をのぞけば、いつも開けっ放しの玄関を出入りするのは、伊澤さんの他には猫ばかりということになる。

なんだい、またお前さんかい。

お前だって俺が来るといつもここにいらあな。

当たり前じゃないか、ここはあたしの家だよ。馬鹿だね。

馬鹿にすんねえ。俺は猫だってえの。何遍言やあわかるんだ。

伊澤さんが猫相手に話をしているのは見たことがなかったし、伊澤さんの話を玄関に立ち止まって聞いている猫の姿も見たことはなかった。しかし妻によれば、人間のなかには猫と独特なコミュニケーションの場を持つことができる人がいて、伊澤さんもその類に違いない。言葉を交わさなくても、伊澤さんの横を猫が通り過ぎる時の双方の顔つきや歩き方を見ていれば、本来そこにあるべき人間と猫との境界が消え去っていることがうかがえるのだという。私にはそんな状態は全然わからないが、生まれてから二十五年、常に猫数匹が同居する家で育ち、私と結婚して越してきた今の家は一応ペット不可だし、ふたりとも仕事で家を空けることが多いから、どっちみち猫なんか飼えないと思うのだが、結婚後も猫を飼いたい飼いたいと言い続けている妻には一目瞭然なのだ。では妻も同じ部類なのかというとそうではなく、猫との間にそういう特殊な関係をもつことは、やはりいくら猫が好きだからといって誰にでも可能なことではないらしい。私だって猫は好きだけど、道彦はもうほとんど猫だと思う、と妻は言った。道彦というのは妻のいちばん下の弟で、今は茅ヶ崎でひとり暮らしをして近くの大学に通っている。たしかにこの春一緒に江ノ島の参道を歩いていた時、道彦くんは売店の前にいた猫を見つけると、こちらがあっと思う間もなく人間とは思えない滑らかな動きでそのこげ茶色の猫の体に手を伸ばし（というか、体全体が伸びた感じがした）、次の瞬間には膝に乗せた猫の首筋をなでていた。売店のおばさんが、めったに人に体をさわらせない猫なのに！　と驚き、猫にあげる用の魚せんべいを道彦くんにもあげると、道彦くんはばりばりとそれを食べた。

猫はすでに玄関を上がって廊下の奥に消え、家の中のどこを歩いているのか、あるいは家の奥の庭を抜けてすでに別の家の敷地に入り込んだり、家と家の隙間や塀の上を気の向くままにそぞろ歩いているかもしれない。玄関の左手に縁側があり、その内には廊下を挟んで障子戸があり、それが半分開いている時には和室の中が見えた。小さな仏壇の前に立って先立った旦那さんの写真を見ているらしい伊澤さんの姿が見えた。口元を見る限り、何もしゃべってはおらず、そもそも伊澤さんが落語をはじめたきっかけを思えば、毎日玄関で語っているその話の聞き手はなくなった旦那さんであると考えることもできた。しかし私は仏壇の前で黙っている伊澤さんの姿を見ると、その無言の時間こそが旦那さんとの対話、あるいは呼びかけであり、玄関の高座はむしろそのための稽古の場なのではないか、とも思えるのだった。そこに声はないが、だからといって言葉がないわけではない。死者に向ける言葉と、言葉を理解しない猫とのコミュニケーションは、似たものなのではないか。道彦くんはどう思うだろうか。

電話をかけてみると、道彦くんは今大学のカフェテラスでパンを食べています、と律儀に説明してくれた。話をするのは夏に一度うちに遊びにきた時以来だから数ヵ月ぶりだが、ふだん電話などしない私から突然電話がかかってきても驚く様子もなく淡々と応対して、いきなり何の用か、などと構えないところが私は好きだった。道彦くんが夏に連れてきた恋人の若菜さんとの近況を訊ねると、今もうまくやっているという。一学年上の四年生で就職活動中の若菜さんはまだ就職先は決まっていないがアルバイトをしている編集プロダクションの仕事が楽しいらしく、就職活動もなんだかずっと楽しそうにやってます、と道彦くんは言った。たしかにバイタリティーあふれる子だった、と私は快活で健康的な若菜さんの首筋や肩口を思い出した。バイタリティーってなんですか、と道彦くんが訊くので、バイトにかける意気込み、と応えたら、ああ、と真に受けた。道彦くんは大学に入ってからずっとアルバイトを探しているが見つからないまま二年半が過ぎ、三年生の夏休みを迎えていた。バイト見つかった？と訊いてみたが、いやまだ、とすばやくきっぱりと応えた。道彦ももうそろそろ就活に向けて動きはじめなきゃいけない時期なんですけど、と夏に若菜さんも心配していたが、妻や妻の両親にとっても中学高校の頃から何事につけて彼に意欲や覇気の乏しいことは心配の種だった。しかし高校大学とおおむね希望通りの学校に進学しただけの器用さは持ち合わせているのだから、なんだかんだ言いつつもひょっこり仕事を見つけるんじゃないかと私は思っていた。

できれば僕は働きたくないんです、と道彦くんは言った。

だから私がばりばり働いて道彦に家事をやってもらおうかなとか思うんです、と若菜さんは言った。道彦くんは、いいよやるよ、と言ったが、そこで私が、主夫って働くより大変だと思うよ、と言った。私たち夫婦がまさに、その失敗例なのだった。

実際には失敗とすら呼べない夢のようなものだった。結婚した頃、すでに妻の仕事はかなり忙しく、私は八年通った大学をとうとう卒業してその間ぴったり八年勤めたバイト先にそのまま就職しないかと誘われて、主夫になるつもりだから断る予定だったが、結婚や引っ越しなどに際してかかる費用を妻の貯金に頼るのも悪いと思って、半年か一年ほど勤めるつもりで働きはじめた。そしたら収入があればあったで助かるから結局今もそのまま働き続けている。思い返せばあの時、妻の金だけに頼るまいとつまらない見栄を張ったのが間違いだったのだ。もっとも主夫にならなかったからといって、今も家事全般を行っているのは私で、それでもなんとかなっているのだから、これから専業主夫になるということは、生活上の問題というよりも時間と引き換えに自分の収入を断つという決断になる。これがなかなか、難しくてね。

道彦くんはまじめな顔で聞いていた。

働きたくなくても、働きはじめると働けたりするからね、意外に。

だから私が主夫にならずにいることは、私たち夫婦の選択としては失敗ではなかったのかもしれない。私がアルバイト先に残ることを決めたのは、結婚式も披露宴も友人を集めたパーティーもしない代わりに、一週間ほどふたりでヨーロッパ旅行に行ったその旅費が思いのほかかさみ、結婚後の生活に影響を及ぼすことになりそうだったからなのだが、私はそれは失敗だったと思っていない。各国の街並みや空や空気はもちろん印象に残っているけれど、出発の日、空港に向かう京成線の中で、座席から見上げた妻が窓の外を見ていたその無表情が私は忘れられない。今日からこの人とふたりで毎日一緒に生活するという、感動とか劇的なものの何もないただ長い時間が押し寄せてきたような気がして、今でもあの瞬間の上に毎日の生活があると感じる。妻にとっては同じような別の瞬間があるのかもしれない。どんな夫婦にもそういう場面があるんじゃないか、たとえば伊澤さんとなくなった旦那さんの間にもあったんじゃないか。新しい家で、新しい生活を、これからの人生を想像した一日が。伊澤さんは向かいの家の上階に越してきた若い夫婦を見て、ひとりでそのことを思い出しただろうか。

私たち夫婦が越してきて何日か後、やはり上がりかまちに座っていた伊澤さんが私に、こんにちは、と言ったのだった。ゴミ置き場まで何往復もして、引っ越しで出た大量のゴミをようやくすべて出し終え、家に戻ろうとした時だった。私の前を猫が横切り、さっきのように門扉の下をくぐって玄関の方に向かい、それを追った視線の先に、着物姿の伊澤さんがいた。しかし伊澤さんはすぐには何も言わず、伊澤さんの横を通り過ぎて廊下の奥へと進んでいった猫が角を曲がって見えなくなった時、それを背中で察したかのように、こんにちは、と玄関の隅の方を向いて、しかしたぶん私に向かって言ったのだった。十分ほど前からゴミ袋を両手に提げてそこを何度も往復していた私は、もちろん玄関にいる伊澤さんの姿を一応認識してはいたが、はじめに一方的な会釈をしただけで（伊澤さんはこちらを見ていなかった）、あとは視線を向けず、せっせとゴミを運んでいた。不意に、そして今さらなぜ、というタイミングで挨拶をされ、私は彼女が自分にも猫にも同等に話しかけているように感じ、とっさに自分も猫のように、言葉を持たぬ者のように振る舞わなくてはいけない気がした。一瞥をくれてさっと走り去り、自宅への階段を音も立てずに駆け上がろうと思ったが、実際には思うように体が動かず、私はその場で小さく一回飛び跳ねただけだった。

それから挨拶を返して、向かいに越してきたことを述べて名前を名乗った。この時にはさっきの猫は飼い猫だと思っていたが、あとでそうではないと知った。いろんな猫が伊澤さんの家に入っていき、その体つきや毛の色はみんな違った。今はもうあの日の猫が白黒だったかこげ茶だったか三毛だったか思い出せない。伊澤さんの着物の色も何色だったか思い出せない。何度も繰り返し見たことのある場面を、私は猫と伊澤さんの着物の色だけが入れ替わる同じ場面として重ねてしまった。しかし本当はどの場面も、別々の時間や季節、異なる空気の状態、その時々違っている伊澤さんや猫の体調の下で、起こった出来事だったはずなのだ。その差異はすべてなかったもののように、猫が伊澤さんの横を通り過ぎていた。たしかに着物を着ているのに、それが何色の着物だかわからない伊澤さんと、猫であるには違いないが、どんな毛の色でどんな体つきかわからない猫がそこにはいた。たとえば何か適当に、緑色の着物を着た伊澤さんの横を三毛の猫が通っていく、としてみても、そうした途端その光景はもともと曖昧だった私の記憶よりもなお、薄弱な光景になる。これと対照的に、伊澤さんの話は着物の色や猫の毛並みが力強く迫ってくるかわりに、そこで何が起こっているのかがよくわからないことが多い。

なるほど、話芸とは語る技である以前に、記憶する技でもあるのだった。噺を覚えなければ落語家はその噺を高座にかけることはできないが、もちろん単に覚えればいいというものではない。台詞とト書きの混在したその噺が、どんな場所で、どんな季節で、誰のどんな心情で、動作で、起こったものなのか。それを自分もそこに居合わせたかのように、あるいはどこかからその様子を眺めているかのように語るのであって、噺を自分の記憶のなかに根づかせることが、前段としてあるはずなのだ。伊澤さんが玄関の座布団の上で語る話の場合には、どうやら大半がもともと自分で見聞きした記憶を元にしている感じがするのだが、実際に経験したかどうかはたぶん語る時には大きな違いではない。その記憶が話となって出てくる時には、たとえ事実であっても事実そのままということはあり得ない。記憶がどのように出力されるかがつまり芸ということになるのだが、そこには当然そもそもどのように記憶されているかということが大きく影響するはずなのだ。伊澤さんの話が錯綜して感じられるのは、記憶の編集と出力の方式が独特だからで、話の筋や展開といったことと一見無関係な細部や景色が、話の筋や展開と同じかそれ以上の、場合によっては因果関係をも破綻させるほどの濃度を与えられているからではないか。濃度とは文字通り濃度であって、細部や景色に没入するあまりそれらが非現実的な様相を呈するという意味ではなく、細部や景色というものがふつう与えられているその薄さこそが嘘っぱちで、それらの要素をもとの濃さに近づけてやることで、嘘っぱちの現実が歪む。嘘っぱちの現実の下でしか成立し得なかった因果関係もそれによってひび割れる。伊澤さんの意図するところはもちろん私は知らないが、たとえば伊澤さんの記憶は私のような曖昧なものではなく、同じ場所、同じ時刻、同じ人が繰り返した場面を、すべて別々に記憶するようなものなのではないか。だとしたら伊澤さんが何かを思い出すとはどういうことなのか。

　私が伊澤さんのことをそこまで話し終えると、そういえば駅から姉ちゃんの家まで歩いた時に、猫が多かったです、と道彦くんは言った。しかし私は近所のそこかしこで猫を見かけるなんてことはなく、伊澤さんの家に入っていく姿を見るだけで、しかも考えてみると入っていく姿は見るが出てくるのは見た覚えがない。猫を多く目撃するということがすでに道彦くんが常日頃から人並み以上に猫と親密な関係を結んでいる証拠かもしれない。あるいは私の猫への無関心を示すのかもしれない。ところでかまちってなんですか、と道彦くんが言った。かまちというのは玄関で靴を脱いでから上がるところだよ。廊下？　廊下っていうか、廊下の上がり口っていうか、その角っちょの渡し木のことを。へー、かまちっていうんですか、そこを。変な名前だね。変ですね。

　そんな名前を持った少年がかつていたことを、道彦くんは知っているだろうか。私は今、十年ぶりくらいに思い出している。道彦くんも大学のバンドサークルでギターをやっている。山田かまちは真夏に自分の部屋で裸でエレキギターの練習をしていて感電死したと言われているが、エレキギターで感電死した人なんているんだろうかと思ってインターネットで調べてみたらヤードバーズのキース・レルフが死んでいた。山田かまちの死因が本当は感電死じゃなくて自殺だったんじゃないかという話も一緒にインターネットに出てきた。死因が何かは、私はどうでもいい。真夏に、暑い部屋で、汗だくになりながらエレキギターを弾いている十七歳の少年がいて、それが彼が生きた最後の状況だったということが、不思議なことに自分の記憶のなかの景色のように思われた。裸の皮膚にみっちりとまとわりつく熱気になれていくほど聴覚が鋭敏になっていき、どんな小さな音でさえも聴き取れた。触れてもいない弦がチッと音を立て、自分の筋肉がわずかに締まる音がそれに連なりリズムが生まれた。全身から汗がたえず噴き出し、ふだんは意識しない自分の皮膚の隅々までが、たしかに自分の体と空気との接面なのだとわかった。血液の流れは耳の内側で重低音を鳴らし続けた。接触の悪いアンプから一瞬発生した轟音に部屋の壁が震えた。私の部屋でもなければ、どんな広さでどんな内装の部屋だかわからない一九七七年の部屋の壁が震えたのだった。

十年ほど前、渋谷か新宿の小さなライブハウスで弾き語りをしていたMという日系アメリカ人女性が、山田かまちの話をしていた。英語だったので私には何を言っているのかわからなかった。私の手元にはMの音源もないし、頭にMがついた気がするというだけで、彼女の名前も思い出せず、子音mの唇の動きがなんとなく残っているだけだった。その日のライブでMは一曲だけ日本語の歌を歌った。流暢ではない発音で、Mは、かまち、かまち、と死者を呼ぶように歌ったのだった。それは山田かまちのことだったろうと思うが、玄関の上がりかまちのことだったかもしれないし、どちらでもないのかもしれず、わからないし考えないまま十年が過ぎた。曲名もメロディもう思い出せない。そもそも私の聴き間違いだった可能性もあった。しかしその曲を聴きながら、誰かの家の玄関口で、Mが家の中の誰かに呼びかける光景が思い浮かび、それが今自分の見たことのように頭のなかで再現されている。Mは、部屋にいるかまちを呼んでいる。かまちは轟音で部屋の壁を震わせている最中なので、聞こえない。かまちからかまちを呼ぶ、かまちからかまちが呼ばれる、私の語呂合わせの連想なのである。

山田かまちが残した言葉や作品、あるいは語り継がれる彼の生き方に、私は興味を持っていなかった。中学生の頃、友達に借りた本で山田かまちの絵や言葉を知った。いや、私が貸したのかもしれない。彼の言葉や絵筆のタッチにこびりついた焦燥感に十代だった私の心は震えたが、それは長く続かず、今ではその感動は思い出せなくなってしまった。それは生ぬるい同調と、すでによく見知った衝動欲求が代理的に満たされていることの確認でしかなかったということだ。たとえばパンクロックは、九〇年代に思春期を過ごした私にとって、すでに未知なるものではなく、それゆえに忘れられないような衝撃を与えてくれるものでもなかった。パンク＝ピストルズという認識は、中学生とはいえあまりに安直だったのかもしれないが、十五歳の時に中古屋で買った「勝手にしやがれ!!」を初めて聴いた時、私は微妙な失望を感じた。なんておとなしい音だ、なんて端正な演奏だ……そう思い、そんな自分の感想を、必死で否定しようとしたのだった。パンクがこんなに退屈なはずがない！

一度しか聞いたことのないMの演奏は、その断片だけが私の記憶に残っていた。呼気を余さず使い切ろうとするように苦しげになる歌声と、繊細で弱いタッチのなかに突然引っ掻くような鋭い音の混じるギターが、Mの演奏の特徴だった。繰り返し経験した記憶からは細部が捨象されるが、もともと断片的な記憶は、自分の知らない場所や、絶対にそうではなかったはずの景色まで記憶のなかに呼び寄せ、現実の景色と癒着しようとする。伊澤さんの家の中に消えた猫たちが山田かまちの部屋で轟音のギターに毛を逆立てている。玄関でMが呼んでいる。言葉はすべて死者に向けられているから、私はお客さんはもういらないの、と伊澤さんは言った。

歌声もきっと同じことね、とMに言うと、Mはうなずいた。

僕は言葉でものを考えるのが苦手だから、と道彦くんは言った。今度落語に連れて行ってください。

おい、ニイちゃん、と呼ばれて振り向くとスーツ姿の中年の男が、ゴミ置き場で頭を傾けて立ち、私をにらみつけていた。

今日は不燃ゴミの日だろうが。

彼は私がゴミ置き場に山積みにしたゴミ袋をあごで示し、てめえそこの上に越してきた奴だろ。誰だかわかんないと思って、いい加減に出してんじゃねえぞ。これ全部片付けとけよ。

不燃ゴミの日だと知らないわけではなかった。私が先ほどから何往復もして運んだゴミの大半は引っ越しで出た発泡スチロールやエアパッキンなどで、しかしここ世田谷区ではこれらはすべて可燃ゴミなのだった。それまで住んでいた街ではビニールなどは燃えないゴミで、可燃ゴミといったら生ゴミと紙くずくらいしかなかったので、私は思わず、ええっ、と声を上げた。

彼はうちの斜め向かいに住む熊田という男で、その後も彼がゴミ出しのマナー違反や違法回収業者、路上駐車の運転手などに対して厳しく注意を与える姿を私たちは目撃することになった。近所ではチンピラの熊と呼ばれていることも後に知った。定職は持たず、両親と三人で暮らしている独身の四十男だった。時々スーツを着て自転車でどこかへ出かけていくから何か仕事もしているのかもしれないが、たいていは家の前で自転車を修理したり、棚をつくったりして暇そうにしていた。

私は熊に丁寧に詫びを入れたあと、また何往復もしてゴミ袋を家に運び入れなければならなかった。しかしその姿を見た熊は同情したのか途中から、俺も手伝うよ手伝うよ、と半分ほどを一緒に家の下まで運んでくれた。

伊澤さんの家の玄関からしゃんしゃんしゃんしゃん、と鈴の音がした。熊！　お前は働きもせで、また昼間っからぷらぷらしてんのか。伊澤さんは片手に持った熊よけの鈴を鳴らし続けた。

うるせえばばあ！　と熊は返した。部屋の窓から妻が不安げにこちらを見ていた。

おたく名前は？　と熊に訊かれ、私は、八巻です、と応えた。さっきは悪かったよ、いきなりあんな言い方して。越してきたばっかりじゃ間違えても仕方ないよな。

けんか上等で他人の非を責め立てる熊だが、素直に謝られるとかえって恐縮して腰が低くなるのだった。ゴミを運んでもらったお礼も兼ねて、近所への挨拶用に用意していた焼き菓子を渡すと、熊はいっそう恐縮して、ちょっと待ってて、と家に走って帰り、自作の寄木細工とりんごを持って戻ってきた。これ、よかったら。

その後も熊は時々私の家を訪ねてきて、果物や木工品などを持ってきてくれた。もらいっぱなしでは悪いのでこちらも妻の実家から送ってきたりんごや梨などを返した。八つぁん、八つぁんと呼びかけてくるので、私も熊さん、熊さんと呼ぶようになったが、妻はあの義憤ぐせは面倒だと今も一定の距離を置いていて、熊さんではなく熊田さんで通している。

（「群像」二〇一三年四月号）

アイデンティティ

藤野可織

「猿です」

「鮭です」

「いいえ、人魚です」と、それは言った。

「ううん、さいごのが正しいよな」と助六が言った。「ほれ、もいっぺん言ってみな。おめえはいったいなんだ？」

「猿です」

「鮭です」

「いいえ、人魚です」と、それは繰り返した。三者三様の主張は、すべて同じ口から出た。口はひとつだし、その口は本来猿のものだった。

「ああ、だめだだめだ。いいか、おめえは人魚だ」

「おめえら」と、それが言い直した。

「いいや」助六はきっぱりと否定した。「おめえはおめえだ、断じておめえらじゃねえ。おめえは一人の、一匹の、一体の人魚だ。なぜなら、おめえがおのおの猿であり鮭であったころは、猿ですだの鮭ですだの口をきいたか？　今こうやって、おれに栂突いた物言いができてるのもだな、おれがおめえを人魚に仕立ててやってこそだ。つまり、おめえは人魚さ」

すぐ隣で立て膝をついて仕事をしている弥吉が、助六の作業台をのぞきこんで笑った。

「助六、おめえいっこうに腕が上がんねえな。こりゃ当人も猿だの鮭だの言うわけだ、かわいそうに」

弥吉は、自分の作業台に横たわった細工物の縫い目のあたりをぽんと叩き、「さて、人魚だ」と声をかけた。すると、その細工物は瞬時に目覚め、「たしかに人魚だ」と神妙に自己を肯定した。

「こうだ」と弥吉は助六を見た。

「ふん」と助六はそっぽを向いた。

そうしている間にも、それはべそをかきはじめていた。

「べつに人魚になんかなりたかなかったんだ、人間のやることはさっぱりわかんねえ」

「こら、泣き言を言うな。それにどうせおめえにゃ涙は流せねえよ、なんせからっからに乾かしてあるんだからな……」

ここは、人魚工場だ。人魚なんてものは存在しないが、存在しないからこそ存在がありがたがられるので、みんなで精を出してつくる。原材料は、おもに猿と鮭である。猿は、お腹でまっぷたつにされ、軒先に吊るされて徹底的に干される。鮭も顔面を切り落とされ、別の軒先に吊るされて徹底的に干される。どちらも木のように乾いたところで、ここに運び込まれ、じょうぶな木綿糸でぶつぶつと縫い合わされる。そこここの作業台で、板敷きの床に直接あぐらをかいた職人たちが、「ほら、人魚だ」「そら、人魚だ」とやっている。こうして、人魚たちが生まれる。はじめから死んでいる人魚たちだ。

助六はそれの首に縄をひっかけて立ち上がった。

「なんにしろ、おめえはこれから異国に売られていくんだからよ」と励ましながら、柿渋の壺にとっぷりと漬ける。「あっちに着いたら、ちゃあんと主張するんだぜ？　おれは人魚だってな。そうすりゃおめえ……」

頭まで柿渋に沈んでいたそれには、助六の言っていることは聞こえていなかった。

「え、なんだって？」引き上げられたそれが、咳き込みながらたずねる。

「だって人魚なんていやしねえんだからさ、本物かどうかなんてわかりゃしないだろ？　だからよ、人魚って書いた札を貼っといてやるからよ、駄目押しで堂々と人魚でございって名乗ってやれば、多少出来が悪くたってよ、異人さんたちも、おおそうかってなもんで疑いやしねえよ。それをおめえ、おどおどして猿ですす鮭ですなんて顔してみろ、あっちでもそんなもん殺して乾かすほどいるんだ、あっというまに犬のエサにされちまう」

それは、首をくくった体のまま、天井から吊り下げられた。下の板間では、次々と人魚がつくられていった。人魚たちは、ぽんとやられた途端に人魚の自覚に目覚めた。それは、完全に干涸びて縮み上がった眼球で、いっさいを見ていた。すでに、それの前後左右は、天井から吊られた人魚でいっぱいになっていた。助六は親方に、道具を取り上げられた。てめえなんざ一からやりなおしだとどやされ、工場の掃除に戻されている。だから、天井に吊るされている人魚のなかで、アイデンティティの獲得に困難を来しているのはそれだけだった。

助六は、板間を拭き、作業台のチリを払って集めながら、毎日天井を見上げた。

「おい、おめえ、おめえの正体を言ってみな」と、はたきの先でそれをつつく。

「猿です」

「鮭です」

「に、人魚です」

混乱したそれがぱくぱくと答えるたびに、工場中がどっと沸いた。

「ちげえねえや」と弥吉がやじを飛ばした。「そいつはどう見たってぶった切られた猿と鮭だ、千里先からだって縫い目も明らかさ。とうてい人魚には見えねえよ」

吊るされている人魚たちは、それには見向きもせず、日に日に人魚たる自覚を深めていく。柿渋が馴染むにつれて身は締まり、猿部と鮭部をつなぐ糸はぎゅっと食い込んで境目の処理はますます目立たなくなった。顔は伝説の怪物にふさわしく、厳めしくおぞましく、思索的なものへ変化した。人魚たちは、かつて生きていたころ、力強く身をくねらせ、荒波を尾で叩いて泳ぎまわったことを思い出すまでになっていた。網と銛を持った人間たちに追い回されたことも思い出した。なぜなら、人魚の肉は不老不死の妙薬だからである。つかまった人魚たちは、人間の意になぞ沿うものかとみずから血を蒸発させ、肉はみるみる硬く干上がってこのような姿となった。人魚たちは、選び取った死に満足し、身をやつしてまで神秘を守り抜いたことを誇らしく思った。人魚たちは、仲間とノミを取り合ったこと、きいきい鳴きわめいたこと、草や葉を食いちぎり、果実をしゃぶり、ときには畑から作物を盗んだこと、あるいは冷たい水ごとプランクトンを胃の腑に流し込み、熊の爪をすんでのところで逃れ、必死に川をさかのぼったことなどは、思い出しもしなかった。ましてや捕えられて鉈を振り上げられたとき、それがどんなに恐ろしかったか、体の半分を失くして命も失くしてひたすら干されたときの情けなさ、こころもとなさは、人魚としてとうてい認めるわけにはいかない経験だった。そういったことで頭がいっぱいなのは、それだけだった。それの顔は、あくまでも不意の死に驚く猿だった。しかも、それのつなぎ目からは、始末の甘い糸がいっそうぼろぼろ顔を出した。

　助六は台に乗り、畳針で糸を押し込んだ。あまり強引に押し込むものだから、鮭部の一部が欠け、猿部とのあいだにちょっとした隙間をつくってしまった。

「おっと、気にすんなって」助六は一瞬眉間に皺を寄せて口をイーとやってから、すぐに平気な顔をしてみせた。「誰がなんと言おうと、おめえは人魚だよ。おい、しっかりしろよ。人魚じゃなかったら、おめえなんかただの小汚ねえ死骸じゃねえか」

「人魚であったってただの死骸じゃねえか」と、それは言い返した。

「いっぱしの口をききやがる」助六は舌打ちした。「おれが言ってんのはそういうことじゃねえよ。おめえには、人魚の死骸としての輝かしい未来が待ってるってことよ」

「いや、猿です」

「鮭です」

「人魚です」それは、あたふたと主張した。

「だめだこりゃ」助六は匙を投げた。

助六は、黙々と掃除をするだけになった。何日も天井を見上げることはなかった。それは、助六のつむじばかり追った。追わずにはいられなかった。猿であり鮭であったとき、それは誰かを失望させたことなどなかった。なぜなら、その猿もその鮭も、そもそも期待されたことがなかったからだ。その猿、その鮭は、他者からの期待なしに生きていた。おのれのやるべきことはちゃんとわかっていたし、しぜんとやるべきことをやっていたから、生きていたのだ。あれは、完璧な生だった。あれに比べて、この生の不完全さといったらどうだ。助六の失望は、それを恐怖でぐしょ濡れにした。恐怖は柿渋の壺より黒く、柿渋とちがって日ごとに乾いたりしない。

「助六、助六」

ある日それは、四つん這いになって板間を拭く助六を呼ばわった。

「なんでえ」助六は、暗い目をちらりと上げた。

「助六、おれは、おれは……」それはあえいだ。

「人魚です」

「猿です」

「鮭です」

言い募るのをやめようとしたが、うまくいかなかった。また助六を失望させると思うと、自分自身に対して失望がわき上がった。こういうタイプの失望もまた、猿であり鮭であったときにはありえないものだった。猿や鮭の失望は、群れの仲間に食べ物を奪われたり、水の温度が快適でなかったりすることに対する失望であり、自分自身に向けられることはない。

それの身の内から、新たな恐怖がじくじくと湧き出した。すでに恐怖で濡れそぼっているのに、この上まだ濡れることができるのかとあきれたが、できるのだった。

しかし、助六は立ち上がった。

「おめえ、今、いちばんに人魚だと言ったな」

助六は手を伸ばしてそれの鱗に触れた。助六は真面目な顔をしていたが、あきらかに喜んでいた。それは、助六に触れられた箇所から乾いていくのを感じた。

助六が、またかいがいしくそれの面倒をみるようになった。助六は、毎日のように「ほれ、おめえの正体は」とはたきの先でつついた。それには、必ずはじめに人魚と口にすることができるようにはなったが、口先だけのことだった。それには、人魚の記憶はさっぱり浮かばなかった。そのかわり、猿であり鮭であったときの記憶はじょじょに薄れていった。そのことはまた、別の恐怖でそれを満たした。人魚でもなく猿でもなく鮭でもないということは、つまり自分が不潔な死骸であり、ただのゴミであるということだった。そんなことは望んでいない、助六も自分も。それの顔は絶望にきしみ、もとから開いていた口は引き攣れて歪んだ。尾は、ねじれて反り返った。皮肉なことに、それの焦燥はそれを多少人魚らしくした。

「いいぞおめえ、さいきんわりと人魚っぽいよ」と助六は褒めた。「あっちからしたらこっちはわけのわからねえ薄気味悪い島国だ。そんなところからおめえみたいな野蛮でおっそろしい顔の人魚が届いたとくりゃあ、きっと大喜びだぜ」

ただし、それはあいかわらず人魚と言ったその乾き切った舌の根で、猿と鮭を名乗ることをやめられなかった。助六はそのたびに顔を曇らせた。それは震え上がった。助六はときにはいら立って罵倒し、ときには妙にやさしく励ましたが、それにとっては同じだった。恐怖は乾くことなく、外からも内からもそれをずくずくにした。

柿渋が乾き、出荷の日が来た。助六は、丁寧にそれを天井から取り外した。それは、綿を敷いた桐の箱に寝かされた。

人魚たちも、桐箱に詰められていった。

「向こうに行ったらな、ギヤマンの入れ物に入れてもらうといいぞ」

「鼻が高くて脚の長えガキどもを怖がらせてやれよ」

「でけえ興行主に当たるとな、なんとこの世をぐるりと一周できるそうだよ。てえしたもんだ」

職人たちは蓋を閉める前にそんなふうに人魚たちに語りかけたが、人魚たちはそっちのけでうっとりとなつかしい海を夢見ていた。人魚たちは、すでに海の気配を感じ取っていた。刃のように光る海の表面と、その奥底で自分たちを待つ生きた人魚たちを。

それには、そのようなビジョンはなかった。それは最後まで、助六の機嫌をうかがっていた。助六は微笑んでいたが、その笑顔は穏やかなあきらめの笑顔だった。

「おめえはよくやったよ」助六は蓋を取り上げる。異国のことばで人魚と書かれた和紙が貼付けてある蓋だ。「ま、大事にしてもらえ」

みるみる恐怖がしみ出した。綿を濡らし、桐箱になみなみとあふれ、このまま蓋を閉められては溺れてしまうとそれは思った。溺れて死んでしまう、死骸になってしまう、死骸は死骸でもなんの価値もないただの死骸に！

蓋が閉まる寸前に、それは必死に絞り出す。

「人魚だ」

「なんだって？」助六が手を止めた。

助六はじっと黙ったまま、それを見下ろした。それは濁った目で助六を見守った。やがて、助六の目に涙が浮かんだ。

「そうだ、おめえは人魚だ」と言って、助六は蓋を閉めた。

真っ暗になった。この姿にされてはじめて、それは安らかだった。おれは人魚なんだ、とそれは思った。おれはたしかに人魚だ。おれはやっと助六を満足させ、おれ自身も満足している。

人魚たちとそれは、船に積み込まれた。揺れる船内で、それはじょじょに自信を強めていった。かつて猿であり鮭であったことは、悪い冗談のようだった。猿や鮭なんてくだらない。猿や鮭を人間が食ったって、せいぜい数日命を長らえさせるだけだ。その点、人魚はどうだ。人魚を刺身にして食えば、不老不死だ。人間は人魚に焦がれ、求め、恐れている。干物になった死骸すら、高価な桐箱に入れて取引される。それがこのおれなんだ。

それが有頂天になっているあいだ、人魚たちは示し合わせて静かに歌を歌いはじめていた。自分たちを探し求める、生きた人魚を呼び寄せる歌だ。人間たちは、人魚を見くびりすぎている。人魚を、死骸とはいえ、あろうことか海路で運ぶなんて。

生きた人魚たちに宛てた歌は、人間には聞こえない。乾き切ったのど縮れた舌で、人魚たちは歌う。ばらばらに閉じ込められた桐箱から、振動することのない声を合わせて力の限り歌う。死んだ人魚たちは、生きた人魚たちが白い身をくねらせて船を追うさまをイメージする。生きた人魚たちはお互いを呼び合い、次第に大きな群れになる。そしてとうとう、くじらのように肥大した群れが、カジキのような速さでまっしぐらに船を襲う。人魚たちは、ぴたりと同じイメージを共有している。

船は転覆しなかったが、危ういところだった。人間たちは、突然の荒波を乗り切るために、積み荷の多くを海に捨てねばならなかった。まず重い積み荷が捨てられ、人魚の死骸の入った軽い桐箱はあとまわしにされた。それでも、半分以上の人魚が海へ返された。

投げ捨てられた人魚たちは、桐箱に海水が浸みるのを辛抱づよく待った。ひとたび海水に触れれば、人魚は本来の姿を取り戻す。死んだ人魚はたちどころに息を吹き返して生きた人魚となる。縮み上がって黒ずんでいた体はみるみる洗われてふっくらと白く光りを放ち、おどろおどろしく固まった顔はとろけて、やわらかですべすべした皮膚があらわれる。真っ黒に輝く髪が伸びて広がり、しなやかな腕が海水を掻き、螺鈿のごとき鱗がなまめかしくうねる。船に取り残され運び去られていく人魚も、海へ取り落とされて沈みゆく人魚も、いつまでもぴたりと同じイメージを共有しているのだ。

それは船に取り残された箱のひとつに収まり、何も知らずにでたらめな鼻歌を歌い、「おれは人魚です」と繰り返しつぶやいてはにやついている。それはもう、何度でも言える。なぜこれを言うのがあれほどまでに難しかったのかわからない。むしろ今では、猿だの鮭だの言うほうがよほど難しい。

「人魚です」

「人魚です」

「人魚です」

それは楽しげに、うれしげに、誇らかに、厳かに、勇ましく、人魚の名乗りを上げ続ける。

いくつかの異国の港を経由し、船が目的地に到着した。人魚たちが別れの歌を歌い交わすなか、それはやはり「人魚です」「人魚です」「人魚です」に余念がない。ほかのすべての桐箱と同じように、それの入った桐箱も、台帳をかかえた輸入業者によって振り分けられて行く。

ここで、手違いが起こった。それの桐箱が向かった先で、発注者はすでに死んでいることが判明したのである。桐箱は、発注者のほかの数多ある遺品といっしょに片田舎の古い屋敷へ運ばれ、忘れられる。二十年のちに、亡き発注者の遠縁が、発注者の遺品を整理しに代理人を派遣する。代理人は屋敷に残された膨大な品物のリストをつくり、依頼人へ送付する。依頼人は、リストのうちのほとんどを売り払うよう指示するが、「人魚」とラベルの貼られた古い箱は、いくつかの貴重品とともに依頼人のもとに引き取られる。そのあいだじゅう、それは、飽きもせずに熱心に「人魚です」「人魚です」「人魚です」をやっている。二十年のときは、密封された桐箱のなかの乾き切った死骸にはさほどの負担にはならない。

そして、いよいよ本番である。それは、磨き立てられたオーク材のテーブルの上で、桐箱の紐を解き、蓋を取った。それは、一瞬の緊張のあと、マイルズの青い目をしっかりと見つめて「人魚です」と胸を張る。

マイルズは苦笑した。彼の反応が期待したものとちがうので、それはうろたえた。ことばが通じなかったのだろうか。はっきり人魚だと伝えたはずだが。それは、助六に質問したことを思い出す。

「おれは異国にやられるというが、おれが正体を告げたところで、異国の人は果たして理解できるのか?」

「なんだおめえ」助六は畳針の尻でそれのこめかみを小突いた。「まさか今、おれたちがくっちゃべってんのは日本語だとでも思ってんのか? そんなこともわかんねえのか? おめえが使えることばはたったひとつだろ。どこでだって、誰にだって通じるに決まってる」

それは、もう一度言ってみる。

「人魚です」

「そんなこったろうと思ったよ」とマイルズが答えた。なるほど助六の言うとおり、ことばは通じている。マイルズはそっと手を差し込んで来て、それの小さな体を持ち上げた。窓へ近付き、腹の継ぎ目を日に透かす。「人魚じゃない」

「人魚です」むっとして、それが言い張る。

「いいや、人魚じゃないよ。きみが何者であるかは、きみ自身が決めることじゃない」マイルズは静かに言い聞かせる。「猿と、なにかな、とにかく魚だ」

その途端に、たちまち猿であり鮭であった記憶がよみがえる。なんてことだ、おれは人魚じゃない。助六はこれを知ったらどう思うだろう。おれの成功を確信して涙を流した助六は。

なつかしい恐怖がゆっくりと身を浸す。人魚たちにとっての故郷は本物の海であるが、それにとって故郷の海とは恐怖だ。人魚なら海で溺れて死ぬことはないが、それは溺れて死ぬ。

それの体は、いまだにマイルズの手のなかにある。マイルズがそれをじっと見ている。おれは死骸で、ゴミだ。じきに、マイルズの手に力が込められ、おれはばらばらになるだろう。干物は崩れやすいんだ。かんたんに粉々になる。おれは猿であり鮭であったころ、無様に捕えられて無惨に切断され、せっかく人魚の死骸としての人生を歩み始めたのに、ふたたび惨めに死ぬのだ。

それは、そもそも人魚になどなりたくなかったことを思い出す。そうだ、おれはこんなふうに生まれて来たくなんてなかった。恨んでやる。助六を、おれと共に干されていた人魚たちを、こいつを恨んでやる。それは、マイルズを睨みつける。呪いを込めて歯を剝き出す。せめて指を切り裂いてやろうと、鋭い鱗をうごめかす。実際は、微動だにしていないけれど。

しかし、マイルズはそれを丁重な手つきで窓にかざし、さまざまに角度を変えて眺めるばかりで、いっこうにそれを廃棄しようとしなかった。マイルズが持ち替えるたびに、それの体の端々が陽光でぬくもった。猿であり鮭であったころ、日の光のあたたかさは最高の快楽だった。警戒を忘れて地面の日だまりに寝そべったし、きらきら光る川面に留まったものだった。日の光は、命の危険とひきかえにしてでも浴びる価値があった。あの完璧な生、そしてこのあまりにも不完全な生。それは、それでも体いっぱいの憎悪を維持しようと努めたが、マイルズが「うん、なかなかよくできてる」とつぶやいた瞬間に霧散した。

マイルズは、大切そうにそれを桐箱に戻した。

「きみは、人魚の死骸を装い、猿となにかの魚の死骸を糸でつないでつくられた工芸品だ」

それは、綿にくるまれてマイルズを見上げた。

「猿です」

「鮭です」

「いいえ、人魚です」と、それは言った。

「うん、そうだね」とマイルズはうなずいた。「どれも正しい」

それからおよそ五十年後、マイルズは死の床で、それを博物館に寄贈するという文書にサインをした。

「博物館というのは、一種の教育機関だ」とマイルズはそれに説明した。「貴重な品々が蒐集され、広く一般大衆に向かって公開・展示される。人々は、きみの姿を見てさまざまなことを学ぶ」

それは、マイルズの死骸がどこかの軒先に吊るされ、完膚なきまでに乾かされたあとで自分といっしょに博物館へ移送されることを願ったが、かなえられることはなかった。マイルズは、土葬されて数年のうちに朽ちた。

それは今でも博物館にいて、ガラスのケースに入れられている。それは大人気というほどではないが、まあまあ人気がある。他の展示物に比べて、それを覗き込んだ客はいやな顔をしたり、少し怯えてみたり、あるいは逆に面白がったりと明らかに表情を変えるのがその証拠だ。たまに、それを目当てに展示室に足を伸ばす客もあらわれる。そういう客は、たいていが若いカップルだ。男の子が女の子を引っ張って来て、女の子が抑えた悲鳴を上げるのを男の子がにやつきながら見守る。反対に、女の子が男の子を引っ張って来て、男の子が気分を悪くして目を逸らすのを、女の子が得意げに見守ることもある。まれに、二人して長いことケースやキャプションを指差してひそひそと話し合い、丸く見開いた目を近づけてそれを観察していく者もある。

キャプションには、「人魚のミイラ（猿と鮭の死骸を縫い合わせてつくったもの）19世紀・日本」と書かれている。

それは、自分の前で立ち止まる人々に、いつも同じことを言って聞かせようとする。いまやそれは博物館の展示物として、人々を啓蒙する任を負っているからだ。
「生きていると、ときに自分の望まない自分の像を押し付けられることがある。また、自分が理想の自分とはまったくちがうものに成り果ててしまうこともある。しかし、人生でいちばん大切なのは、ありのままの自分を受け入れてくれるパートナーに出会うことだ。そして、自分自身でもありのままの自分を受け入れること。それが死骸であれゴミであれ、なんであれ」

相手が聞いていようがいまいが、それはやるべきことをやり続ける。

（「群像」二〇一三年八月号）

形見

川上弘美

今日は湯浴みにゆきましょう、と行子さんが言ったので、みんなでしたくをした。

白いガーゼのうすものをはおり、子供たちの手をひき、石だたみを踏んで、川までの五分ほどを列になって歩いた。石だたみの石は、ところどころがはがれている。先頭にたつ千明さんが時おりかがんで、はがれた部分のまわりに散っている細かく粉砕されたくずを、てのひらにすくう。

「このあたりは、まだいいのよ」

行子さんが、とりなすように言った。千明さんはうなずく。

「そうね、この町はしっかりしているから」

うすものをかき寄せるようにして、千明さんは足をはやめた。川の音がする。梢ごしに湯気がみえる。天然の湯場なのだ。

静かに身をしずめ、体をあたためた。うすもの越しに、それぞれの乳房や白い腹が透けてみえる。足湯だけの者もいれば、首までしっかり沈んでいる者もいる。いちようにうっすらと上気し、そのうちに汗がにじんでくる。

子供たちは子供たちだけでかたまって、少し離れた浅瀬で湯をはねかしている。はしゃぐ子供たちの声が、川面を渡ってゆく。

川のずっと向こうの方を、何かの動物が泳いでゆくのがみえた。こほ、と、千明さんが小さく咳こんだ。そろそろ上がりましょうか。誰かが言った。うすものをはおったまま湯から上がり、したたる雫をこぼしながら、戻った。行きは乾いていた石だたみが、帰りの列が通った後は、巨大な蛇が通った後のように、しばらくの間濡れていた。


わたしが結婚したのは、五年前だ。

夫は恰幅がよくて大柄だ。女性としては大柄なわたしだけれど、夫に抱きしめられると、厚地の布にきれいにくるまれたような具合となって、とても心地いい。

夫は、町はずれにある工場に通っている。どの町にもあるような工場だけれど、実は国内でもこの工場は格別にレベルが高いのだという噂を聞いたことがある。行子さんは笑って否定するけれど。

「どこだって、同じよ。だって技術は同一のものなんだから」

技術が同じでも、しくみが同じでも、働いている人たちの技量で、つくられるものの品質は違ってくるのではないのかしら。いつか夫に言ったら、嬉しそうにうなずいていた。

週に何回か、わたしは夫のことを、大好きだと思う。自分の、夫への思いをそうやって確認すると、ほっとするし、また同時にそこはかとなく不安にもなる。

夫が働いている間、わたしは子供を育てる。

子供たちは、よく走りまわる。ついてゆくのに息ぎれしてしまうと、行子さんはこのごろよく言う。前は行子さんが先頭にたって、子供たちと一緒に遊んでいたのに。

町のまんなかにある広い公園で、わたしたちは子供を遊ばせる。

公園には、噴水と、ちょろちょろ小川と、ジャングルジムと、砂場と、小さな回転木馬がある。回転木馬に乗れるのは、幼稚園にあがってからである。だから子供たちは、幼稚園に入園すると勇んで木馬にまたがり、何回もまわってみせる。けれどそのうちに飽きて、鬼ごっこやら缶蹴りやらおままごとやらのいつもの遊びに戻ってゆく。

回転木馬の係員は、かなり年のいった男だ。もう七十は過ぎているようにみえる。町の北の方に住まいがあるのだと、いつか教えてくれた。つれあいは、もういないという。

秋ごろになると、回転木馬に乗る子供はほとんどいなくなる。しんと静まった回転台の横で、係員は静かに座っている。ごくまれに、気まぐれで木馬に飛び乗ってくる子供がいると、係員は回転台の横手にすえつけてある大きなジャッキのようなものをぐいと引く。台が、ゆっくりとまわり始める。気の抜けた音楽が流れだす。ぴったり八回転すると、台は止まる。子供はつまらなさそうに木馬から降り、振り向かずに砂場へと駆けてゆく。

千明さんは、結婚を三回している。最初の夫は結婚後二年で亡くなり、次の夫は七年一緒にいたが最後はやはり病気になって亡くなり、今の夫とは去年婚姻届を出したのだという。

「入籍しなくても、いいのに」

行子さんはこっそり言っていたけれど、わたしは千明さんの気持ちがわかるような気がする。もちろん入籍したからといって、何かが変わるわけではない。二人で共に暮らし、静かに年老いてゆくだけだ。

「一緒に過ごした時間があったっていう、しるしのようなものが、欲しいのかしら」

そう言うと、行子さんは少しさみしそうに笑った。

「そうかもしれないわね」

わたしは夫とは入籍していない。夫が、気が進まないと言うので。

「ぼくは、どうやら長生きしそうだから」

夫は言う。

「わたしは？　わたしは、あんまり生きないかしら」

聞くと、夫は肩をすくめた。

「わからないよね。誰にも、それはわからない」

夫は私とのものを含めて、今までに四回結婚している。わたしは二回。夫の妻たちも、わたしの前の夫も、すでに亡くなっている。わたしは持っていないが、夫は三人の妻たちの形見を、ちゃんととってある。それらは、脱脂綿が平らに敷かれた小さな三つの箱に、ていねいにおさめられている。

今まで何人の子供を育ててきたのだろうと、時おり指をおる。

ひい、ふう、みい、よ。名前をはっきりと覚えている子供だけでも、十五人以上いる。覚えていない子供まで入れると、ゆうに五十人は育てたろうか。

子供たちの成長は、早い。幼稚園に上がるのに四年も五年もかかる子供はまれで、短い子になると生後三ヵ月でじゅうぶん幼稚園に通えるようになる。

幼稚園に入れば、もうほとんど手は離れる。十五人の、名前はちゃんと覚えているけれど、大人になってしまった子供と会った時に、すぐにわかるかどうかは自信がない。

この前、成人したとおぼしき子供が訪ねてきた。

「お母さんですね」

子供は言い、花を差し出した。工場のすぐ近くの丘に生えている白いこまかな花だ。

「つんできました」

照れたように、子供は言った。名前を思い出せなくて、しばらく躊躇していたら、自分から名乗ってくれた。

「卓です」

「ああ」

最初の、子供だった。こんなに大きくなっちゃって。思わず手をとると、子供は柔らかく握りかえした。

「今度、結婚することになりました」

「そう」

「ぼくはいつ、お母さんの子供だったんですか」

「それは、教えてはいけないことになっているでしょう。それに、こうやって来るのだって」

あたりをそっと見回したけれど、見とがめる人はいない。今日は行子さんの姿もみえない。卓の胴体に腕をまわし、ぎゅっと抱きしめた。わたしが育てた、最初の子供。かたくて暖かい筋肉が、腕の下に息づいていた。

「おめでとう」

小さく言うと、卓はにっこり笑い、頭を下げた。よかった、会えて。卓は言い、わたしを抱きかえした。なごり惜しそうに、卓は振り向き振り向き、帰っていった。


工場は、どう。

夫に聞く。夫は、うん、とも、ううん、ともとれるように肩をすくめる。

この町の工場は、二百年ほど前にできたという。よその町の工場も、同じようなものだ。日本で一番古い工場は、千年ほど前に東京につくられたと聞くが、もう今はない。千年前は、日本と朝鮮半島はもっと離れていて、今のように海中トンネルでつながってはいなかった。オセアニアももっと南にあって、アメリカ大陸はきれいに南北にわかれていた。みんな、古地図を見るのが好きな夫から教えてもらったことだ。

千年よりもっと前は、どんなだったの。

夫に聞くと、夫は首をふる。わからないよ。どこにも記録されていない。たぶん、知ってはいけないことなんだろう。

知ってはいけないことが、この世にはたくさんある。あなたは、少し知りたがりね。いつか行子さんに注意された。もちろんそれは、悪いことじゃないわ。人は知識欲を持たなきゃね。人生はそんな長くないんだから。

工場では、食料を作っている。それから、子供たちも。子供の由来は、ランダムだ。牛由来の子供もいれば、鯨由来の子供もいれば、兎由来の子供もいる。

「どうして、人間由来の子供をつくらないの」

「少しは、作ってると思うよ」

夫は答える。

「でも、人間由来の基幹細胞は、弱いんだ」

「そうなの」

「人間由来の人から採取した細胞は、なぜだか突然変異率が高くて、なかなか子供の製造がうまく行かない」

「ふうん」

自分が何由来の人なのかを知ることは、できない。千年より前の人たちも、こんなに知ってはいけないことの多い世界に生きていたのかしらと、思う。

「ねえ、妻たちの形見、見せて」

夫に頼んでみる。

夫は、うん、と言って、箱を持ってきてくれる。

最初の妻は、鼠由来。次の妻は、馬由来。そして三番めは、カンガルー由来だと、前に夫は教えてくれた。

箱に入っている形見は、どれも骨だ。頸椎のすぐそばにあるというその小さな骨は、なぜか由来の動物の頭蓋骨のかたちと相似になる。実際の頭蓋骨よりも、むろんとても小さい。死後、工場で身体を焼却粉砕する前に、希望すれば相似骨をもらえる。死んではじめて、その人が何由来だったかがわかるのである。

馬由来の妻の相似骨が、わたしはいちばん好きだ。眼窩と鼻先がすうっと離れていて、今にもお喋りしだしそうに思える。

「どの妻が、いちばん好きだった」

「君だよ」

わたしがもし夫より先に死んだら、夫はわたしの相似骨も、四番めの箱におさめるのだろうか。それはなんだか、いやだなあと思う。

「今までの妻たちと同じは、いや」

夫に言ってみる。夫はほほえみ、

「そうだね。考えておくよ」

と答えた。


それなのに、夫はあっけなく死んでしまった。

工場の窓口に申請して、相似骨をもらった。図書館に行き、図鑑で調べてみると、それはイルカの頭蓋骨とよく似ていた。

「イルカ　平均寿命四十年」

泳いでいるイルカの写真の隣に、そう書いてあった。夫は五十歳くらいにみえたから、イルカ由来の人としては、長生きだったのだろう。

しばらく、何もする気にならなかった。

「子供たちのためにも、いつまでもくよくよしていちゃだめよ。あなたの死んだ夫だって、きっとそう思ってるわ」

行子さんは、はげました。でも、子供を育てる気力もわかない。

「子供なんて、面倒なだけじゃない」

「何言ってるの」

行子さんに一喝された。子供がいなくなったら、世界は終わってしまうのよ。子供を作って、育てて、それによって多様な生物の遺伝子情報を保持して、それでこの世界はもってるんじゃない。

行子さんの言っている意味が、よくわからない。もちろんそれは、子供の頃から毎日耳にたこができるほど言い聞かされてきたことだ。でも、意味がわからない。

「ねえ、人は、どこから来たの」

千明さんに聞いてみた。二人だけで、湯浴みに行きませんか。そう誘ってみたのである。行子さんとは、顔をあわせたくなかった。

千明さんは快く承諾してくれた。二人でうすものをはおり、川まで歩いた。千明さんは、口ずくなだった。死んだ夫のことも、子供たちのことも、何も言わなかった。そのことが、ありがたかった。

川面に、泡が浮いてくる。うすく湯気がたっている。二人で無言で長く湯に沈んでいた。汗がひたいにもこめかみにも首すじにも流れたが、ずっとそのままでいた。

日が暮れはじめた。千明さんは静かに湯から上がった。胸も、腹も、桃色に染まっている。

「この前死んだ夫のことが、好きだったのね」

ぽつりと、千明さんは言った。うなずいた。すうっと、涙が流れた。目からも、鼻からも。

「ねえ、見る？」

千明さんは、川辺に置いてあった小さな手提げから、うすべったい四角い缶を取りだした。蓋を取り、見せた。

「これ、なあに」

「のどぼとけ。ヨーロッパでは、アダムの林檎、とも言うらしいの」

相似骨のような頭蓋骨のかたちとはまったく違う、蝶が羽を広げそこなったような形の小さな骨が、脱脂綿の上にはあった。

「人間由来の人は、相似骨がないの。だから、かわりに、人間由来の人に特徴的なのどぼとけの骨を、もらえるの」

工場から、この骨が送られてきた時には、びっくりしたわ。二番めの夫が人間由来だったなんて、思ってもみなかったもの。ずいぶん年とってたから、長生きの哺乳類だとは思っていたけれど。千明さんはひっそりとほほえんだ。

「ねえ、この町では、人間由来の人は、今までほんの十人くらいしか作られたことがないんですって」

「ほかの哺乳類は？」

「どんな少ない種でも、千人ずつはいるはずだって、最初の夫が」

千明さんの最初の夫は、副工場長だった。ふつうの人が知ってはいけないそんな情報を知っているのは、そのためだろう。

「ねえ、どうして工場では、人ばっかり作るの」

「あら、食料だって、作っているわ」

食料とは、つまり人以外のもののことだ。動物も、植物も、すべては工場で作られる。

「こうやって、作られて育てられて、つれあって、子供を育てて、そして死んでゆくだけのために生きてるなんて、へんじゃないのかしら」

「でも、そういうものなのだから」

千明さんは石だたみの減った部分を、指でゆっくりと撫でた。うすものの下の肌は、二人ともうほてってはおらず、しっとりと白い。

「この道は、千年より前からあるのよ」

千明さんは言った。

「それ、ほんとうなんですか」

「最初の夫は、そう言っていた」

「誰がつくったの」

「人間よ」

「何のために」

「知らないわ」

さっき湯浴みした川の底の、砂のことを思い出してみる。粉砕された骨は、川に流される。夫の骨も、そしてそのうちに自分の骨も、あまたの砂粒に混じって、女たちの足の裏で、これからも踏まれてゆくのだ。

小さな舟で川を下った男と女のあの物語が好きなのだと、行子さんは言う。

「少し、意外です」

「そうね。自分でも、意外」

それまでは誰一人として町を出ようと考えなかったのに、その男と女は舟で町を出てゆくのである。舟は海へと押しだされ、男と女は未知の大陸に流れつく。そしてそこで子供を育て新しい町を作ってゆく。

「神話なのよ、あの物語は」

千明さんがつぶやいた。神話って、なあに。神の話よ。神って、なあに。わからないけれど、工場みたいなものじゃないかしら。

さざなみのように、女たちの話はつたわってゆく。子供がいるっていうことは、その大陸にも工場があったのかしら。この町の工場とは、ずいぶん違う工場なのよ、きっと。見てみたいわね。でも川を下るのは、こわいわ。

子供たちの喚声があがる。大きめの子供が、溺れたふりをしてふざけているのだ。いけません。本当に溺れたら大変でしょう。行子さんが叱っている。

耳の長い動物が、向こう岸に近いあたりを泳いでいた。本来食料である動物だけれど、逃げだして川を泳ぎきったものだけは、屠られずにすむのだ。

「あの動物も、未知の大陸に流れつくのかしら」

「そうしたら、あの動物も神話の一部になるのね」

今日は、湯が熱い。耳の長い動物は、浮いたり沈んだりしながら、懸命に足を掻いている。夫の相似骨を、わたしはこの前こまかく砕いて、川に撒いた。骨はきらきらと輝き、こまかな粒として水にしばらく浮かび、やがて沈んでいった。神話よ。神話ですって。なんだか、おかしいわね。くすくす笑いながら、女たちがささやきあっている。

（「群像」二〇一四年二月号）

辻原登（つじはら・のぼる）
一九四五年、和歌山県生まれ。文化学院卒業。一九九〇年に「村の名前」で芥川賞を受賞する。一九九九年、『翔べ麒麟』で読売文学賞、二〇〇〇年に『遊動亭円木』で谷崎潤一郎賞を受賞。二〇〇五年、「枯葉の中の青い炎」で川端康成文学賞、二〇〇六年『花はさくら木』で大佛次郎賞。二〇一〇年に『許されざる者』で毎日芸術賞、二〇一一年に『闇の奥』で芸術選奨文部科学大臣賞、『韃靼の馬』で司馬遼太郎賞を受賞。二〇一二年、紫綬褒章。二〇一三年、『冬の旅』で伊藤整文学賞、『新版　熱い読書　冷たい読書』で毎日出版文化賞を受賞する。作品はほかに『黒髪』『家族写真』など。

黒井千次（くろい・せんじ）
一九三二年、東京生まれ。東京大学卒業。富士重工業に勤務し、企業内の人間を描いた『時間』で一九七〇年、芸術選奨文部大臣賞新人賞を受け、作家生活に入る。一九八四年に『群棲』で谷崎潤一郎賞、一九九五年には『カーテンコール』で読売文学賞を受賞。二〇〇〇年に芸術院賞。同年芸術院会員。二〇〇二年、日本文芸家協会理事長。二〇〇六年、『一日　夢の柵』で野間文芸賞受賞。現代人の内面を精緻に描き、「内向の世代」の作家といわれる。二〇一四年、日本芸術院長。同年、文化功労者。

村田喜代子（むらた・きよこ）
一九四五年、福岡県生まれ。働きながらシナリオを学ぶ。結婚後、一九七七年に「水中の声」で九州芸術祭文学賞を受け、作家活動に入る。一九八七年、「鍋の中」で芥川賞を受賞する。一九九〇年、『白い山』で女流文学賞、一九九二年、『真夜中の自転車』で平林たい子文学賞、一九九八年、「望潮」で川端康成文学賞、一九九九年、『龍秘御天歌』で芸術選奨文部大臣賞、二〇一〇年、『故郷のわが家』で野間文芸賞を受賞。作品はほかに『熱愛』『春夜漂流』など。二〇一七年に芸術院会員。

角田光代（かくた・みつよ）
一九六七年、神奈川県生まれ。早稲田大学卒業。一九九六年、『まどろむ夜のUFO』で野間文芸新人賞を受賞。一九九八年、『ぼくはきみのおにいさん』で坪田譲治文学賞、二〇〇三年、『空中庭園』で婦人公論文芸賞を受賞。二〇〇五年、『対岸の彼女』で直木賞を受賞する。二〇〇六年に「ロック母」で川端康成文学賞を、二〇〇七年、『八日目の蟬』で中央公論文芸賞を受賞。二〇一一年、『ツリーハウス』で伊藤整文学賞受賞。二〇一二年、『紙の月』で柴田錬三郎賞、同年に『かなたの子』で泉鏡花文学賞を受賞。

古井由吉（ふるい・よしきち）
一九三七年、東京生まれ。東京大学卒業、同大学院修了。立教大学でドイツ語を教える。一九七〇年、作家生活に入り、一九七一年に「杳子」で芥川賞を受賞する。現代人の不安や狂気を独特の文体で描き「内向の世代」と呼ばれる。一九八三年、『槿』で谷崎潤一郎賞、一九九〇年、『仮往生伝試文』で読売文学賞を受賞、一九九七年には『白髪の唄』で毎日芸術賞を受賞。作品はほかに『野川』など。

小川洋子（おがわ・ようこ）
一九六二年、岡山県生まれ。早稲田大学卒業。一九八八年、「揚羽蝶が壊れる時」で海燕新人文学賞。一九九一年「妊娠カレンダー」で芥川賞を受賞する。二〇〇四年には『博士の愛した数式』で読売文学賞、『ブラフマンの埋葬』で泉鏡花文学賞を受賞。二〇〇六年に『ミーナの行進』で谷崎潤一郎賞、二〇一三年、『ことり』で芸術選奨文部科学大臣賞を受賞。同年、坪内逍遙大賞。作品はほかに『完璧な病室』『アンジェリーナ』『密やかな結晶』『薬指の標本』など。

竹西寛子（たけにし・ひろこ）
一九二九年、広島県生まれ。早稲田大学卒業。出版社勤務を経て文筆活動に入る。一九六四年、古典評論「往還の記」で田村俊子賞を受賞。一九七八年、『管絃祭』で女流文学賞、一九八一年、「兵隊宿」で川端康成文学賞を受賞。一九八五年には評伝『山川登美子』で毎日芸術賞受賞。一九九四年に芸術院賞、同年、芸術院会員。二〇〇三年、『贈答のうた』で野間文芸賞受賞。二〇一二年に文化功労者。

堀江敏幸（ほりえ・としゆき）
一九六四年、岐阜県生まれ。早稲田大学卒業。パリ第三大学に留学したのち、明治大学助教授、同大教授。二〇〇七年から早稲田大学教授。同時に翻訳や評論を多数手がける。一九九九年、『おぱらばん』で三島由紀夫賞を、二〇〇一年に「熊の敷石」で芥川賞を受賞する。二〇〇三年、「スタンス・ドット」で川端康成文学賞、二〇〇四年、『雪沼とその周辺』で谷崎潤一郎賞を受賞。二〇〇六年、『河岸忘日抄』で読売文学賞（小説賞）。二〇一〇年に『正弦曲線』で読売文学賞（随筆・紀行賞）。二〇一二年、『なずな』で伊藤整文学賞。

町田康（まちだ・こう）
一九六二年、大阪府生まれ。今宮高等学校卒業。高校からパンクロックを始め、卒業後、町田町蔵の名で活動する。一九九二年、詩集『供花《くうげ》』を刊行。一九九七年、『くっすん大黒』で野間文芸新人賞、Bunkamuraドゥマゴ文学賞を受賞。二〇〇〇年に「きれぎれ」で芥川賞を受賞する。二〇〇五年、『告白』で谷崎潤一郎賞。二〇〇八年、『宿屋めぐり』で野間文芸賞。

松浦寿輝（まつうら・ひさき）
一九五四年、東京生まれ。東京大学卒業。一九九八〜二〇一二年、東京大学教授。詩作、文学評論、映画評論、小説で活躍。一九八八年、詩集『冬の本』で高見順賞、一九九五年、『エッフェル塔試論』で吉田秀和賞、翌年に『折口信夫論』で三島由紀夫賞を受賞。二〇〇〇年には「花腐《はなくた》し」で芥川賞を受賞する。二〇〇五年、『半島』で読売文学賞。二〇〇九年『吃水都市』で萩原朔太郎賞、二〇一四年に『afterward』で鮎川信夫賞（詩集部門）を受賞。二〇一五年、『明治の表象空間』で毎日芸術賞特別賞、二〇一七年に『名誉と恍惚』で谷崎潤一郎賞、Bunkamuraドゥマゴ文学賞を受賞。

本谷有希子（もとや・ゆきこ）
一九七九年、石川県生まれ。金沢錦丘高等学校卒業。一九九八年、ENBUゼミナールに入り演劇コースで学ぶ。二〇〇〇年、「劇団、本谷有希子」を旗揚げ。二〇〇二年、「江利子と絶対」で小説家デビュー。二〇〇七年、「遭難、」で鶴屋南北戯曲賞を、二〇〇九年に「幸せ最高ありがとうマジで！」で岸田國士戯曲賞を受賞。二〇一一年、『ぬるい毒』で野間文芸新人賞、二〇一三年、短編集『嵐のピクニック』で大江健三郎賞受賞。二〇一四年に『自分を好きになる方法』で三島由紀夫賞、二〇一六年には「異類婚姻譚」で芥川賞を受賞した。

川上未映子（かわかみ・みえこ）
一九七六年、大阪府生まれ。大阪市立工芸高等学校卒業。二〇〇二年、歌手デビュー。二〇〇五年、アルバム「頭の中と世界の結婚」（全曲を作詞・作曲）をリリース。二〇〇五年から詩、随筆、小説など文筆活動を開始する。二〇〇七年、「わたくし率 イン 歯ー、または世界」が芥川賞候補となり、坪内逍遙大賞奨励賞受賞。翌年、「乳と卵」で芥川賞を受賞する。二〇〇九年、詩集『先端で、さすわ さされるわ そらええわ』で中原中也賞受賞。二〇一〇年、『ヘヴン』で芸術選奨文部科学大臣賞新人賞、紫式部文学賞を受賞。二〇一三年、詩集『水瓶』で高見順賞。同年、『愛の夢とか』で谷崎潤一郎賞を受賞。

長野まゆみ（ながの・まゆみ）
一九五九年、東京生まれ。女子美術大学卒業。一九八八年、「少年アリス」で文藝賞受賞。二〇一五年、『冥途あり』で泉鏡花文学賞、野間文芸賞を受賞。二〇一六年から「やまなし文学賞」の選考委員をつとめる。『天体議会』『テレヴィジョン・シティ』『猫道楽』など、みずから挿画を手がけている著書が多数あることで知られる。

筒井康隆（つつい・やすたか）
一九三四年、大阪府生まれ。同志社大学卒業。日本SFの黎明期から活躍し、また現代社会をパロディーやブラックユーモアで風刺した作品で熱烈なファンをもつ。一九八一年、『虚人たち』で泉鏡花文学賞、一九九二年、『朝のガスパール』で日本SF大賞を受賞。二〇〇〇年、『わたしのグランパ』で読売文学賞受賞。二〇〇二年、紫綬褒章。二〇一〇年に菊池寛賞受賞。二〇一七年、『モナドの領域』で毎日芸術賞受賞。

津村記久子(つむら・きくこ)
一九七八年、大阪府生まれ。大谷大学卒業。二〇〇五年、「マンイーター」で太宰治賞受賞（のち「君は永遠にそいつらより若い」に改題）。二〇〇八年、「ミュージック・ブレス・ユー!!」で野間文芸新人賞。二〇〇九年に「ポトスライムの舟」で芥川賞を受賞する。二〇一一年、「ワーカーズ・ダイジェスト」で織田作之助賞、翌年に「給水塔と亀」で川端康成文学賞。二〇一六年、『この世にたやすい仕事はない』で芸術選奨文部科学大臣新人賞受賞。

滝口悠生(たきぐち・ゆうしょう)
一九八二年、東京生まれ。二〇一一年に短編「楽器」で新潮新人賞を受賞しデビュー。二〇一五年に『愛と人生』で野間文芸新人賞受賞。翌年に「死んでいない者」で芥川賞を受賞する。ほかに『ジミ・ヘンドリクス・エクスペリエンス』『茄子の輝き』『高架線』などがある。

藤野可織(ふじの・かおり)
一九八〇年、京都府生まれ。同志社大学大学院修了。二〇〇六年に「いやしい鳥」で文學界新人賞を受賞しデビュー。二〇一三年、「爪と目」で芥川賞を受賞する。ほかに『パトロネ』『ぼくは』『おはなしして子ちゃん』『ドレス』などがある。

川上弘美(かわかみ・ひろみ)
一九五八年、東京生まれ。お茶の水女子大学卒業後、中学、高校の理科教師をつとめる。一九九四年、「神様」でパスカル短篇文学新人賞を、一九九六年に「蛇を踏む」で芥川賞を受賞する。二〇〇〇年、短編集『溺レる』で伊藤整文学賞、女流文学賞を受賞。二〇〇七年、『真鶴』で芸術選奨文部科学大臣賞。二〇一五年に『水声』で読売文学賞を受賞。二〇一六年、『大きな鳥にさらわれないよう』で泉鏡花文学賞。

本書は講談社の文芸誌『群像』〈創刊70周年記念号　群像短篇名作選〉（二〇一六年十月号）を底本として使用しました。

群像短篇名作選《ぐんぞうたんぺんめいさくせん》 2000〜2014

二〇一八年 五 月一〇日第一刷発行
二〇二三年一二月一五日第三刷発行

群像編集部《ぐんぞうへんしゅうぶ》・編《へん》

発行者――髙橋明男
発行所――株式会社 講談社
東京都文京区音羽2・12・21 〒112-8001
電話 編集（03）5395・3513
販売（03）5395・5817
業務（03）5395・3615

デザイン―菊地信義
印刷――株式会社KPSプロダクツ
製本――株式会社国宝社
本文データ制作―講談社デジタル製作

©Gunzo Henshubu 2018, Printed in Japan

定価はカバーに表示してあります。

落丁本・乱丁本は購入書店名を明記のうえ、小社業務宛にお送りください。送料は小社負担にてお取替えいたします。なお、この本の内容についてのお問い合せは文芸文庫（編集）宛にお願いいたします。
本書のコピー、スキャン、デジタル化等の無断複製は著作権法上での例外を除き禁じられています。本書を代行業者等の第三者に依頼してスキャンやデジタル化することはたとえ個人や家庭内の利用でも著作権法違反です。

講談社
文芸文庫

ISBN978-4-06-511549-7

講談社文芸文庫

青木淳選	建築文学傑作選	青木 淳——解
青山二郎	眼の哲学｜利休伝ノート	森 孝———人／森 孝———年
阿川弘之	舷燈	岡田 睦——解／進藤純孝——案
阿川弘之	鮎の宿	岡田 睦——年
阿川弘之	論語知らずの論語読み	高島俊男——解／岡田 睦——年
阿川弘之	亡き母や	小山鉄郎——解／岡田 睦——年
秋山 駿	小林秀雄と中原中也	井口時男——解／著者他———年
芥川龍之介	上海游記｜江南游記	伊藤桂一——解／藤本寿彦——年
芥川龍之介 谷崎潤一郎	文芸的な、余りに文芸的な｜饒舌録ほか 芥川vs.谷崎論争 千葉俊二編	千葉俊二——解
安部公房	砂漠の思想	沼野充義——人／谷 真介——年
安部公房	終りし道の標べに	リービ英雄-解／谷 真介——案
安部ヨリミ	スフィンクスは笑う	三浦雅士——解
有吉佐和子	地唄｜三婆 有吉佐和子作品集	宮内淳子——解／宮内淳子——年
有吉佐和子	有田川	半田美永——解／宮内淳子——年
安藤礼二	光の曼陀羅 日本文学論	大江健三郎賞選評-解／著者———年
李良枝	由煕｜ナビ・タリョン	渡部直己——解／編集部———年
李良枝	石の聲 完全版	李 栄———解／編集部———年
石川 淳	紫苑物語	立石 伯——解／鈴木貞美——案
石川 淳	黄金伝説｜雪のイヴ	立石 伯——解／日高昭二——案
石川 淳	普賢｜佳人	立石 伯——解／石和 鷹——案
石川 淳	焼跡のイエス｜善財	立石 伯——解／立石 伯——年
石川啄木	雲は天才である	関川夏央——解／佐藤清文——年
石坂洋次郎	乳母車｜最後の女 石坂洋次郎傑作短編選	三浦雅士——解／森 英一——年
石原吉郎	石原吉郎詩文集	佐々木幹郎-解／小柳玲子——年
石牟礼道子	妣たちの国 石牟礼道子詩歌文集	伊藤比呂美-解／渡辺京二——年
石牟礼道子	西南役伝説	赤坂憲雄——解／渡辺京二——年
磯﨑憲一郎	鳥獣戯画｜我が人生最悪の時	乗代雄介——解／著者———年
伊藤桂一	静かなノモンハン	勝又 浩——解／久米 勲——年
伊藤痴遊	隠れたる事実 明治裏面史	木村 洋——解
伊藤痴遊	続 隠れたる事実 明治裏面史	奈良岡聰智-解
伊藤比呂美	とげ抜き 新巣鴨地蔵縁起	栩木伸明——解／著者———年
稲垣足穂	稲垣足穂詩文集	高橋孝次——解／高橋孝次——年
井上ひさし	京伝店の烟草入れ 井上ひさし江戸小説集	野口武彦——解／渡辺昭夫——年

▶解=解説 案=作家案内 人=人と作品 年=年譜を示す。 2023年11月現在

講談社文芸文庫

井上靖	補陀落渡海記 井上靖短篇名作集	曾根博義——解／曾根博義——年
井上靖	本覚坊遺文	高橋英夫——解／曾根博義——年
井上靖	崑崙の玉|漂流 井上靖歴史小説傑作選	島内景二——解／曾根博義——年
井伏鱒二	還暦の鯉	庄野潤三——人／松本武夫——年
井伏鱒二	厄除け詩集	河盛好蔵——人／松本武夫——年
井伏鱒二	夜ふけと梅の花|山椒魚	秋山 駿——解／松本武夫——年
井伏鱒二	鞆ノ津茶会記	加藤典洋——解／寺横武夫——年
井伏鱒二	釣師・釣場	夢枕 獏——解／寺横武夫——年
色川武大	生家へ	平岡篤頼——解／著者——年
色川武大	狂人日記	佐伯一麦——解／著者——年
色川武大	小さな部屋|明日泣く	内藤 誠——解／著者——年
岩阪恵子	木山さん、捷平さん	蜂飼 耳——解／著者——年
内田百閒	百閒随筆 II 池内紀編	池内 紀——解／佐藤 聖——年
内田百閒	[ワイド版]百閒随筆 I 池内紀編	池内 紀——解
宇野浩二	思い川|枯木のある風景|蔵の中	水上 勉——解／柳沢孝子——案
梅崎春生	桜島|日の果て|幻化	川村 湊——解／古林 尚——案
梅崎春生	ボロ家の春秋	菅野昭正——解／編集部——年
梅崎春生	狂い凧	戸塚麻子——解／編集部——年
梅崎春生	悪酒の時代 猫のことなど —梅崎春生随筆集—	外岡秀俊——解／編集部——年
江藤 淳	成熟と喪失 —"母"の崩壊—	上野千鶴子—解／平岡敏夫——案
江藤 淳	考えるよろこび	田中和生——解／武藤康史——年
江藤 淳	旅の話・犬の夢	富岡幸一郎—解／武藤康史——年
江藤 淳	海舟余波 わが読史余滴	武藤康史——解／武藤康史——年
江藤 淳 蓮實重彥	オールド・ファッション 普通の会話	高橋源一郎—解
遠藤周作	青い小さな葡萄	上総英郎——解／古屋健三——案
遠藤周作	白い人|黄色い人	若林 真——解／広石廉二——年
遠藤周作	遠藤周作短篇名作選	加藤宗哉——解／加藤宗哉——年
遠藤周作	『深い河』創作日記	加藤宗哉——解／加藤宗哉——年
遠藤周作	[ワイド版]哀歌	上総英郎——解／高山鉄男——案
大江健三郎	万延元年のフットボール	加藤典洋——解／古林 尚——案
大江健三郎	叫び声	新井敏記——解／井口時男——案
大江健三郎	みずから我が涙をぬぐいたまう日	渡辺広士——解／高田知波——案
大江健三郎	懐かしい年への手紙	小森陽一——解／黒古一夫——案

大江健三郎-静かな生活　伊丹十三—解／栗坪良樹—案
大江健三郎-僕が本当に若かった頃　井口時男—解／中島国彦—案
大江健三郎-新しい人よ眼ざめよ　リービ英雄-解／編集部—年
大岡昇平—中原中也　粟津則雄—解／佐々木幹郎-案
大岡昇平—花影　小谷野 敦—解／吉田凞生—年
大岡信—私の万葉集一　東 直子—解
大岡信—私の万葉集二　丸谷才一—解
大岡信—私の万葉集三　嵐山光三郎-解
大岡信—私の万葉集四　正岡子規—附
大岡信—私の万葉集五　高橋順子—解
大岡信—現代詩試論|詩人の設計図　三浦雅士—解
大澤真幸—〈自由〉の条件
大澤真幸—〈世界史〉の哲学 1　古代篇　山本貴光—解
大澤真幸—〈世界史〉の哲学 2　中世篇　熊野純彦—解
大澤真幸—〈世界史〉の哲学 3　東洋篇　橋爪大三郎-解
大西巨人—春秋の花　城戸朱理—解／齋藤秀昭—年
大原富枝—婉という女|正妻　高橋英夫—解／福江泰太—年
岡田睦—明日なき身　富岡幸一郎-解／編集部—年
岡本かの子-食魔 岡本かの子食文学傑作選 大久保喬樹編　大久保喬樹-解／小松邦宏—年
岡本太郎—原色の呪文 現代の芸術精神　安藤礼二—解／岡本太郎記念館-年
小川国夫—アポロンの島　森川達也—解／山本恵一郎-年
小川国夫—試みの岸　長谷川郁夫-解／山本恵一郎-年
奥泉光—石の来歴|浪漫的な行軍の記録　前田 塁—解／著者—年
奥泉光
群像編集部 編-戦後文学を読む
大佛次郎—旅の誘い 大佛次郎随筆集　福島行一—解／福島行一—年
織田作之助-夫婦善哉　種村季弘—解／矢島道弘—年
織田作之助-世相|競馬　稲垣眞美—解／矢島道弘—年
小田実—オモニ太平記　金 石 範—解／編集部—年
小沼丹—懐中時計　秋山 駿—解／中村 明—案
小沼丹—小さな手袋　中村 明—人／中村 明—年
小沼丹—村のエトランジェ　長谷川郁夫-解／中村 明—年
小沼丹—珈琲挽き　清水良典—解／中村 明—年
小沼丹—木菟燈籠　堀江敏幸—解／中村 明—年

講談社文芸文庫

小沼丹 ——藁屋根　佐々木 敦—解／中村 明——年
折口信夫—折口信夫文芸論集 安藤礼二編　安藤礼二—解／著者——年
折口信夫—折口信夫天皇論集 安藤礼二編　安藤礼二—解
折口信夫—折口信夫芸能論集 安藤礼二編　安藤礼二—解
折口信夫—折口信夫対話集 安藤礼二編　安藤礼二—解／著者——年
加賀乙彦—帰らざる夏　リービ英雄-解／金子昌夫—案
葛西善蔵—哀しき父|椎の若葉　水上 勉——解／鎌田 慧——案
葛西善蔵—贋物|父の葬式　鎌田 慧——解
加藤典洋—アメリカの影　田中和生—解／著者——年
加藤典洋—戦後的思考　東 浩紀——解／著者——年
加藤典洋—完本 太宰と井伏 ふたつの戦後　與那覇 潤—解／著者——年
加藤典洋—テクストから遠く離れて　高橋源一郎-解／著者・編集部-年
加藤典洋—村上春樹の世界　マイケル・エメリック-解
加藤典洋—小説の未来　竹田青嗣—解／著者・編集部-年
金井美恵子-愛の生活|森のメリュジーヌ　芳川泰久—解／武藤康史—年
金井美恵子-ピクニック、その他の短篇　堀江敏幸—解／武藤康史—年
金井美恵子-砂の粒|孤独な場所で 金井美恵子自選短篇集　磯﨑憲一郎-解／前田晃——年
金井美恵子-恋人たち|降誕祭の夜 金井美恵子自選短篇集　中原昌也—解／前田晃——年
金井美恵子-エオンタ|自然の子供 金井美恵子自選短篇集　野田康文—解／前田晃——年
金子光晴—絶望の精神史　伊藤信吉—人／中島可一郎-年
金子光晴—詩集「三人」　原 満三寿—解／編集部——年
鏑木清方—紫陽花舎随筆 山田肇選　鏑木清方記念美術館-年
嘉村礒多—業苦|崖の下　秋山 駿——解／太田静——年
柄谷行人—意味という病　絓 秀実——解／曾根博義—案
柄谷行人—畏怖する人間　井口時男—解／三浦雅士—案
柄谷行人編-近代日本の批評 I 昭和篇上
柄谷行人編-近代日本の批評 II 昭和篇下
柄谷行人編-近代日本の批評 III 明治・大正篇
柄谷行人—坂口安吾と中上健次　井口時男—解／関井光男—年
柄谷行人—日本近代文学の起源 原本　関井光男—年
柄谷行人 中上健次—柄谷行人中上健次全対話　高澤秀次—解
柄谷行人—反文学論　池田雄一—解／関井光男—年